Pijin

ALYS CONRAN

Pijin

CYFIEITHIAD
Sian Northey

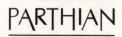

Parthian, Aberteifi SA34 1ED

Cyhoeddwyd gyntaf yn 2016

www.parthianbooks.com

©Alys Conran

©Cyfieithiad Sian Northey

ISBN 978-1-91-0901-35-9

Dyluniad y clawr: Robert Harries

Argraffwyd a rhwymwyd gan Gomer, Llandysul SA44 4JL.

Mae Alys Conran wedi datgan ei hawl dan Ddeddf Hawlfreintiau, Dyluniadau a Phatentau 1988 i gael ei chydnabod yn awdur y llyfr hwn.

Mae Sian Northey wedi datgan ei hawl dan Ddeddf Hawlfreintiau, Dyluniadau a Phatentau 1988 i gael ei chydnabod yn gyfieithydd y llyfr hwn.

Cyhoeddwyd gyda chymorth ariannol Cyngor Llyfrau Cymru.

Mae cofnod catalog o'r llyfr hwn ar gael o'r Llyfrgell Brydeinig.

i Mam

a adfywiodd y llyfr hwn â dagrau

Diolch o galon i Laura Ellen Joyce, Jodie Kim, Kathryn Pallant a Holly Ringland am ein sygrsiau byd-eang o'n lolfa ar-lein lle gallodd Pijin anadlu. I Maia, am wrthod gadael i mi fyth docio f'adenydd hyd yn oed pan dwi isio gwneud hynny. Ac i Joe, yn wastad, am fywyd sydd â breuddwydio yn ganol iddo, bwyd yn ei fol, a chwerthin yn ffroeni o'i drwyn. — AC

Diolch yn fawr i Alys ac i Richard am y fraint o gael cyfarfod Pijin ac am eu ffydd yn fy ngallu i gyfieithu'r nofel. Bu'n hwyl ac yn her. — SN

Hoffai'r awdur a'r cyfieithydd ddiolch i Dylan Williams am ei gymorth a'i ofal.

'Look up pigeon in your good field guide, if you have one. You will probably find that the pigeon does not exist. The most obvious bird in the country doesn't even rate a mention. There seems to be a conspiracy of silence about the pigeon, as if pigeons were an embarrassment to bird watchers – as if pigeons were an embarrassment to proper birds. Pigeons, however, exist. There they are eating McDonald's chips at railway stations hanging about on precipitous ledges above the hooting streets, pursuing their love lives with unbridled enthusiasm around the ankles of pedestrians. Try telling them they are not proper birds.'

— Simon Barnes, *The Bad Birdwatcher's Companion, or a personal introduction to Britain's 50 most obvious birds*

'Ac ni wastraffaf fy amser ychwaith ar golomennod nac ysguthanod, fel y'u gelwir weithiau, er bod rhai pobl yn eu hystyried yn destun priodol ar gyfer llenyddiaeth. Dyw pijins i mi yn golygu fawr ddim.'

— Gunter Grass, *Y Drwm Tun*

1

Daw Hufen Iâ Gwyn's Ice Creams mewn fan binc a melyn, â sticeri a phosteri yn hanner glynu wrth y ffenestri. Mae'r fan yn pydru mynd y tu ôl i lenni'r mynyddoedd a thrwy dyfiant y cymylau, a phob pnawn Sadwrn a phob pnawn Sul mae'n dringo yn ôl ac ymlaen ar hyd y llechwedd. Pob penwythnos, gaeaf a haf, mae'n stryffaglu i fyny, yn pesychu, yn poeri mwg, ond yn dal ati'n styfnig er gwaethaf llwydni'r allt a llwydni'r dref. Daw caneuon cwynfanllyd o fan Gwyn wrth iddi sgrytian i fyny'r allt, a'r rheini wedi'u gosod ar sŵn a grŵn yr injan anfodlon.

Mae alawon y fan yn felus ar fy nhafod. Cerddoriaeth 200 o flynyddoedd i gyd yn nhrydar y clychau sy'n deud hufen iâ, ac sy'n cosi'r plant o'u tai fel y pibydd brith. Mae 'na rhyw gyswllt rhwng y sain a sbardun y fan, fel bod yr alaw yn dyfnhau ac yn arafu gyda'r ffordd, ac yna mae'r tâp yn cyflymu ac yn tuthian yn ei flaen, ac yn carlamu wrth i'r fan fynd yn gynt i gael gwib i fyny'r allt serth.

"IIII shhhhhhooooouuuuuuuullllllldddddddd beeeeee sooo luuckky lucky lcky lki I shd be so lcki in luv," meddai'r tâp.

Nefoedd.

Daw dŵr i 'nannedd. Wrth i Pijin a finna redag, mae 'nghareiau i dal yn agorad, ac mae trowsus ysgol Pijin, sy'n rhy fach iddo fo, a fynta'n ei wisgo er mai dydd Sul ydi hi, yn gneud ei gamau'n fyr fel petai mewn ras deircoes. 'Da ni'n rhedeg beth bynnag, dros y ffens, rhwng y blerwch o dai sy'n glwstwr ar yr allt. Rydan ni'n cyrraedd ffenest y fan gyda'n trwynau'n llifo a'n cegau'n agored fel pysgod allan o ddŵr. Mae wyneb crwn brown a choch Gwyn yn edrych allan ac yn gwenu. A ninna'n plygu drosodd i gael ein gwynt atom, ein hanadl yn stemio o'n cwmpas, yn wyn yn yr awyr oer. 'Da ni'n plygu er mwyn anadlu, ein dwylo ar ein pengliniau, ein cefnau'n grwm tuag at y cymylau, fel y boi 'na yn yr Olympics, y rhedwr cyflyma'n y byd.

Mae Gwyn yn edrych i lawr arnon ni trwy'r ffenast. Mae ganddo aeliau trwchus, du, gwyllt a llygaid bach glas tywyll. Mae ganddo fol fel powlan. Mae croen Gwyn yn wahanol i 'nghroen i a chroen Pijin. Mae ganddo liw haul ac mae ei groen fel lledr, lledr sydd ag olew arno. Ar ei ben mae 'na wallt du sy'n cael ei gribo dros y darn moel. Mae'r gwallt yma wastad yn sticio fyny, fel mohican damweiniol. Mae ganddo hefyd flew duon ar hyd ei freichiau ac mae gan Gwyn wyneb blewog. Nid blew hir, dim ond blew garw fel oedd gan fy nhad. Mae ei lais yn arw hefyd. Ac mae ganddo be mae Efa'n ei alw'n "atal deud", lle mae 'na le gwag lle dylai dy air fod, ac mae dy holl gorff yn stopio.

"Iawn, B-b-bois?"

Dwi a Pijin yn anadlu "Iawn" yn ôl, er fod pawb yn gwybod nad boi ydw i, ddim mwy na mae Pijin yn hogan – ond dwi'n ddigon hapus bod Gwyn yn fy ngalw'n boi.

"B-b-be 'da chi isio heddiw 'ta?" Mae llais Gwyn yn codi ar ddiwedd y frawddeg, yn uchel iawn, mor uchel â fama, ond 'da ni dal heb benderfynu. Achos wythnos ddiwetha mi ges i un o'r rhai siocled 'na sy'n feddal ar y tu allan ac fe gafodd Pijin un o'r petha tenau oren 'na ac mi neuthon ni ddeud y bysa ni'n ffeirio wythnos yma ond dwi ddim isio go iawn achos yr un siocled ydi fy ffefryn, a dwi'n gobeithio y gwneith Pijin gyd-weld ond tydi o heb ddeud eto felly dwi ar fin mynd yn fy mlaen a chael rhywbeth hollol wahanol ond fyswn i ddim isio neud y dewis anghywir. Pijin ydi fy ffrind gorau.

Er mwyn dal ati i siarad tra bod o'n aros amdanon ni mae Gwyn yn deud "Tywydd braf"ac yn gwenu. 'Da ni'n gwenu hefyd achos tydi hwn ddim yn dywydd braf ddim mwy nac ydi Pijin yn hogan, na fi yn foi, na fan Gwyn yn BMW neu pawb yn Colin Jackson yn neidio'r clwydi.

Mae'r tywydd wedi cau amdanon ni eto; mae'n swatio dros y bryn i gyd ac mae'r cymylau'n chwyddo fel bomiau dŵr mewn balŵn, ac maen nhw'r lliw llwyd 'na sy bron yn las tywyll, a 'da chi'n gwbod ei bod hi'n mynd i fwrw glaw am byth.

Yn niwedd y meddwl dwi'n cael y peth oren hir ac mae Pijin yn cael yr un siocled fel neuthon ni benderfynu wythnos diwetha. 'Da chi'n gweld? Pijin a fi, 'da ni fel *hyn*.

'Da ni'n cerdded yn ôl rhwng y tai, ein pennau'n llawn o feddwl fel teledu, a'n traed yn crafu ar hyd y llawr, a chareia'n sgidia wedi'u gadael ar ôl. A dwi'n llyfu'r peth oer.

"Sipsi ydi Gwyn," medda Pijin.

Dwi'n edrych arno fo. Dwi ddim yn hollol siŵr be mae hynna'n ei feddwl. "Jipo ydi o," medda Pijin. O.

Mae hyn oherwydd bod Gwyn wedi prepian am Pijin. Deud wrth lystad Pijin am yr eisloli nath Pijin ddwyn. Sut nath Pijin redeg i ffwrdd heb dalu, ei got a'i gareia'n hedfan ac yn neidio fel 'sa nhwtha hefyd yn rhedeg i ffwrdd oddi wrth Gwyn. Mi gafodd Pijin lygad ddu am hynna. Mae Pijin yn casáu Gwyn am fod y plant eraill i gyd wedi gweld. Gweld be ddigwyddodd pan nath Gwyn weiddi y bydda fo'n deud wrth ei "dad", gweld sut nath Pijin redeg yn ôl a dilyn Gwyn yr holl ffordd yn gofyn iddo fo beidio, peidio deud. Mae'r plant yn yr ysgol yn deud fod Pijin yn crio, ond tydi hynny ddim yn wir, nac ydi? Fedra i ddim dychmygu hynny. Wnaeth 'na neb ei weld o am ddyddia wedyn, a phan ddaeth o allan roedd ganddo fo'r llygad ddu 'na.

"Ma Gwyn yn od," medda Pijin.

A dyna fo am byth ar ôl hynny. Mae Gwyn yn od.

Doeddan ni heb feddwl am y peth o'r blaen. A dyna ddech-
reuodd hyn i gyd, llyfu'r hufen iâ 'na, meddwl, ac yna syniad
Pijin: Gwyn = Od.

2

Y bore 'ma, cyn yr hufen iâ, pan oedd o'n eistedd ar ei ben ei hun yn ei lofft yn y sièd, roedd Pijin wedi gallu gweld Cher, ei chwaer newydd, yn ei hen lofft o, yn cael ei hun yn barod i fynd i'r ysgol. Wnaeth o ddim edrych, ond mi oedd o'n gallu gweld. Penliniodd Pijin ar ei wely. Roedd cysgod y tŷ yn disgyn ar ffenest y sièd, ac roedd y ffenest arall, honno yn y tŷ, honno gyda Cher ynddi, yn taflu golau ar Pijin a'r sièd.

Caeodd Cher ei blows, gan gau bob botwm yr holl ffordd i fyny'r blaen. Glas golau'r blows, roedd o mor ysgafn ar ei chroen. A wyneb Cher mor ddifrifol, tawel a difrifol, fel y mae wyneb Cher o hyd.

Dechreuodd gribo'i gwallt, a'i bwysau llyfn yn drwm i lawr ei chefn. Tynnodd y gwallt yn ôl o'i hwyneb yn gynffon dynn, brwsio a brwsio fel bod pob blewyn yn cydredeg i'r un cyfeiriad, ac roedd o'n edrych yn llyfn, ei gwallt hi, fel afon lydan araf, neu fel sidan ffrog ddawns.

Daeth Mam Pijin, gan ymlwybro ei ffordd o'r gegin. Ac roedd yr hambwrdd yn ei dwylo gwynion. Roedd ei fam yn dod a'u brecwast i lawr i'r sièd. A hwn oedd darn gorau'r diwrnod. Ond roedd ei fam wastad yn edrych wedi blino, ac efallai nad oedd hi'n edrych yn dda iawn.

Eisteddodd y ddau ar y gwely, Pijin a'i fam, gyda'r corn fflêcs a'r te. Roedd Pijin yn yfed te du, roedd ei fam yn yfed te gwyn. Roedd yr awyr yn oer, fel bod y te'n codi o'r gwpan yn stremps o stêm. Roedd yna farc glas ar wyneb ei fam eto, glas a melyn, fel machlud gwlyb. Roedd hwn oherwydd bod yna ddynion eraill yn edrych arni hi. A Fo wedi'u gweld nhw. Roedden nhw'n edrych oherwydd ei bod hi'n dlws. Ond mi oedd O'n deud eu bod nhw'n edrych oherwydd ei bod hi'n "gofyn amdano fo". Doedd hi ddim. Fyddai hi byth yn gofyn am ddim byd o gwbl.

Rhedodd mam Pijin ei llaw trwy'i wallt nes ei fod yn bigau blêr, a bron iawn iddo fo, bron iawn iddo wenu bryd hynny, cyn iddi godi'r hambwrdd a mynd i'r tŷ.

Wrth iddi fynd mi ddywedodd wrth Pijin, yn ei llais meddal llawn craciau i "Frysio rŵan, pwt. Gwisga," ac er mai dydd Sul oedd hi mi ddwedodd wrtho fo am fynd i'r ysgol, fel petai'r peth yn freuddwyd, yn obaith, yn hytrach na'i bod hi'n deud wrtho fo be i'w wneud. Ac roedd ei llais fel petai'n mynd ar goll yn yr awyr ar ei ffordd i'w glustiau.

Gwisgodd Pijin ei drowsus ysgol llwyd, a'i unig bâr o esgidiau duon, ei unig grys gwyn a'i unig siwmper werdd. Ac roedd yn gas ganddo fo, yn gas ganddo fo, y ffordd roedd y dillad hyll yn teimlo wrth iddo wthio'i freichiau i mewn iddyn nhw, a sut roedd y dillad yn crafu ac yn tynnu, fel pe baen nhw'n ceisio ei flingo'n fyw. Ac fe aeth, heb fynd i'r tŷ, fel nad oedd O'n ei weld o, na Cher chwaith, honno â'i gwallt del llyfn, ei dillad perffaith a'i llygaid digalon; fe aeth Pijin, gan smalio wrth ei fam ei fod yn mynd i'r ysgol, i'r ysgol prepian-clebran-cario-clecs, lle o ddydd Llun i ddydd Gwener, roedd Pijin yn cadw ei ben i lawr, reit i lawr o dan y radar.

Aeth Pijin dros y wal, a lawr y llwybr neidr ger y coed, y llwybr sy'n dilyn yr afon sy'n llifo dan bwysau'r glaw a'r awyr lwyd a'r bryn. Ac yna stopiodd. Eisteddodd. Be oedd i'w wneud â dydd Sul gwag? Be oedd i'w wneud â mam hanner gwag?

Ac fe ddaeth hi i'r golwg. Iola oedd yno, yn dod o'r coed fel tylwythen fechan a'i bol bach crwn yn crogi dros ei sgert, ei phengliniau, yn ôl eu harfer, yn gleisiau a sgriffiadau, ei chareiau heb eu cau, a'i gwallt mor olau nes ei fod bron iawn yn wyn. Yn amneidio arno.

Edrychodd Pijin yn sydyn ar hyd y llwybr rhag ofn bod ei fam yno, ac yna rhedeg ar ôl Iola trwy'r coed ac yn ôl i fyny'r bryn i'r llwyd, y llwyd sy'n llawn o straeon piws ac oren sy'n cael eu hailadrodd yn ddiddiwedd.

Rhedodd y ddau gyda'i gilydd i dŷ Iola lle mae 'na gegin go iawn, cartref go iawn ac wrth i'r fan ddechrau ei chân igam-ogam ar hyd y ffordd mae Efa ac Iola'n dawnsio yn y gegin, a chyda gwên sydd ychydig yn rhy hapus mae Efa'n rhoi dau ddarn hanner can ceiniog yn llaw wen Iola.

Nefoedd.

Wrth y fan mae Iola a Pijin, a'u hanadl yn wyn yn awyr oer mis Ionawr, yn gofyn am un peth siocled ac un peth oren, oherwydd fod Pijin yn deud wrth Iola eu bod nhw'n "saff". Ac mae o'n beth da eu bod nhw'n saff oherwydd mae'r un siocled 'na yn fendigedig.

Ond mae Pijin yn rhythu ar ddwylo Gwyn wrth iddo roi'r hufen iâ i Iola. Mae'n rhythu ar ei ddwylo dyn. Ac mae'n ei gasáu.

Mae Gwyn yn tyfu ym meddwl Pijin. Mae'n tyfu ac yn newid ac yn stumio'n siâp gwahanol. Byddai Pijin yn gosod cyrn ar ei ben, a byddai'n troi ei du mewn yn bydredig. Mae'n crynhoi cymaint o gasineb tuag at Gwyn fel y gall ei arogli ymhell ar ôl gadael y fan, ac ymhell ar ôl gadael Iola yn ei chartref gyda'i mân orchwylion a'i bywyd normal.

3

Y darn nesa ydi fi'n gorwedd ar wely Pijin yn y sièd. Dwi'n gorwedd ar fy mol yn darllen comic, mae Pijin yn gorwedd ar ei gefn â'i draed yn ymestyn fyny'r wal. Mae Ryan Giggs, neis, yn edrych ar y ddau ohonon ni o'i boster, ond wrth fy ochr mae Pijin yn anwybyddu Ryan ac yn edrych ar y nenfwd pren lle mae blw-tac yn dal darn o fobeil: hanner awyren a chwmwl briwsionllyd. Dwi'n darllen y comic a bron â chyrraedd y diwedd pan "Myrdyryr! Dyna be 'di o: myrdyryr!"

Dwi'n codi 'mhen o'r comic, wedi synnu braidd. 'Da ni wedi meddwl am sawl peth: *kiddie fiddler*, dynas mewn dillad dyn, ysbryd, ond tydi Pijin rioed wedi mynd mor bell â hyn. Myrdyryr, llofrudd ... Mae'n teimlo fel gair mawr i'w ddeud wrth iddo atsain rhwng pedair wal stafell fach Pijin, fel gwisgo sgidiau mawr Efa.

Pijin ydi fy ffrind gora, ond mae Pijin yn cadw toriadau papur o bob math o betha. Mae o'n licio rhwbath, mae o'n ei dorri fo allan. Ryseitiau, er nad ydi o'n gallu coginio, darnau o gomics Cher, gwaith cartref rhywun arall (ar ôl iddo gael ei farcio), cerdyn pen-blwydd ei fam, tocynnau, darnau o dderbynebau. Mae o'n eu cadw nhw i gyd o dan ei wely yn y sièd, fatha bochdew yn gneud nyth. A nid dim ond papur. Mae o'n cadw pres, ac yn cadw gwybodaeth: enwau, rhifau, jobsys, cyfrinachau, celwyddau, y cwbl yn drefnus yn ei ben fel geiriadur, a'r dre a'r holl fyd ynddo fo. Tydi hyn ddim yn hollol normal, ond Pijin ydi fy ffrind gora i, a beth bynnag, prin fod o'n siarad am yr holl wybodaeth sydd ganddo fo yn ei ben, a tydyn nhw ddim yn gwbod am y peth yn yr ysgol. Tydyn nhw ddim yn gwybod be mae o'n ei wneud trwy'r dydd pan nad ydi o yno. 'Dio ddim bwys ganddyn nhw. Ac os gofynnan nhw mi sgwennith nodyn, fel y nodyn sgwennodd o i mi.

Ac mae nodyn yn gadael i chdi fod yn rhydd trwy'r dydd. Mi gei di fod allan trwy'r dydd, yn y coed neu yn yr hen chwarel, yn eistedd, yn cynnau tân, yn chwerthin a chreu storis am bob dim. Yng nghwmni Pijin mae popeth yn fawr ac yn loyw ac yn well na 'sa ti'n ei ddisgwyl. Pan dwi a Pijin ddim yn trafferthu mynd i'r ysgol mae popeth ar gael. Mae posib aros allan trwy'r dydd, tan hanner awr wedi tri. Am hanner awr wedi tri mi oeddwn i a Pijin wedi dod nôl i'r sièd, ac wedi byta'r bisgedi roedd o wedi'u cuddio o dan y gwely. Weithia mae 'na sigaréts yno, ond ddim heddiw. Diwrnod i feddwl ydi heddiw.

Mae 'na rhyw dwrw wrth ddrws y sièd. Rhywun yn trio dod i mewn. Chwaer Pijin sy 'na, Cher, ar ôl Cher, er mai Cheryl ydi hi go iawn. Mae Cher yn newydd. Sy'n beth rhyfeddol. Mae o'n rhyfeddol fod posib cael chwaer newydd, a mam newydd ac yn y blaen. Mi fyswn i'n licio chwaer newydd, neu fam newydd hefyd, ond mi fysa gen fy un i ogla newydd neis, nid fel Cher. Mae Pijin yn deud fod 'na ogla pysgod yn pydru ar Cher.

Mae Cher yn gneud yn dda yn yr ysgol, yn well na fi, a llawer gwell na Pijin. Mae hi'n dda yn yr ysgol, yn mynd yno bob dydd, a dim ond yn dod nôl yma pan mae'r ysgol wedi gorffen, fel rŵan. Yn wahanol i Pijin mae gan Cher ystafell yn y tŷ. Mae gan Cher wallt brown hir a llygaid brown, llygaid del iawn sy'n feddal fel plu a chlustogau a wadin. Mae Cher yn licio chwarae olwyn drol, ar y tarmác yn yr ysgol mae ei choesau yn mynd yn uchel i'r awyr ac mae hi'n edrych fel olwyn. Dim ond Saesneg mae Cher yn ei siarad. Mae Saesneg fatha slwtsh.

"PIGEON! Just 'cause you've got stuck in the shed doesn't mean it's my fault!"

"I'm not sayin' it is, just saying you can't come in. Anyway, Cher, keep your knickers on and stop bein' so loud else your dad's going to hear us, an' we'll be dead."

"I'll only be quiet if you open the door."

"No."

"Why?"

"'Cause"

"Why?"

"Shush . . . just 'cause, Cher. Just 'cause."

"Why, Pigeon?"

"Piss off, Cher!"

"No."

"Just stay there an' be quiet then okay?"

Distawrwydd

"Why is she allowed in an I'm not?"

"'Cause we're mates."

"We can be mates too."

"Don't wanoo."

"WHY?"

"'Cause."

"Why really?"

"'Cause you smell bad, an anyway I just don't."

"Fine, don't care anyway."

"Okay, me either."

"You goin'?"

"No . . . Pigeon . . ."

"What?"

"Jew really think Gwyn's a murdrer?"

"Prob'ly."

"Why?"

"Dunno – I can smell it."

"Wha's it smell like?"

"Blood."

"Yuck."

"Yeah."

"So what're you going to do about it?"

"Get 'im."

"Oh . . . How?"

"Dunno yet."

"Can *I* help?"

"Nope."

"Why?"

"'Cause."

"C'mon Pigeon!"

"No way. Shut up."

"Pigeon . . ."

"Piss off Cher!"

"Can I stay here though? Just to listen."

"A'right . . . but don't shout."

"Ok . . . Pigeon."

"What? What, Cher, spit it out."

"Pigeon . . . I'm sorry about what He did . . . I'm sorry about what Dad did, Pigeon."

"Pigeon."

"Pigeon?"

"Pigeon!"

"Just shut up Cher, okay? . . . Just shut up."

Dwi'n gallu deud bod gas gen Cher fi o'r ffordd mae hi'n edrych arna efo llygaid mawr sy'n crio weithia. Yn fama, yn y twllwch o dan y cwilt, mae Pijin yn dal lamp o dan ei ên ac yn adrodd straeon erchyll wrtha i am Gwyn a phawb sydd wedi bod yn ysglyfaeth iddo fo. Mae golau'r lamp yn rhoi gwawr felyn i'r *duvet*.

"Un noson dywyll . . ." meddai Pijin. Noson dywyll, dywyll.

Mae Gwyn yn seico, yn *kiddie fiddler*, yn gariwr cyllyll, yn wisgwr masgiau, yn garwr poen, yn boenydiwr, a'r holl betha eraill 'na sy'n dod o'r rhaglenni teledu mae Pijin yn eu gwylio, a finna ddim yn eu gwylio oherwydd Efa. Rhain ydi'r rhaglenni sy'n gneud iddo fo siarad Saesneg fel cowboi a deud petha fel "Rho dy *hand up or I'll shoot!*" a "Rhedeg i ffwrdd *on the count of three*, neu dwi'n mynd i *make mince-meat of you!*"

Mae Gwyn yn ddyn drwg mor dda nes bod Pijin weithiau'n dychryn ei hun hyd yn oed, yn troi'n welw o dan y *duvet* ac yn mynd yn ddistaw, fel llwybr sy'n diflannu ar ochr mynydd llwyd. A phan dwi'n chwerthin mae o'n ymosod arna i a brathu fel crocodeil am fod arno fo ofn.

Mae o wedi bod yn casglu tystiolaeth yn erbyn Gwyn, yn cadw golwg ar y fan, yn gofyn am dderbynneb pan mae o'n cael peth oren, yn trio darganfod lle mae Gwyn yn byw, ac yn crafu baw oddi ar olwynion y fan a'i roi mewn bagiau plastig bychan a'i gario adra. Mae Pijin hyd yn oed wedi cael hen chwyddwydr, wedi'i ddwyn o tŷ ni, ond wneith Efa ddim sylwi, ac wedi benthyg meicrosgop o'r ysgol, ei gario'r holl ffordd i fyny'r rhiw a'i guddio yn y sièd.

"Wha you going to do with tha?" Mae Cher wedi gweld Pijin a fi'n ei gario i'r sièd.

"Ana lais," meddai Pijin.

"Snot 'anna lice', stewpit, it's analyse."

Ond mae Pijin yn codi a gostwng ei sgwydda fel 'sa ddim

ots ganddo fo a dechra ana leisio'r sudd melyn, gweddillion yr eisloli.

Dwi a Pijin yn amau Gwyn o wneud llawer o betha: gwenwyno, twyllo, gwerthu cyffuria a bod yn ysbïwr. 'Da ni ddim yn siŵr eto, hyd yn oed efo'r ffeithiau i gyd yn rhes ar y *duvet*: y dystiolaeth, tystiolaeth ysgrifenedig, egsibit 1. 2. 3. Hyd yn oed efo hyn i gyd 'da ni ddim yn siŵr. Ond mae Gwyn yn beryg, mae Pijin yn siŵr o hynny. A dwi'n siŵr hefyd ac yn deud "Hmmm" ac "Aaahhh" wrth edrych ar yr egsibits. Ac mae Cher tu allan yn gwrando. Mae hi'n gwrando ar y geiriau Saesneg ac yn dechrau dallt mwy a mwy o'r geiriau eraill. Ac mae Cher yn coelio cant-y-cant mewn rhyw ffordd go iawn ryfedd.

"Mae Gwyn yn od," medda fi wrth Efa ar ôl mynd adra. "Mae Gwyn yn Seico, yn *Kiddie Fiddler*, yn Wisgwr Masgiau, yn Boenydiwr," gan arddangos y geiriau fel gwobra.

"Paid â siarad fel'na, Iola," meddai Efa gan droi y cawl hipi yn y gegin. "Paid â deud petha fel'na." Ac wedyn mae hi'n deud be mae hi'n ei ddeud bob tro: Bydd yn ofalus efo Pijin, Iola. Iola Bydd Yn Ofalus Efo'r Hogyn Pijin 'Na.

Er ei bod hi'n 'i licio fo.

Dwi'n gwbod bod Efa'n licio Pijin am ei bod hi'n eistedd wrth fwrdd y gegin ac yn gofyn iddo fo ddarllen darnau o'r papur newydd. Bob tro mae o'n darllan darn mae hi'n rhoi tamaid o siocled iddo fo. A dwi'n siŵr bod Pijin yn licio Efa hefyd, mae o'n edrych arni hi fel 'sa hi wedi dod o'r gofod efo'i mwclis a'i ogla hipi a'i sgertia. A dwi'n teimlo'n od oherwydd tydi o ddim bwys gan Efa am be sy'n y papur newydd. 'Mond cael Pijin i ddarllen mae hi, i weld os y gall hi, ac mae Pijin yn gwybod hynny. Dwi'n ddu-las tu mewn wrth weld y ddau yn ffrindia, fel 'sa Efa'n fam iddo fo neu rwbath, ac mae o fel 'sa 'na rwbath yn pydru tu mewn i mi, cyn iddo fo hyd yn oed ddechra.

4

Mae Pijin yn llyffanta o amgylch y dref yn meddwl am Gwyn nes bod y meddyliau'n llanast du fel rhywbeth wedi'i losgi a'i ddifetha. Pan ddigwydd hynny mae Pijin yn dechrau edrych trwy ffenestri pobl, yn chwilio am olau. Mae'n chwilio am sborion, sborion bach o gysur. Ddydd ar ôl dydd ar ôl dydd mae Pijin yn hel ei draed o amgylch ei deyrnas o dai â'u waliau wedi'u chwipio. Digymeriad, digalon ac ar yr ochr anghywir i nunlle. Efallai.

Ond islaw arglwyddiaeth lwyd y llethrau hyn mae clytwaith y caeau'n wawn emrallt yn rhedeg at fôr arian o donnau papur wedi rhwygo. Ac uwchlaw, uwchlaw'r llethrau, mae'r mynyddoedd yn eu cwrcwd, gyda'u llynnoedd fel drychau wedi malu rhwng y cymoedd, ac hyd war y cribau pleth y mae llinell bensel grynedig y gorwel. Mae'n werth edrych arno. Am eiliad.

Felly yma, yma mae Pijin, eto. Yma, yn llwyd. Dim ond amlinelliad o fachgen. Wyneb gwelw. Gwefusau'n sgyrnygu, a'i ysgwyddau mor frau â phlisgyn ŵy. Pijin, ar y llechwedd o dai wedi'u chwipio, gwynt yn chwipio, yn hel ei draed i fyny'r allt ac yna i fyny rhwng y tai.

Mae Pijin yn mynd i ben y llechwedd. I'r man lle mae'n bosib eistedd ac edrych i lawr ar y dref a daenwyd ar lawr fel hances boced. Mae'n poeri ati. Fe all o boeri'n bell erbyn hyn, ond er hynny tydi'r poer ddim ond yn glanio ar y gwair o'i flaen, ac mae'r dref yno o hyd. Eistedda Pijin ar y llechwedd a'i goesau wedi'u croesi yn gwylio'r dydd yn araf droi. Pan mae ei goesau'n oeri trwy'i drowsus ysgol mae Pijin yn codi, ysgwyd ei goesau a chychwyn yn ôl tuag at y dref a'r tai

yn eu rhesi blêr. Mae'n mynd yn ôl iddo. I mewn i batrwm y
dref gan lusgo ar hyd y strydoedd rhwng siapiau'r tai.

Mae'n aros wrth un sy'n anghymesur. Yn sgiw-wiff. Yn
gam. Mae darnau ohono'n ymestyn i bob cyfeiriad fel llong
ofod sydd wedi bod mewn damwain. Dyma dŷ Pijin. Y tu
allan iddo mae sièd Pijin. Dyma dwll Pijin.

Mae Pijin yn osgoi'r tŷ ac yn mynd yn syth i'w sièd.

Ers talwm, yn y dyddiau da, roedd y tŷ'n ddi-drefn, yn un
cwlwm o eiriau a dadlau, sgyrsiau hyd yn oed, hyd yn oed
hwyl.

Y dydd arbennig hwnnw er enghraifft, ers talwm, yn y tŷ,
yn y gwanwyn. Roedd hi'n ben-blwydd arni, ac roedd mam
Pijin wedi gwisgo ffrog hardd, ac yn y ffrog roedd hi'n troi
a throi yn y gegin nes bod y blodau del ar y ffrog yn llifo
trwy'r awyr, a dysgl yn cael ei tharo i'r llawr gan y blodau'n
chwyrlïo. A dim ond chwerthin wnaeth hi, y diwrnod
hwnnw, a'i chwerthiniad yn rhwydd, fel awel fwyn. Mor
dlws, mam Pijin, fel ysbryd, ond yn dlws.

Gall Pijin gofio'r diwrnod hwnnw. Mae o'n dal i'w gofio ac
mae'n sôn amdano wrth ei fam, a hithau'n eistedd ar ei wely
yn y sièd gyda'r nos y dydd Sul hwn. Ac mae hi'n ddistaw,
ond mae'n mwytho'i wallt wrth iddo orwedd â'i ben ar ei
glin yn siarad. Ac mae ei dwylo hi mor feddal â phlu, fel
nad ydi Pijin yn gwybod yn iawn a ydi ei dwylo hi yno. Mae
ei dwylo hi fel tylwyth teg a hithau hefyd, fel petai'n bosibl
iddi hi ddiflannu, edwino, cael ei chludo i ffwrdd. Mae
Pijin yn gwenu arni, er mwyn ei chadw yno efo fo, ac mae
ei dwylo'n teimlo'n ychydig mwy real, yno ar y gwely yn y
tywyllwch.

Mae Pijin yn cadw'i fam yno, ac mae o'n rhywun pwysig, yn gafael yn ei llaw, yn gwenu arni, ac yn dweud wrthi am ei ddiwrnod. A tydi hi ddim yn ei holi. Ac mae o'n dal ati i siarad, er ei bod hi'n edrych fel petai hi ddim yn deall, yn edrych yn llwyd a'r geiriau'n anweddu'n gymylau yn ei llygaid.

"Mae 'na lwyth o jync yng ngwaelod yr afon, Mam."

Mae o'n creu darlun o'r hyn a welodd, y llanast, y teganau wedi'u taflu, a'r holl bethau eraill sy'n tagu'r afon ar waelod yr allt, y pethau mae pobl wedi cael gwared ohonyn nhw, fel pe baen nhw ddim isio dim byd rŵan, fel pe baen nhw ddim angen dim byd.

Ydi hi'n deall? Oes ganddi hi ddiddordeb ynddo?

Does yna byth gwestiwn, byth eglurhad, ond wrth iddo siarad mae Pijin yn teimlo'i llaw yn mynd yn drymach yn ei law o, felly mae o'n dal i siarad nes ei bod yn cusanu ei wallt, ac mae hi'n amser gwely.

Cyn iddo Fo ddod gwniadwraig oedd mam Pijin. Roedd hi'n gwnïo yn y tŷ yn gwneud ffrogiau i bobl eraill. Ond edrychwch ar y ffrogiau rŵan, pob un yn crogi yn yr ystafell fyw dywyll o dan amdo blastig. Mae pob lliw sydd yn y byd o dan y plastig: gloyw, llyfn, meddal, sgleiniog, tryloyw, defnyddiau gydag enwau tlws, shiffon, sidan, satin. Ac roedd Pijin yn disgwyl gweld merched del yn y ffrogiau. Hardd hyd yn oed. Ond roedd y rhai a ddeuai i nôl y ffrogiau bob tro'n hyll, doedd yr un ohonyn nhw mor dlws â'i fam. Na, byth mor dlws â phan oedd hi'n chwerthin (er doedd hynny ddim yn aml, doedd hi ddim yn chwerthin mor aml â hynny bellach).

Cyn iddo Fo ddod roedd Pijin yn y tŷ. Roedd ystafell wely Pijin i fyny grisiau cyn iddo Fo ddod. A dod a Cher, a distawrwydd, a'r sièd.

Pan wnaeth O symud i mewn, wnaeth pethau ddim dechrau'n dda. Eistedd ar y soffa oedd Pijin, neu'n hytrach yn gorweddian dros y soffa, arglwydd yr ystafell a'i dreinyrs wedi'u cicio'i ffwrdd ar hyd ar y llawr. Roedd o'n darllen llyfr. Llyfr am awyrennau oedd o. 'Radeg honno dyna oedd Pijin yn ei hoffi. 'Radeg honno.

Mam Pijin ddaeth a Fo draw.

'Radeg honno roedd hi'n dal i fynd allan, yr amser rhydd hwnnw pan oedd hi'n dal i fynd i siopa fel y mynnai hi, yn dal i fynd ar y bws i'r dref. Roedd ganddi ffrind y byddai'n ei chyfarfod unwaith yr wythnos i gyfnewid patrymau ffrogiau, cael paned, sgwrsio.

Sgwrsio. Roedd hi'n gwneud hynny hefyd 'radeg honno. Fel arfer, pan fyddai hi'n dod nôl i'r tŷ, mi fyddai'n dod i mewn trwy'r drws cefn. Fel llawer o bobl roedd y drws ffrynt ar gyfer pobl ddiarth, er nad oedd yna byth rai, ac roedd y bobl oedd yn galw, fel Iola, yn dod trwy'r cefn hefyd. Felly, fel arfer, doedd y drws ffrynt yn ddim mwy na wal bron iawn. Rhywbeth nad oedd byth yn cael ei symud, byth yn cael ei agor. Eisteddodd Pijin i fyny'n syth pan glywodd sŵn goriad yn y drws ffrynt y diwrnod hwnnw. Roedd rhywbeth yn bod os oedd y drws ffrynt yn agor. Heddlu, gweithwyr cymdeithasol, plant yn chwarae castiau.

Mi gymerodd ychydig o amser iddi hi gael y goriad i mewn i'r clo, a hirach byth i'w droi. Gallai Pijin ei chlywed yn ymddiheuro, felly mi oedd yna rhywun yno efo hi.

"I'm sorry. Oh, sorry," meddai hi, gan fustachu gyda'r goriad.

Ac yna llais dyn yn dweud y bysa fo'n ei wneud, "I'll do it. I'll do it."

Ac yna cododd Pijin ar ei draed, cerdded ar hyd y cyntedd,

a gorfodi'r drws i agor, gan greu'r crac cyntaf yn y drws wrth
ei dynnu.

"O," meddai hi.

"Oh," meddai'r dyn.

"O," meddai Pijin.

"Pijin, this is Adrian," meddai hi.

"Hi."

"What's your name again, son?"

Doedd Pijin ddim yn hoffi'r "son".

"Pijin."

"Hi Pigeon," meddai O. A phan oedd O'n gwenu doeddach
chi ddim yn ei gredu.

"Can we come in, Pijin?" gofynnodd ei fam. Roedd hi'n
dal i siarad Saesneg, yn gwenu, yn amneidio'n dawel tuag
at y cyntedd y tu ôl i Pijin.

Roedd Pijin isio gwrthod. Roedd o isio dweud na chewch,
fy nhŷ i ydi hwn. Ond fe gamodd yn ôl yn erbyn y wal a
gadael iddyn nhw fynd heibio.

Fe gerddodd y dyn i lawr y cyntedd yn gwneud sylwadau
fel petai am brynu'r tŷ.

"Nice location, isn't it? Feels like heaven up here after
the city. Clean air. Green views. I could do this. If there was
work here, I could do this."

"Be mae o'n neud?" holodd Pijin ei fam wrth gerdded y tu
ôl iddyn nhw i'r ystafell fyw.

"Why don't you ask me yourself, son?"

"What do you do?" holodd Pijin heb wenu.

"I work on the docks."

Doedd Pijin ddim yn deall be oedd hynny'n ei olygu,
felly wnaeth o ddim deud dim byd.

"How old are you, son?"

Cododd Pijin ei ysgwyddau.

"You'll be a bit younger than my daughter Cheryl I think.
You'll like her. She's a lovely girl."

Ddywedodd Pijin ddim gair.

Fe aeth yn ôl i eistedd ar y soffa a rhoi'r teledu ymlaen, yn uchel.

"Pijin," meddai ei fam, a rhoi ochenaid fechan wan.

Pan edrychodd Pijin i fyny arno Fo roedd o'n edrych yn ôl ar Pijin ac yn gwgu. Cododd Pijin sŵn y teledu ddau bwynt yn uwch, edrych ar y dyn, edrych i ffwrdd a gwenu wrtho'i hun. Doeddech chi ddim yn dod â phobl i mewn trwy'r drws ffrynt a gwneud iddyn nhw deimlo'n gartrefol. A beth bynnag doedd Pijin ddim yn hoff o'r ffordd roedd y dyn yn edrych o amgylch y tŷ ac yn dweud, "Nice light room this. This one could do with a lick of paint, love." Roedd o'n galw mam Pijin yn "love" ond roedd ei lais yn swnio'n anghyff-orddus gyda'r gair. Roedd ei ddwylo'n fawr. Roedd Pijin wedi sylwi hynny. Dwylo dyn oedd yn hoffi cyfyngu ar bethau.

Fe ddechreuodd ddod draw ar y penwythnosau. Byddai'n eistedd yn yr ystafell fyw, ar y soffa, pan gyrhaeddai Pijin adref. Byddai'n gwylio'r rhaglen yr oedd O am edrych arni. Byddai'n cael mam Pijin i wneud cinio iddo Fo. Byddai'n deud pob math o bethau am y byd wrthyn nhw. Fyddai O ddim yn gwrando ar fam Pijin, nac yn gadael bwlch iddi hi ateb.

"Africa's a lost cause," meddai wrth edrych ar y plant duon gyda llygaid gweigion a boliau crynion. "It's just a useless country," meddai O.

"It's not a country," meddai Pijin. "It's a continent."

"Same difference."

"No. There's lots of countries in it. Chad, Tanzania, South Africa." Roedd o wedi dysgu hynny o lyfr mawr daear-yddiaeth Iola.

Ond wnaeth O ddim byd ond edrych ar Pijin, dim ond edrych arno fo.

Yr hyn roedd Pijin yn ei gasáu oedd y ffordd y byddai ei fam mor ddistaw pan oedd O o gwmpas. Roedd hi'n nerfus.

Roedd O'n gwneud iddi hi deimlo fod popeth yn anghywir. Roedd hynny'n amlwg. Nid ei fod O'n dweud hynny. Ond mi oedd O'n edrych ar bopeth.

Roedd o'n edrych ar y dillad roedd hi wedi'u golchi a'u smwddio. Edrych ar bob un rhag ofn bod yna farc neu ddarn heb fod yn hollol llyfn. "Okaaay. Okaaay," meddai wrth fynd trwy'r pentwr. Pan fyddai hi'n rhoi ei ginio o'i flaen fe fyddai'n edrych ar y plât ac yn dweud "Oh. I see."

A byddai hithau'n gofyn "What's wrong?" mewn llais fel plentyn bach.

"No, darling. Nothing." Ac yna fe fyddai'n petruso, yn gafael yn ei llaw, yn edrych i fyw ei llygaid, fel pe na bai hi'n gwybod dim byd o gwbl. "You don't put parsnips with potatoes." Neu "Too much gravy."

Ac yna byddai hi'n dweud y gair. Byddai'n ei ddweud bob tro. "Sorry," byddai'n ei ddweud. "Sorry."

Doedd dim isio dweud y gair hwnnw byth. Roedd hynny fel ci yn gorwedd ar ei gefn, ei goesau i fyny yn yr awyr, yn gadael i gi arall chwyrnu uwch ei ben. Sori. Roedd hi'n dal ati i'w ddweud. Sori. Ac mi roedd hi'n mynd yn ddistawach ac yn ddistawach, ac mi roedd O, y Fo, yn dechrau ei rheoli.

Ac yna fe ddaeth a Cher yno am y penwythnos. Cher. Trwy'r drws ffrynt y daeth hithau i mewn hefyd.

"Pigeon, can you carry Cher's case?" oedd y cwestiwn. Cês pinc oedd o, a Cher yn sefyll yno mewn ffrog las berffaith. Roedd hi'n edrych fel petai hi wedi dod i'r tŷ anghywir. Gallai Pijin weld rhywbeth arall yn ei llygaid. Ofn. Gafaelodd Pijin yn y cês. Aeth ac ef i fyny i'w "hystafell hi".

Roedd ei fam wedi gofyn iddo'r diwrnod cynt.

"Dwy lofft sy 'na 'nde, Pijin, ac mae hi'n haf, felly roedd Adrian yn meddwl tybad 'sa ti'n meindio 'sa ni'n rhoi gwely i ti yn y sièd, dim ond am y penwythnos, er mwyn i Cher gael stafell ei hun."

Felly, fel hyn roedd pethau am fod. Fe aeth Pijin a'i bosteri allan i'r sièd yn syth, ei fobeil awyrennau, ei holl ddillad. Roedd hi'n well, pan oedd rhywun yn trio gwneud rhywbeth i ti, i ti ei wneud dy hun, a mynd gam ymhellach. Yn yr ysgol, pan fydden nhw'n trio ei daro, fe fyddai Pijin yn dyrnu ei hun yn ei lygad er mwyn eu rhwystro nhw. Mi fydden nhw'n rhythu ar Pijin fel petai rhywbeth yn bod arno fo. Ac roedd hyn yr un peth. "Cutting off your nose to spite your face" roedd pobl yn ei ddeud yn Saesneg, ond ti oedd yn rheoli wedyn, felly roedd o werth o. Hyd yn oed yn ystod yr wythnos roedd Pijin yn gwrthod mynd yn ôl i'r tŷ.

"Ti isio fi'n ôl? Rhaid i ti gael gwared ohono Fo," oedd ei ateb pan fyddai ei fam yn ymbil arno. Pam nad oedd hi'n gwneud hynny? Pam nad oedd hi'n gwneud hynny? Ond un felly oedd ei fam, yn methu gwneud penderfyniad ar ei phen ei hun. Allai hi ddim dweud na wrth neb na dim. Ond roedd o'n ei charu hi. Roedd Pijin yn ei charu.

Allai hi ddim dweud na i briodi. Yn y llun ar y silff ben tân mae hi'n gwisgo ffrog roedd hi wedi'i gwneud i rywun arall. Roedd rhaid ei gwneud yn llai. Mae hi'n hardd ynddi hi. Ond yn fain a gwelw. Mae O'n sefyll y tu ôl iddi hi, yn gafael yn ei hysgwyddau fel petai hi'n olwyn lywio. Mae posib gweld yn y llun bod ei ddwylo'n drwm. Mae hi'n edrych ar y camera, a'i llygaid yn ddwy lens wag yn edrych yn ôl.

Yna mi gollodd O ei waith. Ac mi gollon nhw eu tŷ yn Lerpwl, a dod yno, at y drws ffrynt, ar ddydd Mawrth ym mis Hydref. Ac ar ôl hynny doedd yna ddim ond gwylio'r tŷ o'r sièd. Dim ond peidio bod yn rhan o'r tŷ. Dim ond creu byd cyfan yn y sièd. Ei wneud yn rhywbeth mawr.

Felly heno mae sièd Pijin fel y lleuad. Mae'n cadw pellter call. Mae sièd Pijin yn swatio, yn gwylio o ben draw'r ardd, yn isel ac yn ofnus. Mae sièd Pijin yn swatio'r nos Sul hon yn hwyrnos fud, farwaidd y mynydd, a Pijin ymhlŷg ar ei wely. Mae'r sièd yn bygddu bron. Dim ond y golau o'r tŷ sy'n hanner cyrraedd yno, a'r unig sŵn yw'r teledu yn y tŷ lle mae pethau'n gam. Mae clebran y teledu'n atsain o amglych yr ardd a hyd yn oed i mewn i'r sièd.

Yn y tŷ mae Cher a'i fam yn eistedd yn llonydd llonydd llonydd tra'i fod O'n gwylio'r teledu. Mae'n bwysig bod yn ddisylw. Peidio bod yn amlwg. Ni ddylai fod unrhyw dwrw sydyn. Dim barn ar wahân i'w farn O. Ni ddylai fod dim heblaw'r newyddion ar y teledu, dim ond y dagrau hyn sydd ar y newyddion, tŷ wedi mynd, a theulu, dau blentyn i fyny grisiau wedi'u mygu gan y mwg. Ni ddylai fod dim arall, dim ond y Fo, yn yfed cwrw, ei wraig O, ei ferch O, ei sigarét O, a'r tŷ o'u hamgylch.

Mae Cher yn eistedd â'i chefn yn syth, a'i dwy droed fel pe baent wedi'u clymu, y naill i'r llall. Mae hi'n eistedd yno, nid yn gwylio'r teledu ond yn gwneud yn siŵr ei fod O'n fodlon ei bod hi'n ei wylio, yn yr un ffordd ag y mae O'n fodlon ei bod hi yr union fath o ferch y mae O'n dymuno iddi fod. Sliperi tywysoges bychan pinc yw esgidiau Cher. Mae ei gwallt yn gynffon ceffyl perffaith, gyda rhuban, un glas golau. Weithiau, os ydi hi'n ei weld O'n edrych arni, bydd Cher yn addasu ei hwyneb; gwenu os oes rhywbeth doniol ar y teledu, gwgu os oes rhywbeth difrifol, neu, rŵan, ar gyfer y teulu ar y newyddion a fu farw yn y tân, mae'n dangos tristwch. Nid rhyddhad. Efallai bod y llythyr gan Cher yr eiliad hon? Yn ei phoced. Yr un roddodd y postmon i Pijin, ac a roddodd Pijin iddi hi, i'w rwystro Fo rhag ei ddwyn. Roedd Pijin wedi'i ddarllen gyntaf. Roedd y llythyr gan rhywun nad oedd o wedi'i gyfarfod erioed. Martha. Chwaer Cher. Dywedodd Cher wrtho beidio sôn amdani. Mae hi'n byw ym Manceinion. "Come and live with me, Cher," meddai'r llythyr. "Come to Manchester."

Ond y mae ar Cher ormod o'i ofn O i hyd yn oed symud ar draws yr ystafell fyw.

Yn y sièd mae Pijin yn darllen, yn darllen yng ngolau lamp sydd angen ei weindio i gael golau. Bob rhyw funud neu ddau rhaid iddo roi'r gorau i ddarllen er mwyn weindio. Mae'n gwisgo tair siwmper ac yn gorwedd mewn sach gysgu gyda *duvet* drosti. Ei fam ddaeth a hwnnw iddo o'r tŷ.

Darllen papur newydd mae Pijin, papur newydd Efa oedd o, a Pijin wedi'i ddwyn. Mae'n ei ddarllen linell wrth linell, ac er nad ydi o'n deall pob gair mae'n gallu eu darllen. Mae'n dweud y geiriau'n uchel yn y sièd ac yn mwynhau sŵn y geiriau Saesneg wrth iddyn nhw lenwi'r siâp a grëir gan waliau'r sièd.

"Ecs–per–i–ment. Ac-wi-si-shon. Sw-per-la-tuf."

Mae ganddo geg fach, oer ac mae'r geiriau'n llenwi ei geg hefyd, a phob un yn teimlo'n wahanol, yn teimlo fel clai, fel metel, fel sebon, a blas bob un yn ddieithr wrth iddo'u hynganu yn yr awyr oer.

Mae'n troi'r dudalen. Mae yna luniau. Does gan Pijin ddim diddordeb mewn lluniau. Y geiriau yw'r pethau mae o'n gallu eu blasu. Mae'n gallu rhoi'r geiriau yn ei boced, a chadw un, "ecs-tra-or-din-ari" yn y bwlch rhwng dant a chig y dant. Gall gadw un, "di-ffens-if-li", y tu ôl i'w glust, un y gallai fod ei angen ar fyr rybudd. Mae yna air ym mhob esgid, gair wedi ei wthio i waelod ei sach gysgu, a'r cytseiniaid yn cicio fel coesau ac yn mynnu mwy o le.

Bydd yn rhoi geiriau i bobl eraill hefyd. Mae'n ffordd dda o'u cadw. Fe roith o eiriau i Cher hyd yn oed: geiriau fel "co-lat-er-al" ac "ecs-po-nenshal".

Weithiau, pan mae o a Iola yn y sièd, yn cynllunio, mae'n taflu gair da allan trwy ddrws y sièd, fel pe na bai'n malio amdano, a gwylio Cher trwy'r ffenest wrth iddi ymbalfalu amdano ar y llawr, a'i sŵn bron a llithro trwy ogr ei bysedd trwsgl hardd wrth iddi ei godi. Mae Pijin yn hoffi pan fo

Cher yn dweud un o'r geiriau hyn, yn ei gynnwys mewn brawddeg am rywbeth arall. Mae ceg Cher yn gynnes a meddal; mae'r geiriau'n wahanol yn ei cheg. "Pigeon," meddai hi'n nerfus, "do you reckon Gwyn's psych-co-logical?"

Mae Pijin wedi trio rhoi rhai o'r geiriau i'w fam hefyd, pan mae hi'n eistedd wrth ei ochr ar y gwely, pan mae hi'n mwytho'i wallt. Mae o'n siarad gan ddweud y geiriau, "at-en-tuf", "apa-the-tic", "lust-les" a geiriau Cymraeg newydd: "di-fáter", "di-sbýddu", "bríth-io", gan geisio rhoi gair ar ôl gair ar ôl gair iddi hi. Ond tydi hi ddim yn eu clywed, all hi ddim clywed y geiriau bellach ac maen nhw'n chwalu'n ddim yn yr awyr, fel peli eira, yn ddim ond llwch gwyn a golau. Mae o wedi dysgu peidio gadael i ormod ohonynt fynd at ei fam fel hyn. Ddaw y geiriau hynny byth yn ôl. O'i herwydd O. Oherwydd yr hyn y mae O'n ei wneud iddi hi.

Ac yna Iola. Mae taflu geiriau ati hi fel gwneud rocedi cartref, eu tanio a'u gwylio'n ffrwydro, yn syrthio i'r ddaear neu'n diflannu i ardd drws nesaf. Hanner yr amser mae'r geiriau'n cael eu gwastraffu. Fe fydd hi'n meddwl am rywbeth arall yn hytrach na gwrando. Ond weithiau bydd Iola'n dal gair yn gegagored. Fel petai hi'n methu credu ei bod wedi dal pêl liwgar y gair yn ddamweiniol. Tydi hi byth yn dal ei gafael yno fo, na'i ddychwelyd iddo'n syth fel ag y mae. Yn hytrach mae'n chwarae ag o, yn ei daflu i'r awyr ddwywaith dair, yn sefyll arno fo, yn ei wasgu'n siâp newydd. Mewn hanner breuddwyd mae'n ei rwygo'n ddau ddarn, yn creu rhywbeth gwahanol. Weithiau mae'n gwneud gair yn waeth, "llewyrch" yn mynd yn "lle wrach", weithiau roedd hi'n gallu troi dau air drwg yn un gwych fel "massakiller" neu "sicko-psycho." Mae hi'n dweud y gair newydd yn araf, yn wael, yn flasus.

Ond tydi Iola ddim yn gwybod be i'w wneud efo gair da ar ôl iddi hi ei greu. All Iola ddim creu stori dda ar ei phen ei hun. Ddim eto o leiaf! Yn aml dim ond chwarae efo'r gair wneith hi, fel cath efo llygoden nes bod y gair yn blino a bron â.

Ac yna mae o'n ei gipio'n ôl, sychu'r llwch oddi arno, yn ei roi mewn rhes neu o dan y gwely efo'r geiriau eraill, fel bochdew yn creu nyth neu gartref.

Ond mae o'n hoff o Iola, mor hoff ag y mae o o neb. Gall ei gemau wneud y stori'n wahanol, rhywbeth y gall Pijin ei ddefnyddio. Fel hyn y maen nhw, Iola a Pijin.

Mae'n diffodd ei lamp ac yn gorwedd yn y tywyllwch yn gwrando ar glebran aneglur y teledu, sŵn sy'n llenwi'r ardd, ac yn gwylio cysgodion y tŷ yn chwarae o amgylch y sièd. Weithiau mae'r tŷ yn symud, fel petai wedi cyffio o aros yn llonydd a'r crychau yn ei gyhyrau'n brifo. Mae'r tŷ'n ddistaw, does yna ddim geiriau yno, dim ond parablu'r teledu, dim ond Cher, Mari, a dim ond y Fo.

Gorwedda Pijin yn y tywyllwch, ac yna llithro i gwsg gwyn gwag, ymhlŷg yng nghysgod y tŷ. Mae storïau breudd-wyd a hunllef am Gwyn a Fo yn preblian o'i amgylch wrth i'r nos araf droi ei thudalen, hyd nes bod Gwyn a Fo yn un dyn sy'n rhannu dau ddwrn caled, poenus.

5

Wythnos ddiwetha y cafodd Efa'r syniad am y capal. Yn y gegin. Ar ôl i mi ddeud wrthi hi unwaith eto am Gwyn.

"Mae Gwyn Hufen Iâ'n *murderer*," medda fi a'r syniad yn swigod mân ar fy nhafod. "Mae o'n lladd pobol efo'i *bare hands*."

Roedd y geiriau'n clecian ac yn chwalu yn fy ngheg, ond y cwbl wnaeth Efa oedd pwyso yn erbyn un o gypyrddau'r gegin ac edrych arna i, ei hwyneb yn galed a'i gwefusau fel *zip*.

"Falla dyla ti ddechra mynd i'r Ysgol Sul, Iola," medda hi wedyn.

"Ond *ti* ddim yn mynd."

"Mi oeddwn i'n arfar mynd i'r capal, ers talwm, ac mi ddyla pawb fynd am 'chydig."

Crychais fy nhalcen a gwneud rhyw sŵn od trwy fy nhrwyn.

"Pam ma' plant fod i goelio mewn 'Duw!'? Does 'na neb arall yn gneud."

Ond doedd Efa ddim mewn hwyliau dadlau. Anwybyddodd y busnas 'Duw!'.

"'Sa well i ti fod yn yr Ysgol Sul nac yn byta hufen iâ ac yn chwara gema gwirion efo Pijin," meddai gan roi tro i beth bynnag roedd hi'n ei biclo ar y stôf.

Y troeon cyntaf mae Efa'n dod efo fi. Mae Capel Nasareth ar y Stryd Fawr, yn bwysau trwm ar y stryd. Mae'r adeilad yn gwgu wrth i Efa a finna gerdded tuag ato. Mae'n gapal o garreg llwyd ac yn dew fel lord. Mae'n rhy fawr i fod wrth ymyl y siopau bach sydd wedi cau a'r tai cyngor sgwâr llwyd sydd lawr dre. Mi alla i deimlo 'Duw!' yn rhoi cur pen i mi.

Ond mae o'n olau tu mewn, a tydi 'Duw!' heb gyrraedd eto, felly 'da ni'n iawn. Mae 'na lot o ferched sy'n nabod Efa yma. Mae 'na ogla glân neis arnyn nhw, persawr sydd yn debyg i floda. Maen nhw'n gwenu arna i hefyd. Mae un ohonyn nhw'n rhoi da-da i mi. Am ddod i'r Ysgol Sul medda hi. Faint ydi dy oed di, pwt?

Dwi'n deud celwydd. "Deg."

"Iola!" medda Efa.

Felly dwi'n gorfod deud wrthyn nhw be ydi f'oed i go iawn.

Ond does 'na neb yn flin 'mod i wedi deud celwydd. Celwydd gola ydi o meddan nhw. A dwi'n meddwl tybad fydd 'Duw!' yn cyd-weld pan neith o gyrraedd efo'r gweinidog.

'Da ni gyd yn mynd mewn ac wrth i mi gerdded rhwng y seti dwi'n cyfri faint o draed sydd yna, ond yn rhoi'r gorau iddi hi ar ôl pum deg.

"Sh!" medda Efa. Mi ro'n i'n cyfri'n uchal.

'Da ni'n eistedd ac yn gwrando ar y gweinidog, ac ar y canu sy'n llenwi dy holl gorff fel balŵn fel dy fod isio codi i'r nefoedd.

"Sut wyt ti'n gwbod y caneuon i gyd, Efa?"

Mae'r ddynas efo'r da-da yn troi rownd ac yn gwenu eto.

"Dwi'n 'i licio hi," medda fi yng nghlust Efa.

Mae hi'n fy licio i hefyd, felly, ar ôl y gwasanaeth, mi fydda i'n mynd i'w dosbarth Ysgol Sul hi medda Efa.

Mae 'na dair hogan arall yn ei dosbarth hi. Damia. Dwi'n 'u nabod nhw o'r ysgol. Dwi ddim yn licio nhw a tydyn nhw ddim yn fy licio i. Wythnos ddiwetha yn yr ysgol roedd Catrin wedi deud wrth y dosbarth 'mod i'n drewi. Dwi'n drewi oherwydd *incense* Efa. Dwi'n deud wrth Efa am beidio'i losgi, ond mae o'n dda i'w henaid hi, medda hi. Beth am fy enaid i? Enaid ydi'r darn o bobol mewn oed sy'n gallu mynd yn sâl a'u cadw'n effro'r nos. Ti'n mynd i capal i dyfu un. Dwi ddim yn siŵr os dwi isio hynny ddigwydd.

Ond mae'r athrawes yn neis iawn. Ac mae hi'n deud drefn wrth Catrin am beidio gwenu a 'nghroesawu i pan dwi'n ymuno efo'r dosbarth. Mae Catrin yn gwgu a dwi'n gweld yr athrawes, Anti Siwan ydi'i henw hi, yn gwylio Catrin. Mae hi'n ei gwylio hi, ac mae posib deud y bysa hi, heblaw am 'Dduw!', yn flin. Felly dwi'n licio hi fwy byth. Fel arfer dim ond Efa neu Pijin sy'n cadw fy mhart.

Anti rhwbath ydi pob dynas yn y capel. Er tydyn nhw ddim, gwaetha'r modd. Ond fyswn i ddim isio Anti Gladys, hyd yn oed tasa hi'n anti go iawn.

"Wel bore da Efa Williams!" medda Anti Gladys, cyn gynted â'n bod ni wedi cerdded mewn trwy ddrws trwm y capal ar yr ail ddydd Sul. "Ers talwm iawn," medda hi, gan lyfu'r lipstic pinc ar ei cheg sur. "Roeddan ni yma wythnos ddiwetha," medda Efa. Ond mae'n rhaid na wnaeth Anti Gladys sylwi arnon ni yr wythnos cynt oherwydd mae hi'n edrych fel petai hi ddim yn coelio hynna.

Mae'n gwisgo cot grand, ac er bod Anti Gladys yn hen ac yn rhychiog, mae ganddi hi ddal frestia hir a stwff gwyrdd o amgylch ei llygid. Mae Anti Siwan y tu ôl iddi hi, a dwi'n ei gweld hi'n gwgu ac yn dal llygad Efa.

"Bore da Gladys." Mae Efa'n ei ddweud yn ddistaw ac yn sefyll yno yn ogla llwydni'r festri yn ei sgert hir loyw a'r sgarff ar ei phen fel sipsi. Mae'n edrych fel petai hi yno ar ddamwain. Dwi'n sefyll wrth ei hochor, yn cosi yn fy nheits gwlân, fy nghot law las a fy ffrog Ysgol Sul felfed goch. Mae'r ffrog yn rhy fach erbyn hyn, ac yn gwasgu o dan fy ngheseilia. Dwi angen pi-pi, a dwi'n rhoi fy nhroed chwith ar ben fy nhroed dde.

Unwaith eto mae awyr y capel yn llawn arogleuon pobol

lân. Dwi'n eu clywed yn sibrwd yr ochr arall i'r festri. Y
genod. Rhiannon a Catrin. Maen nhw'n piffian chwerthin
ac mae eu hwyneba'n deud wrtha i fod yn ofalus. Dwi'n
rhythu'n ôl arnyn nhw, a thra mae Anti Gladys ac Efa'n
esgus cael sgwrs, dwi'n tynnu tafod, tafod sy'n las ar ôl byta
gobstopper. Mae'r genod yn ymateb fel 'sa nhw mewn drama
ac mae Anti yn troi ac yn fy nal. "Un o'r teulu?" gofynnodd
wrth Efa, yn felys, felys.

Dwi'n edrych i fyny ar Anti Gladys. Mae hi'n gwenu. Ond
tydi hi ddim fel gwên Anti Siwan. Gwên clawr cylchgrawn
ydi hi. Ddim un go iawn.

"Ar gyfer pa achlysur mae'r dillad 'ma ti'n 'u gwisgo, Efa?"
holodd Anti Gladys. "Pantomeim y Nadolig efallai?"

Tydi Efa ddim yn dod i mewn i'r capal ar ôl yr wythnos
honno, ddim yn dod o fewn cyrraedd tafod finiog Anti
Gladys. Rŵan tydi hi ddim ond yn cerddad efo fi i fyny'r
grisia o flaen yr adeilad parchus, yn edrych ar ddrysa'r
capal fel 'san nhw'n codi arswyd arni a throi ar ei sawdl cyn
i Siwan neu rhyw Anti arall ei dal a'i llusgo i mewn. Mae
Anti Siwan yn mynd allan ar ei hôl yr wythnos gyntaf, ond
all hi hyd yn oed ddim perswadio Efa i ddod i mewn eto.
Er gwaethaf ei dillad hipi a'i holl liwiau mae Efa fel drws
wedi'i gau. Mae hi'n edrych yn drist, ond wneith hi ddim
ailfeddwl.

Rhaid i mi gerdded i fyny'r grisiau at y drysau pren fy
hun. Mae Anti Siwan yn estyn ei llaw i mi, ond tydw i ddim
yn gafael ynddi, dwi ddim isio'r genod feddwl mai babi
ydw i. Dwi'n cerdded i mewn i'r capal ar fy mhen fy hun,
yn cael hyd i sêt yn y cefn lle medra i agor fy nghomic a
darllan tra bod y bregath a'r caneuon yn disgyn yn wag a
di-fin i'r galeri. Y caneuon ydi darn gora'r capel hyd yn hyn.
Dwi'n eistedd ac yn gwrando ar yr emynau wrth iddyn nhw
chwyddo fel 'cutan bapur a mynd yr holl ffordd i'r nefoedd
trwy'r nenfwd sydd wedi pantio.

Ar ôl y gwasanaeth mae'r Ysgol Sul, a dwi'n edrych allan drwy ffenest y dosbarth ar y mynyddoedd sydd dan eira ac yn edrych fel Viennetta; dwi'n meddwl am Pijin a thra mae Anti Siwan yn siarad am 'Iesu!' mae'r alawon hufen iâ crynedig yn canu yn fy mhen. Dwi'n trio meddwl am 'Iesu!' a'i locsyn a'i bysgod a'i fara am 'chydig, ond yna dwi'n meddwl am Hufen Iâ Gwyn. Dwi'n gosod yr hufen iâ mewn rhes er mwyn dewis fy ffefryn. Yr un siocled ydi hwnnw. Siocled bob tro.

"Mae Iola Williams yn drewi," medda Catrin, yn ei llais cacwn. Mae Anti Siwan wedi gadael yr ystafell. Mae Rhiannon yn eistedd wrth ochr Catrin, ffrogiau 'run peth, sbeit 'run peth, ac yn chwerthin.

"Mae Iola Williams yn drewi fel *silage*. Mae ffrog Iola Williams rhy fach iddi hi. Tydi mam Iola Williams ddim yn fam go iawn iddi hi. Mae mam Iola Williams wedi marw. Ti 'di gweld ei chwaer hi? *Freak* go iawn."

Ia, yn bendant, siocled ydi'r gorau, dwi'n gallu ei flasu fo. Beth bynnag, y peth am Efa ydi ei bod hi'n cymryd yr holl dabledi i gadw ei henaid yn iach, ac mae pawb yn chwerthin ar ei phen oherwydd y mwclis a'r lliwiau, ond go iawn mae hi'n fwy byw na'r un ohonyn nhw, y bobol sy'n siarad amdani tu ôl i'w dwylo bachog marw ac sy'n rholio'u llygaid fel marblis o dan eu gwallt llwyd wrth iddi hi fynd heibio.

Dwi'n holi Efa amdanyn nhw pan dwi'n mynd adra.

"Pam nad ydi pawb yn glên efo chdi, Efa?"

"Mae llawar ohonyn nhw'n annwyl iawn."

"Ia, ond . . ."

"Hen a hen ffasiwn ydi Anti Gladys," medda Efa.

Dwi'n aros. Mi esbonith Efa os arhosa i.

"Hi oedd un o'r rhai oedd yn cario clecs am 'n teulu ni ers

talwm. Mi ddeudodd wrth yr hen bobol i gyd fod Nain yn slwt goman."

"Pam?"

"Am nad oedd gan Dad dad, a bo Nain heb briodi."

"*So?*"

"Roedd o'n bwysig ers talwm."

"Priodi?"

"Priodi cyn cael plant."

"Ond 'di o ddim bwys rŵan?"

"Ddim gymaint."

"Ddim i Anti Siwan?"

Mae Efa'n chwerthin. "'Di o'm bwys gan Siwan un ffordd neu'r llall. Mae *hi'n* glên."

Dwi'n gwenu. Mae Anti Siwan yn hyfryd.

Dwi'n mwynhau'r capal. Dwi'n mwynhau bod yn rhan ohono fo. A sut mae fy llais i yn canu efo'u lleisia nhw i gyd yn gneud un llais mawr balch, ac o be maen nhw'n ddeud amdano fo, dwi hyd yn oed yn hoff o'r 'Iesu!'. Rhannu a ballu. A bod y pethau bach i gyd yn bwysig. Fatha fi.

Ond tydi hyd yn oed 'Iesu!' a'r canu, ac Anti Siwan a'r lleill sy'n gwenu ac yn arogli fel bloda, a hyd yn oed bod yn rhan ohono fo, y peth mawr, ddim yn ddigon i neud yn iawn am fod heb Pijin. O'i gymharu efo'r capal, o'i gymharu efo pob dim, mae dydd Sul efo Pijin yn un reid fawr. Fo sy'n ei greu o wrth fynd yn ei flaen a ti isio neud siŵr dy fod ti'n rhan ohono fo. Yn rhan fawr. O'i gymharu efo hynny ogla polish ydi capal, a ffrogia del anghyffordddus, genod yn pinsio, a'r hogia yn cael y clod am bob dim.

"Pam dwi'n gorfod mynd os ti ddim?" dwi'n gofyn.

Mae Efa'n edrych arna i.

"Mae rhaid i ti ddysgu sut i fyw mewn cymdeithas," medda hi fel robot.

"Bod yn dda ti'n feddwl?"

"Ia."

"Fatha chdi?" Doeddwn i ddim yn bwriadu bod yn ddoniol ond mae Efa'n chwerthin. Mae'n rhoi ei braich o fy amgylch, ond mae hi'n dal i fy ngorfodi i fynd yno.

Yr hyn wnaeth Efa mo'i ystyried, yr hyn wnaeth neb ei ystyried 'rioed, oedd Pijin, a Pijin yn penderfynu dod i'r Ysgol Sul hefyd ar ôl bod yn *bored* hebdda fi am 'chydig o ddyddiau Sul-fatha-diwrnod-ysgol a methu mynd adra oherwydd ei fam, rhag ofn.

Mae Anti Gladys yn edrych *fel 'na* ar drowsus ysgol llwyd Pijin. Mae hi'n troi ei thrwyn pan mae hi'n gweld Pijin a fi, ac yn camu oddi wrthan ni, fel mae pry copyn yn camu i'r ochr pan ti'n gwthio dy fys i ganol ei we. Dim ond ar Mr Lewis y gweinidog, yn sefyll wrth ymyl 'Duw!' yn y pulpud, mae Anti Gladys yn gwenu.

Mae Rhiannon a Catrin yn cadw'n bell oddi wrthan ni hefyd. Mae hynna'n beth da. Sêt gyfan i ni'n hunan. Dwi a Pijin yn esgus sibrwd petha am y genod. Dim ond gneud twrw gwirion mae Pijin, neu canu petha yn fy nghlust. Ac yna mae'r chwerthin yn codi o fy mol ac yn dod allan trwy fy nhrwyn. Ac mae rhai o'r bobol yn troi i edrych arnon ni ac yn edrych yn flin. Er bod Anti Siwan yn gwenu pan mae hi'n troi, mae hi'n rhoi ei bys ar ei cheg i'n siarsio ni i fod yn ddistaw. Ond tydi Pijin ddim yn gwrando.

Weithia mae Pijin yn deud jôc gyfa yn fy nglust pan mae o'n gallu meddwl am un.

"Mae *fanny* Catrin wedi'i gneud o falwod," ddeudodd Pijin unwaith. Dwi ddim yn licio fo'n ei ddeud o. *Fanny.* Dwi ddim yn licio bod Pijin yn deud y gair yna.

Mae Pijin yn deud wrtha i gymaint mwy o hwyl 'da ni'n ei gael yn capal rŵan o'i gymharu efo pan oeddwn i'n mynd yno ar fy mhen fy hun. Mae'n rhaid ei fod o'n wir. Mae petha llawer gwell ar ôl i Pijin ddechra dod yno, efo'i syniad o dynnu llun mwstásh a chocia ar y llunia o 'Iesu!' a'r disgyblion yn llyfr *Beibl-y-Plant* yn y festri. Mae o'n tynnu llun y cocia, rhai hir, tena, efo pin ffelt llydan du. Mae hyd yn oed Mr Lewis yn edrych fel 'sa fo isio chwerthin oherwydd, wrth iddo fo ddarllen rhwbath am 'Dduw!' a ballu wrth Pijin a finna, mae o'n ysgwyd i gyd ac yn pwyntio bys sy'n crynu aton ni, a ninna'n sefyll o flaen y pulpud a phawb yn gwylio o'r holl seti sy'n mynd yn ôl ac yn ôl i lle mae'r Antis ifanc neis a'r hen Antis yn eistedd, nes cyrraedd at ddrws y capal, y drws dwi isio rhedag allan trwyddo.

Ond pan dwi'n troi dwi'n gweld bod Anti Siwan a rhai o'r merched ifanc eraill yn crio am eu bod nhw'n gneud cymaint o ymdrech i beidio chwerthin. Dwi'n meddwl mai o'u herwydd nhw mae Mr Lewis yn penderfynu y dylan ni beidio aros yn yr Ysgol Sul y diwrnod hwnnw, a mynd adra a deud wrth Efa be 'da ni wedi'i neud. Dim gobaith. Mae Anti Gladys yn cynnig cerdded efo ni allan o'r capal. Mae hi wrth ei bodd.

Mae hi'n cerdded allan efo ni i'r stryd wag, a'i hwyneb sydd wedi'i beintio yn edrych i lawr arnon ni. Ac yna mae hi'n ei ddweud o. Mae hi'n plygu i lawr, fel bod ei hwyneb 'run lefel â wyneb Pijin, ac mae hi'n dweud, yn ddistaw bach, fel nad oes neb o'r lleill yn clywad: "Eff-off."

Dwi a Pijin yn rhedag lawr y stryd. Mae Pijin yn gweiddi chwerthin, a dwi'n ei ddynwared, er 'mod i wedi dychryn 'chydig bach.

"Neuthon ni neud i Anti Gladys ddeud 'ffyc'!" medda Pijin. "Wel, bron iawn." A 'da ni'n teimlo'n falch iawn o'n hunain.

Ond wrth i ni redeg i ffwrdd dwi'n clywad y canu'n dod o du mewn y capal mawr, ac mae tamaid ohona i isio bod yno efo Anti Siwan a 'Iesu!' a'r ogla bloda, a hyd yn oed y genod del cas yn eu ffrogia Ysgol Sul, a'r hen bobol yn crino ac yn canu efo'i gilydd fel bleiddiaid. Roeddwn i'n rhan ohono fo, a rŵan 'da ni tu allan, Pijin a fi a neb arall.

6

Roedd o'i hangen hi. Heb Iola dim ond llanast o inc du oedd ei holl feddyliau. Dweud wrthi hi oedd yn rhoi trefn ar y cyfan. Felly, pan aeth o draw i'w thŷ hi, ac Efa yno ar ei phen ei hun ac yn dweud fod Iola yn y capel, meddyliodd pam lai?

Heliodd ei draed i fyny'r ffordd, agor y drws trwm a cherdded i mewn, yng nghanol y bregeth. Trodd pawb i edrych arno wrth iddo gerdded tuag at y sêt fawr gan chwilio am Iola.

Fe afaelodd hi yno fo wrth iddo'i phasio a'i lusgo ar ei hôl i eistedd yn un o'r seti yn y cefn. Eisteddodd Pijin. Roedd rhai o'r bobl yn edrych ar ei gilydd, yn codi'u haeliau, ond mi eisteddodd i lawr, ac roedd hi'n ymddangos y gallai aros yno. Bosib y gallai?

Ond roedd hyn yn ormod, ceisio o ddifri rhoi dy hun yng nghanol pethau, yng nghanol y dref. Mynd i'r capel, a gadael i dy lais godi gyda phawb arall mewn caneuon sy'n chwyddo'n hir ac sy'n creu poen o'r tu mewn allan. Roedd o'n ormod, pan mai'r cyfan wnest ti erioed oedd sefyll ar y tu allan. Yn arbennig pan oedd y ddynas yna, yr athrawes, yn dy drin fel 'sa ti'n perthyn. Roedd o'n ormod. Gallai Pijin deimlo'r ysfa ynddo i ddweud wrthi. Dweud amdano Fo. Gallai deimlo ei bod hi'r math o berson a fyddai'n poeni. Roedd y geiriau'n beryglus, yn gwthio i flaen ei dafod. Petaen nhw'n cael eu dweud efallai y bydden nhw'n chwalu popeth, y lluniau a'r straeon oedd yn anghenrheidiol i gadw dy fyd efo'i gilydd. Y geiriau oedd bron iawn ar dafod Pijin, bron â gwthio'n rhydd a chael eu sibrwd yng nghlust Anti

Siwan, bron iawn, roedd gan y geiriau hyn y pŵer i ddad-
wneud popeth. Fedrai Pijin ddim. Allai o ddim eu deud
nhw.

Felly, yn hytrach, byddai'n chwalu hyn i gyd: dyddiau
Sul Iola hebddo fo, y capel. Y bobl 'ma oedd yn poeni, a'r
rhai nad oedd ots ganddyn nhw. Mi fyddai'n defnyddio'i
eiriau i'w chwalu'n gymaint o ddarnau mân, fel na fyddai
ar Iola isio dim o hyn wedyn. Y fo yn unig, Pijin, fyddai hi
ei isio. A doedd dim bwys ganddo fo am 'Dduw!' chwaith.
'Mond fersiwn arall ohono Fo oedd 'Duw!' Yn gwylio pawb
trwy'r adeg, yn gwneud iddyn nhw ymddwyn fel yr oedd O
isio, yn eu bygwyth nhw, a thaflu rhai allan i fyw yn y sièd.
Roedd Pijin yn ei gasáu O. Felly doedd o ddim yn bwriadu
gwrando ar ganeuon 'Duw!' a'u cytganau od, llawn poen.
Doedd o ddim am adael i Iola fwynhau dim ohono fo.
Byddai'n rhaid iddo fo'i llusgo hi i ffwrdd. Byddai'n rhaid
iddo dorri'r llinyn a oedd yn ei chysylltu gerfydd ei bogel, i'r
dref.

Y ffordd orau oedd difetha eu stori. A'u stori nhw oedd
y Beibl. Felly mi oedd o am fynd yno efo'i bin ffelt a'i droi i
gyd tu chwith allan. Gallai Pijin ddad-wneud unrhyw stori
roedd o'n ei dewis. Dyna wnaeth o trwy gydol ei fywyd.
Torri geiriau a'u gludo'n ôl at ei gilydd. Roedd Mr Lewis
yn gallu teimlo hynny. Gwyddai Pijin ei fod o'n ei deimlo.
Dyna pam roedd o mor flin. Roedd o'n gwybod nad mater
o fod yn ddoniol oedd o. Nid mater o gociau a bronnau ar y
Beibl oedd hyn, fel y credai'r merched oedd yn chwerthin.
Brwydr oedd hon. Ac nid gêm mohoni.

Roedd Pijin eisiau ei chael hi'n ôl. Mae pawb angen
rhywun i wrando pan maen nhw'n adrodd eu stori. Mae
pawb angen hynny. Roedd Iola'n angenrheidiol. Mi oedd
hi, fel y dywedai papur newydd Efa, yn "utterly ir-re-place-
a-ble". Roedd rhaid iddo'u gorfodi nhw i ddangos nad oedd
ganddyn nhw gymaint o feddwl ohoni ag oedd ganddo fo.

Roedd y ddynas 'na wedi dweud "Eff-off". Felly mi oedd o wedi ennill.

Roedd o wedi'i hennill hi'n ôl. Roedd o wedi gwthio'r holl boen 'na i ffwrdd. Doedd o heb ddweud gair wrth yr un enaid byw. A rŵan roedd posib iddyn nhw, fo a Iola, ddal ati. Efo stori Gwyn. Fe allai'r ddau ohonyn nhw ei hadrodd efo'i gilydd.

7

Mae eistedd yn atig Pijin lawer, lawer gwell na bod yn capal beth bynnag, a rŵan mae Pijin yn smocio, "sydd," fel mae o'n ei ddeud, "yn rhwbath elli di ddim ei neud yn 'Rysgol Sul a dyna pam fod fanno'n *crap*."

Tydi O ddim yn nhŷ Pijin. Mae O wedi mynd â mam Pijin i rywle ar y bws, a Cher hefyd, ond nid Pijin, felly mi fedra i a Pijin eistedd yn yr atig siâp triongl, yn cuddio oddi wrth Efa, a tydi O ddim yma i boeni am y peth. Am unwaith tydi Cher ddim yma chwaith, yn bod yn niwsans ac yn gofyn cwestiyna anodd. O ffenast yr atig dwi'n gallu gweld y tai yn pentyrru y naill ar ben y llall i fyny'r Allt a phrin dwi'n gallu clywad blaenau pigog yr holl sŵn sydd yn y cwm – y clecian yn y chwaral, y ceir yn chwyrnu fel cŵn, y canu corn a newid gêr lorïau'r chwaral wrth iddyn nhw lwytho a bagio'n ôl, llwytho a bagio'n ôl ar hyd haenau'r tomenni llechi, hyd yn oed ar ddydd Sul. I fyny yn fama lle mae tŷ Pijin yn gwthio i mewn i'r awyr, a'r ffenestri'n gwylio'r cymylau, mi rydw i a Pijin yn creu cynllun.

Mae o'n plygu ei freichiau a'i goesau hir o amgylch y gadair a'r bwrdd fel helyg gwlyb ar gyfer bwa a saeth, un o'i sigaréts O y tu ôl i'w glust a'i fawd yn troi olwyn fach wreichionllyd y taniwr. Y Fo bia hwnnw hefyd, fel y sigarét a'r papur ugain punt mae Pijin yn ei ddangos i mi wedi'i guddio yn ei drôns rhwng ei fol tena gwyn a'r lastig.

"Ugain punt, Iola!" medda fo, gan ei ddangos i mi, a gwenu. Mae gwên Pijin fel y stôf goed yn y gegin oer sydd gen i ac Efa, rhy fach i gynhesu'r stafell i gyd, ond yn dal yn well na dim, dyna ydi gwên Pijin.

Mae'n drewi, ond mae Pijin wrth ei fodd yn smocio. Felly rŵan mae o'n bachu'r sigarét o du ôl i'w glust dde ac yn ei dal rhwng ei fys a'i fawd, yn rhoi tiwb gwyn y peth yn ei geg ac yna'n sugno arno fel bod ei geg yn edrych yn fach o amgylch y sigarét. Wrth iddo sugno mae o'n troi olwyn y taniwr ar yr un adeg er mwyn ei chynnau. Mae Pijin yn edrych yn llai pan mae o'n smocio. Mae'r sigarét yn gneud iddo fo edrych fel hogyn bach go iawn, fel pan dwi'n gwisgo colur Efa. Daw mwg allan o'i geg: afiach, del, melys a chwerw, ac mae hyn lot gwell na Ysgol Sul beth bynnag.

Mae'r ffenestri'n agored er mwyn i'r mwg ddianc a 'da ni'n plygu dros y map, sydd yn fap medda Pijin o "fama, yr Allt a'r dre, a'r afon, ac yn fanna, y mynydd hefyd." Ar y map, wedi i Pijin ymaflyd ag o i edrych arno, mae 'na groes fach goch "lle mae tŷ Gwyn."

Dwi'n rhan ohono fo'r tro 'ma, yn rhan go iawn, a dwi ar y ffordd at y groes fach goch, yn goch fel gwaed ar y map. Fi ydi prif ddyn Pijin yn fy ffrog Ysgol Sul a'r teits sy'n cosi.

"We go there," meddai Pijin, fel 'sa fo mewn ffilm, "and we give him a ... a ..."

" ... taste of his own medication?" medda finna i orffen y frawddeg.

"Ia," medd Pijin. "Ia, dyna 'da ni'n neud."

'Da ni'n llenwi'n pocedi efo arfau: cyllell boced i mi, taniwr sigaréts i Pijin, cerrig efo dannedd miniog "yn barod i dynnu'i lygad o'i ben o" medd Pijin. Mae o'n dod a darn o raff a hances boced hefyd "i neud gàg." Mae o'n edrych i fyny arna i wrth ddeud hynny. Mae ei lygaid fel dŵr dyfn. Mae Pijin yn sefyll wrth ffenest yr atig. Mae o'n dywyll yn erbyn y diwrnod gwyn tu allan. Yna dwi'n gweld sut mae ei ddwylo fo'n crynu mymryn. Mae o'n flin. Na, nid blin. Wedi gwylltio. Pam mae o wedi gwylltio cymaint?

Ond dim ond gneud be mae Pijin yn ei ddeud sydd raid i mi. Rhaid i mi goelio be mae o'n ei ddeud a gneud pob dim.

Dyna ydi Pijin.

Rydan ni'n rhoi pinnau bawd, a beiro, y map, yr ugain punt, selotêp, lamp, batris, sling a banana yn ein pocedi.

"Pen-blwydd Dewi ydi hi," medda fi wrth Efa. Hogyn sy'n yr un dosbarth â Pijin ydi Dewi nath golli dant wythnos ddiwethaf a gwario'r pres ar fom drewi a'i rhoi yng nghot Pijin fel 'sa Pijin "ddim isio dod i'w barti fo" ond mae hi'n stori dda i ddeud wrth Efa. Mae Efa'n hapus yn llafarganu cân ioga yn y stafell gefn pan 'da ni'n galw i ddeud wrthi hi am y parti. Mae hi'n ein hel allan a 'da ni'n rhedag lawr y rhiw i ddal bws 67 o'ma.

Erbyn inni fynd mewn i'r bws dwi'n barod yn teimlo rhywbeth diarth, rhywbeth llonydd fel rhew yn gorwadd yn erbyn fy 'senna. Ond mae'r ffaith 'mod i ar fws diarth yn mynd i rywle gwahanol yn ddigon i mi boeni amdano, bod ar fws sy'n mynd lawr y rhiw ac i'r ffordd fawr efo'r holl hen bobol a'r gyrrwr sydd ddim ond yn codi'i aelia ar bapur ugain punt Pijin, yn edrych arna i, yn ochneidio "Hhh", gan ysgwyd ei ben fel'na tra 'da ni'n cerddad rhwng y seti reit i'r cefn.

Mae'r map wedi'i agor ar ein gliniau ac mae Pijin yn cyfri strydoedd y dre wrth i ni ei gadael: "Stryd Goronwy, Stryd Albert, Stryd Uchaf, Stryd Ganol, Stryd Isaf, Stryd Syth, Stryd Gam, Stryd y Gwynt, Stryd y Glaw" ac i'r ffordd fawr fel pysen o wn pys.

"Ti'n gweld?"

Mae'r bws yn ratlan fel cadw-mi-gei ac mae Pijin yn dangos efo'i fys lle rydan ni ar y map. Mae'r bws yn symud ar hyd y ffordd, yn mynd yn nes at y groes goch – yn nes ac yn nes ac yn nes, felly dwi'n rhoi'r gora i edrych arno fo oherwydd dwi'n teimlo'n sâl. Dwi'n sâl oherwydd y bws, ond hefyd am 'mod i isio dileu'r groes beiro goch a symud bys Pijin yn ôl ar hyd llinellau'r map nes ei fod wedi cyrraedd Rallt Uchaf a 'nhŷ i eto ar ben y rhiw, ac Efa mwya tebyg erbyn hyn yn gneud y peth Shifassanna cysglyd ar ôl ei ioga. A dwi'n teimlo'n sâl eto; oherwydd nid Gwyn sydd arna i ei ofn erbyn hyn, mae ofn Pijin arna i, ac mi fyddwn i'n rhoi'r byd am gael pwyso yn erbyn Efa ac anadlu mewn ac allan trwy'i thrwyn hi tra bod Efa'n gwrando ar y dyn gwirion ar y tâp yn deud *in, out, in, out*, mewn, allan, mewn.

Pan dwi a Pijin yn dod oddi ar y bws 'da ni ar stryd wastad a phob tŷ yn sefyll ar wahân, ac yn wyn, ac mae gan bob un ohonyn nhw ardd fechan, ac mae o'n neis. Ond mae hi'n dawal, yn dawal oherwydd does 'na ddim cymaint o dywydd lawr fama. Mae'r awyr yn uchel uwch ein pennau, a does 'na neb o gwbwl ar y stryd.

"Sut ti'n gwbod y bydd o'n tŷ?" dwi'n gofyn i Pijin.

"Cos bo fi wedi gofyn iddo fo pa mor hir 'di shiffts o, stiwpid, a nath o ddeud fod o'n cyrraedd adra am bedwar o'r gloch bob diwrnod."

Mae'r map gan Pijin, ac mae gynno fo hefyd ddarn o bapur a chyfeiriad arno fo. Y rhif mae o'n chwilio amdano ydi un deg saith. Saith deg saith ydi'r tŷ agosa aton ni, felly 'da ni'n bell a rhaid i ni gerdded yr holl ffordd ar hyd y stryd, yr holl ffordd ar hyd y pafin du. Mae'r petha sgen i yn fy mhocad yn gneud twrw. Dwi'n cerddad lawr y stryd yn gneud ffasiwn dwrw fel bod Pijin yn deud "Iolaaa!" fel 'na, fel taswn i ar fai.

"Ddim 'y mai i ydi o," dwi'n ddeud, oherwydd mai dyna ydi'r gwir. Fedra i ddim gneud dim byd i rwystro dim o hyn. Dyna ydi'r peth. Dyna ydi'r gwir.

"Dal y pocedi 'na, 'ta," medda fo, a dwi'n gwbod ei fod o'n nerfus hefyd, felly dwi'n ufuddhau ac yn dal fy nwylo yn erbyn fy mhocedi a 'da ni'n cerddad lawr y ffordd ddistaw, wag. Dim ond weithiau dwi'n gneud twrw.

Chwarter un o'r tai mawr ydi rhif un deg saith; tŷ mawr wedi'i rannu fel bar o siocled yn fflatiau bychain. Un o'r fflatiau ydi rhif un deg saith. Mae Pijin yn sbio arno fo, yn sbio ar y bocs bychan, rhif un deg saith, ac yn edrych fel balŵn sydd wedi colli'i aer. Ym mhob un o storïau Pijin mae Gwyn yn gyfoethog. Mae Pijin wedi gwylltio fwy byth rŵan gan nad ydi pethau ddim yn ffitio'n iawn. Tydi hynny ddim yn beth da i mi. Tydi o ddim yn beth da i Gwyn.

Mae Pijin yn deud, "Aros fama, Iola."

A dwi'n gneud. Dwi'n aros, tu allan i ardd Gwyn. Ond does gan Gwyn ddim gardd. Cerrig mân sy ganddo fo, ac un goedan rhosod yn y canol, gyda cherrig mwy, 'run lliw â'r cerrig mân, wedi'u gosod o amgylch y goedan rhosod wedi marw.

Mae Pijin yn mynd at ffenast rhif un deg saith. Mae o'n mynd mor agos nes 'mod i'n teimlo'n boeth ac yn sâl. Mwya sydyn mae fy 'sgwydda i a fy mrest yn llosgi efo'r holl ofn o weld Pijin yn mynd at y ffenest. Mae Pijin yn edrych i mewn i'r stafell rŵan. Mae'n edrych am rai eiliada, ac yna'n dod nôl ata i.

"Mae o yna," medda fo.

"O," medda fi.

"Mae o'n cynllunio rhwbath," medda Pijin ac yna yn ei lais ffilm, "Planning his next terrible crime."

Dwi'n crynu. A dwi isio gweld hefyd, isio gweld Gwyn i mewn yn fanna yn cynllunio be mae o'n mynd i neud nesa, ac i bwy, ac mae o fel pan ti'n credu dy fod ti'n gallu hedfan, a ti'n anghofio be sy'n wir a be sydd ddim, a ti'n anghofio nad wyt ti ddigon dewr, ac mae o felly, a mwya sydyn dwi wrth y ffenast, fel roedd Pijin cynt.

Mae hi'n dywyll tu mewn, ac mae o'n edrych fatha mae hen gypyrddau'n arogli. Stafell fyw ydi hi, ond mae hi'n edrych yn farw. Fatha rhyw fath o arch. Mae popeth yn frown gola. Mae 'na soffa a dwy gadar i gyd 'run lliw. Ar wahân i hynny mae 'na fwrdd coffi efo wynab gwydyr a bloda plastig mewn potyn ar ganol y bwrdd. Ac mae

Gwyn yno, ar y soffa. Y llofrudd. Dwi'n gallu gweld ei wddw blewog, a chorun gloyw ei ben, a dwi'n gallu gweld ei ddwylo byr ac maen nhw'n.

'Mond gneud croesair mae o.

Dwi ddim yn deud dim byd am hynny wrth Pijin. Mae Pijin yn edrych yn ddigon blin yn barod, oherwydd nad ydi petha fel maen nhw yn ei storis, ddim o gwbwl a deud gwir. Mae Gwyn yn edrych yn *boring,* ac mae ei dŷ o'n *boring* hefyd, ond dwi ddim yn deud hynny.

"Be wnawn ni 'ta?" dwi'n sibrwd y cwestiwn wrth Pijin unwaith 'da ni'n dau ar ochr y stryd o wal gardd Gwyn, yn ddigon pell o'r tŷ i siarad. Tydi o ddim yn atab, dwi'n ama nad ydi o'n gwbod be wnawn ni nesa. Falla ei fod o'n penderfynu wrth fynd yn ei flaen. Falla neith o roi'r gora iddi hi oherwydd nad ydi petha'n mynd yn iawn. Ond tydw i ddim yn siŵr os dwi isio i'r papur fod yn groesair, a Gwyn yn ddyn hufen iâ a hon yn stryd dawel ddiflas heb ddim tywydd cyflym na'r un stori arall.

"Awn ni mewn?"

Tydi Pijin ddim yn arfar gofyn cwestiynau. Sydd yn beth da oherwydd nad ydw i'n dda iawn am ddewis atebion. Fatha rŵan, dwi ddim yn gwbod go iawn. Ond dwi'n nodio fy mhen.

Mae Pijin yn edrych 'di synnu. Dwi wedi synnu hefyd, oherwydd mi oedd hynna'n beth hurt i'w neud: nodio. Yna mae Pijin yn nodio'i ben hefyd, ac yn dechrau cerdded at y tŷ eto, fel 'tasa mai fo oedd yr un dewr ac wedi penderfynu mynd i mewn, nid fi.

Dwi'n sefyll wrth y goedan rhosod, ac yn deud wrtha fi'n hun 'mod i yma rhag ofn i Gwyn godi a dechra symud, fel 'mod i'n gallu rhybuddio Pijin, ond celwydd ydi hynny, dwi yma go iawn oherwydd fedra i ddim symud troed na llaw oherwydd yr oerfel poeth sy'n fy esgyrn a throsta i gyd. Yna dwi'n gweld Gwyn yn codi.

Dwi dal methu symud. Ond tydi Gwyn ddim yn 'y ngweld i'n sefyll wrth ymyl y planhigyn marw yn yr ardd lwyd. Mae'n cerdded oddi wrth y ffenast ac yn mynd trwy ddrws i'r cefn, sydd ddim yn beth da oherwydd bod Pijin yn fanno hefyd. A dwi'n methu symud, dwi dal methu symud.

Y munud nesa mae Pijin yn rhedag allan, â'i gôt dros ei ben i guddio'i wynab. Mae Pijin yn rhedag. Mae Pijin yn rhedag tuag ata i. "Rheda, Iola! Rheda!" Mae ei wyneb yn wyn wrth iddo fo afael yn 'y mraich i ac mae'r ddau ohonan ni'n rhedag lawr y ffordd. Ac er na fedra i glywad dim byd yn dod ar ein holau a dwi ddim yn edrych nes bod Gwyn wedi mynd, mae'n rhaid bod Gwyn yn rhedag ar ein holau efo cyllell, oherwydd fod Pijin yn deud.

'Da ni'n cyrraedd y cwt bws ac yn cuddio tu mewn. Mae Pijin yn sefyll ar ei draed ac yn edrych allan ohono ac i lawr y ffordd. Ydi Gwyn yn dwad, Pijin? Ydi o'n dwad? Pijin, ydi Gwyn yn dwad? Ydi Gwyn yn dwad ar 'n hola ni, Pijin?

"Nac ydi. Stiwpid. Paid â bod yn wirion," medda fo. A dyna pryd dwi'n gwbod pam fod Pijin yn flin. Mae Pijin yn flin, felly mae o'n deud 'mod i'n wirion, ac mae o i gyd oherwydd nad ydan ni wedi gallu defnyddio'r cerrig na'r rhaff na'r hances, na dim o'r petha erill. Roedd arnon ni ormod o ofn Gwyn a'i groesair a'i dŷ *boring*.

Dwi ddim yn deud dim byd ar y bws, dim ond dal fy mhocedi'n llonydd i drio rhwystro'r petha ynddyn nhw rhag gneud twrw wrth i'r bws ysgwyd rownd corneli ac i fyny'r allt unwaith eto i'n tre ni a'r cymylau wedi chwyddo. Dwi ddim yn deud dim byd. Tydi Pijin ddim yn deud dim byd chwaith.

Dwi'n rhoi cyfle arall iddo fo ar ôl i ni adael y bws. "Be ddigwyddodd? Be ddigwyddodd, Pijin?" dwi'n ei holi.

Falla neith o ddeud ei fod o wedi gweld holl gyllyll Gwyn, yno yn y cefn, neu ei fod o wedi gweld rhes o feddi babis neu wedi gweld rhywun wedi'i ddal ac wedi cael ei glymu a

Gwyn yn rhoi min ar ei gyllyll ar ôl iddo fo adael y croesair yn y stafell fyw, neu fod Gwyn wedi'i weld a bygwth ei ladd, 'sa hynny'n dda.

Ond tydi Pijin ddim yn deud dim byd. Felly nath Pijin weld Gwyn a dychryn, oherwydd hogan sisi ydi o go iawn. Ond dwi ddim yn deud hynny. Pijin ydi fy ffrind gora i.

Mae Cher wedi dod i'n cyfarfod ni, ac mae hi'n gofyn, "Did you get him, did you get him Pigeon, did you get him?" A'r cyfan mae Pijin yn ei ddeud ydi, "Mi wna i" o dan ei wynt mewn llais llofrudd, ac mae o'n gwthio heibio Cher fel 'sa fo'n gwthio trwy ddrws. A dim ond fi sy 'na wedyn, oherwydd dwi ddim yn coelio Pijin, ddim go iawn, ac mae o'n gwbod hynny. Dim ond fi, yn y stryd, ar fy mhen fy hun, a Pijin wedi gwylltio efo fi. A phan mae o wedi gwylltio efo fi y cwbwl mae o'n neud ydi cerddad i ffwrdd. Ond dio'm bwys gen i. Dio'm bwys gen i. Dwi ddim yn mynd ar ei ôl o. Dwi'n troi ac yn dechra cerddad adra at Efa heb boeni dim. A phan dwi'n edrych arno fo wedyn mae o'n cerddad yn wyllt ar hyd y stryd tuag at ei dŷ, a Cher yn rhedeg ar ei ôl yn gofyn "How, Pigeon, how?" oherwydd mae Cher yn dwp go iawn ac mi goelith hi rwbath.

8

Mae Pijin yn gandryll, cynddaredd oer llawn ofn, wrth iddo gerdded adref. Ac wrth i Cher ddilyn wrth ei gynffon i lawr y ffordd fain droellog gan ddweud, "Be careful Pigeon, someone from school came and told them you weren't there. Dad's angry. He's really angry." Ac mae Pijin, sydd siŵr ddigon yn mynd adref i dderbyn cweir arall, yn casáu Gwyn, yn ei gasáu gyda'r math o atgasedd sy'n cronni a chronni.

Roedd ei ddicter wedi dechrau, yn wreiddiol, oherwydd yr hyn ddigwyddodd rhwng Gwyn a Fo.

Roedd pethau yn y tŷ wedi bod yn mynd yn waeth ac yn waeth. Doedd yna ddim gwaith yn y dref, neu dim byd ar gyfer un o weithwyr y dociau, un wedi arfer gyda llongau diwydiannol, amserlenni a thrin craen mawr, mor fawr ag anghenfil. Doedd yna ddim byd yma ar yr Allt. Roedd yna broblemau ariannol.

O'r diwedd fe gafodd O waith fel bownsar yn y clwb newydd yn y dref agosaf. Roedd hynny'n beth da, oherwydd ei fod O allan gyda'r nos; roedd o'n beth drwg oherwydd fod y cyflog yn wael a'i fod yn ei wneud O'n dywyll o amgylch ei lygaid ac yn flin, ac yn ei ddysgu sut i ddefnyddio'i ddwylo trwm, caled.

"Mari," medda Fo mis diwethaf, "I don't know how we'll get to the end of the month, darling."

Ac yna "You'll have to work faster, Mari. Work faster."

Dim ond ei ffrogiau hi oedd ganddyn nhw, a'r llythyrau

roedd hi'n eu cyfeirio a'u postio i rhyw gwmni. Roedd rhaid gwneud cannoedd mewn diwrnod i wneud unrhyw arian. Roedd yna wythnosau pan nad oeddan nhw'n gallu talu'r rhent. Roedd eu holl fwyd yn dod o duniau, gan bod hynny'n rhatach. Roeddan nhw'n methu fforddio'r gwresogydd trydan yn sièd Pijin bellach. Roeddan nhw methu fforddio gwres ar gyfer Pijin, ond roedd O'n dal i eistedd yn y stafell fyw trwy'r dydd yn yfed cwrw.

Roedd ar Cher ei ofn O. Fe allech weld hynny yn ei llygaid, ac yn ei dwylo. Bron nad oedd hi'n neidio pan oedd O'n siarad.

Allai Pijin ddim dioddef y peth. Roedd yna rywbeth yn bod ar y ffordd roedd O'n gwneud i Cher wisgo ffrogiau del trwy'r adeg, a bod yn berffaith. Allai Pijin ddim dioddef bod yn ei chwmni. Roedd hi'n bopeth yr oedd O am iddi hi fod. Cher oedd ei "darling girl". Dyna oedd O'n ei ddeud. Roedd O'n afiach.

Roedd O'n casáu Pijin. Roedd O'n ei gasáu o. Bai Pijin oedd popeth. Pijin oedd yn derbyn y cyfan, yr holl ddicter am y swydd wael, am fethu rhoi'r gorau i'r cwrw, am fethu cadw Cher mewn bocs yn berffaith fel doli, ac am be oedd yn digwydd i Mari, ers iddo Fo ddechrau carcharu ei geiriau a'i hymadroddion, fel nad oedd ganddi ddim byd ar ôl i'w ddweud.

Ac yna, pan oedd hi prin yn gallu siarad drosti'i hun fe wnaeth O ei rhwystro rhag symud. Ei gwneud yn llonydd. Gwneud iddi hi aros y y tŷ. Hyd yn oed ei chloi yn y tŷ. Gwrthod gadael iddi hi fynd allan ar ei phen ei hun. Fel nad oedd ei stryd, ei thref yn eiddo iddi hi mwyach, a hyd yn oed ei mab, Pijin, wedi ei gau oddi wrthi, ddim yn eiddo iddi hi.

Ond y dydd Sul arbennig hwnnw, oherwydd y gweir gafodd Pijin am ddwyn yr eisloli, ac am fod Efa wedi rhoi'r arian iddo fo'r wythnos gynt, fe ddywedodd hi:

"Gas gen i 'u bod nhw wedi prynu un i ti am fod gynnyn nhw bechod drosta ni." Roedd hi bron yn edrych yn flin. Mae ei fam o'n od. Tydi hi ddim yn ddewr, ond mae ganddi'r peth yma. Y peth yma sydd ynddi hi. "Balchder" roedd Efa'n ei alw fo. "Balchder."

"Sbia, Pijin," a dangos ei phwrs iddo fo, "mi fedra i gael un i'r ddau ohonoch chi."

Roedd o'n rhyfedd, ei gweld hi allan ar y stryd eto. A'r ffordd yr oedd hi fel pe bai'n tyfu gyda phob cam, nes fod posib meddwl, efallai, na lwyddith O i'w chael hi'n ôl trwy'r drws, gan y bydd hi'n rhy falch a thal a phrydferth. Efallai y bydd hi'n dianc.

"Be gymri di?" gofynnodd iddo wrth iddyn nhw gerdded ar hyd y stryd tuag at y fan ac mi oedd hi'n hanner gwenu. "Feast neu Calypso?"

Ystyriodd. "Dwi am aros i weld be neith hi ddewis," atebodd ar ôl ychydig, "Ei thro hi ydi o."

Roedd o'n hoffi'r syniad o brynu hufen iâ i Iola. Bod yn hael am y peth. Rhoi'r dewis iddi hi. Fe fyddai ei flas yn wahanol, yn well, o wybod mai ei fam ei hun oedd wedi ei brynu. A, phan welodd Pijin Gwyn, am funud dim ond dyn hufen iâ oedd o, dim byd i boeni amdano, rhyw foi.

Aeth mam Pijin at y twll yn ochr y fan.

"Un Feast. Un Calypso."

Ac fe newidiodd Gwyn. Newid fel y mae dynion yn ei wneud efo hi. Edrychodd i lawr arni a gwenu a deud ei bod hi'n ddiwrnod braf, a beth oedd peth fach ddel fatha hi ei awydd heddiw, a mi wnaeth mam Pijin, fysa chi ddim yn credu, mi wnaeth mam Pijin chwerthin a deud, "Wel, dwi isio dau hufen iâ". Ac mi wnaeth hi ddweud pa rai ac fe aeth o i nôl un a wincio arni wrth ei roi iddi hi, ac fe chwarddodd hi eto. A fydda'r peth ddim wedi bod mor ddrwg petai hi heb gael ei gweld.

Roedd O'n dod ar hyd y ffordd efo Cher, ac fe welodd O hi yno, fe welodd y winc. Mi gydiodd O yn ei braich yn syth a'i thynnu i ffwrdd oddi wrth y fan a gwneud iddi hi gerdded i fyny'r stryd tuag at y tŷ. Gadewodd Pijin y fan, gan adael Gwyn yn rhythu, a rhedeg efo nhw. Rhedodd ar eu holau hyd at ddrws y tŷ, a'i wynt yn dynn yn ei frest. Fe gyrhaeddodd Pijin yn syth ar eu holau, ond mi lusgodd O hi dros y trothwy beth bynnag, a rhoi clep ar y drws yn wyneb Pijin. A doedd dim posib mynd mewn. Doedd dim posib mynd mewn, ac fe giciodd Pijin, a chicio, ciciodd a chiciodd y drws, ac mi griodd hi, mi griodd tu mewn.

Fe ddaeth yr heddlu y diwrnod hwnnw. Oherwydd bod Pijin wedi rhedeg i dŷ Iola. Efa alwodd nhw. Ac fe ddaethon nhw, ac mi roddodd hynny stop arno Fo. Ond yna mi adawodd yr heddlu. Ei fam gyrrodd nhw i ffwrdd.

Roedd ganddi gleisiau. "Mae o'n iawn, pwt," dywedodd, pan oedd Pijin yn crio oherwydd ei chleisiau. "Mae cleisiau yn diflannu."

Ond doedd hynny ddim yn wir. Doedd o ddim yn wir i Pijin.

Er ei bod hi'n gwingo, yn swatio, yn crio dagrau distaw diddeall, doedd hi ddim yn cario dicter Adrian, ddim fel y gwnâi Pijin. Pijin oedd yr un a dderbyniai ei holl ddicter O am yr holl lanast, am sut nad oedd pethau'n eistedd yn dwt, hyd yn oed iddo Fo, y dicter am yr hyn roedd O'n ei wneud i Mari, "my love", wrth iddo ymladd gyda hi i'w rheoli. Pijin oedd yn cymryd y cwbl. Pijin oedd yn cael y cwbl, ac yn cael yr ail gweir, y gweir sbâr, pan ddaeth O i'r sièd, yn crynu â dicter, ac yn methu rhoi'r gorau iddi hi.

A rŵan, unwaith eto, mae Adrian wrth y drws yn gweiddi.

"Open the dammed door!" mae o'n ei weiddi. "Open it right now or I'll fuckin' kill you. I will."

Fe fydd heddiw fel pob diwrnod arall. Bygythiadau. Cleisiau. Bygythiadau.

Mae Pijin yn eistedd, ar ei wely, ei bengliniau yn erbyn ei frest. Mae'n eistedd, yn gwylio morgugyn bychan yn cerdded ar hyd ffrâm y drws, yn gwylio'i siêd yn dod yn fyd mawr cyfan i'r morgrugyn. Mae Pijin yn eistedd ac yn aros i gael cweir, ac mae o'n casáu, yn casáu Gwyn â'i holl nerth.

9

Mi fydd Efa adref, gyda'i chant a mil o berlysiau a'i ioga a'i myfyrio, a'i thabledi a'i gwahanol rawn a'i hymar-feriadau anadlu. Cant a mil o bethau na all wneud yn iawn am y ffaith nad ydi Efa'n hapus, ddim go wir, ac nad ydi bywyd yn hwyl. A phan dwi'n agor y drws, fanno mae Efa, yn gwrando ar gerddoriaeth, ac mae hi yn un o'i hwylia, hwylia da. Rhy dda.

Mae Efa'n casglu caneuon. Mae hi'n eu casglu yn ei phen ac ar bapur ac ar y recordiau duon llawn sgriffiadau sydd fel ysbrydion tlws yn y bwthyn lle 'da ni'n byw. Recordiau Dad ydi rhai ohonyn nhw. Mae rhai eraill yn dod trwy'r post. Rhain ydi'r unig foethusrwydd mae Efa'n gwario ei chyflog arno. Dwi heb glywed y record hon o'r blaen.

"Un o alawon y tinceriaid ydi hon," meddai Efa, heb hyd yn oed ddeud helô.

Mae gan y dyn ar y record lais fel Brillo. Er ei fod yn canu yn Saesneg does dim posib ei ddallt. Dwi'n eistedd wrth fwrdd y gegin, rhoi fy nau benelin ar y bwrdd a gadael i fy ngên orffwys yn fy nwylo. Mae fy mhen yn drwm ar ôl y peth Gwyn, a Pijin. Pan ddaw cân y dyn i ben mae 'na ddistawrwydd hir llawn clecian cyn i'r un nesa ddechra.

Mae'n gân araf a dofn gyda ffidil a dynas yn canu.

"Mae'n ddigalon 'tydi? Ofnadwy o ddigalon," meddai Efa. "Iaith o'r enw Ïdish ydi hi."

Mae o fatha colli Dad.

'Da ni'n gwrando ar bennill neu ddau arall o'r gân yn y gegin dywyll ac yna mae Efa'n codi a'i ddiffodd.

"Beth am gael newid?" meddai â'i gwefusau'n fain. "Dwi'n

gwbod!" meddai wrth edrych trwy'r recordiau ar y silff. "Beth am yr un efo'r ddynas 'na'n canu mewn Norwyeg?"

Norwyeg ydi pan ti'n canu trwy dy drwyn fel mae Ms Thomas yn yr ysgol yn siarad Saesneg crand i ddangos ei hun. Pan dwi'n gwrando ar y gân dwi'n gallu gweld y ddynas o Norwy yr holl ffordd draw yn fan'cw ochr arall i'r môr llwyd yn eistedd ar stôl bren ac yn canu trwy'i thrwyn. Dwi'n gwylio cylch inc y record yn troi a throi gyda llais y ddynas o Norwy.

Ac wedyn mae'r Gân o Ciwba yn troi ar y peiriant. Hoff record Efa. Mae'n llifo fel triog. "Secsi!" medda Efa a chwerthin ac ysgwyd ei mwclis wrth ddawnsio rownd y gegin, tra ar lwyfan llychlyd yn rhwla arall, rhyw amsar arall, mae penolau pobol erill yn dawnsio tu ôl i dannau gitâr y Gân o Ciwba. Dwi'n dynwared fy chwaer, dawnsio, a chlwcian chwerthin. Mae o fel 'sa'r peth Pijin a Gwyn heb ddigwydd. Mae o fel 'sa pob dim yn iawn.

Fel hyn mae Efa. Weithia mae hi mor hapus nes bod hi'n mynd i fyrstio. Mae'n rhaid iddi hi ddawnsio a chanu, a rhedag o gwmpas, ac os oes rhywun yn trio'i stopio hi mi wneith hi ffrwydro fel potel o Lucozade sydd wedi cael ei hysgwyd. Wedyn mae hi'n torri ac mae petha'n ddrwg. Mae hi'n crio, a does 'na ddim diwedd iddo fo. Mae hi'n crio a chrio, ac mae o'n boenus i'w weld a'i glywed.

Fi ydi'r rheswm. Mae'n rhaid i Efa weithio'r holl oriau yn y Cartref er mwyn i mi gael dillad a dŵr poeth. Ers i Nain farw dim ond Efa a fi sydd wedi bod. A hyd yn oed rŵan, er 'mod i'n dawnsio a chwerthin, does dim posib anghofio. Oherwydd mae 'na rywbeth wedi'i frifo ynglŷn ag Efa, er ei bod hi'n llawn o sgertiau'n chwyrlïo a cherddoriaeth o bob man yn y byd. Mae 'na rywbeth calad tu mewn, rhywbeth tebyg i Nain.

Mi ddaeth Nain yn ôl i'r tŷ pan oedd Mam yn sâl. Mi ddaeth Nain oherwydd Dad a'i fysedd hir nad oedden nhw'n gneud dim ond gneud siapiau yng nghlai, metel, a phren y bobol od bydredig sy'n dal i sefyll yn yr ardd, wedi'u lapio gan Gwlwm y Cythral. Mi ddaeth Nain oherwydd fod Dad wedi creu llifogydd yn y stafell molchi wrth drio trwsio'r gawod, a ffrwydrad yn y gegin pan wnaeth o ddefnyddio'r *pressure cooker*, ac oherwydd ei fod o wedi llifo'n dillad isa ni i gyd yn las efo'i ddillad gwaith newydd. Mi ddaeth Nain am nad oedd o'n gallu edrych ar ôl Mam. Roedd Dad methu dygymod. Doedd o erioed wedi gallu dygymod.

Roedd Mam yn sâl am byth. Y tiwmor yn ei phen hi oedd o. Roedd yna lun o diwmor yn y llyfr mawr Iechyd y Teulu oedd gan Efa. Maen nhw fel blodau tywyll, yn blodeuo, ac yn diffodd pobol. A dyna ddigwyddodd iddi hi. Mam. Felly digwyddodd petha. A doedd o ddim o f'herwydd i. Ond pam felly bod Efa mor flin weithia, fel ei bod hi'n edrych arna i fel'na?

Ar ôl i Mam fynd i'w gwely'n sâl. Efa, fi a Dad oedd yna. A Nain. Nain oedd yna.

Mi gyrhaeddodd Nain efo'i rheolau, cinio wrth y bwrdd, ac amser gwely fel wal gerrig. Nain efo'i hanesion am y dref "ers talwm", ei hanesion chwaral, am amser pan nad oedd 'na beirianna, dim ond dynion, dim loris na drils, am ganu ac yfed ac oriau dydd Sul, am waith garw a pheryglus yn y chwaral a phobol yn marw'n ifanc ac yn llenwi'r fynwent lechi. Roedd Nain yn llawn rhyfel a hogia'n marw, a merched adra, "helyntion merched, poenau merched". "Ers talwm" oedd yn llenwi Nain.

"Tydi'r byd 'ma ddim yn deg i ferched, cariad," a'i llais yn cracio fel hen baent. Tydi'r byd 'ma ddim yn deg i ferched, cariad. Byd 'ma ddim yn deg. I ferched. Cariad.

"Y dynion 'ma," meddai Nain a'i llygaid yn pwyntio at Dad, "rhaid iti watsiad nhw. Codi a mynd maen nhw."

Roedd hyn oherwydd Taid. Oherwydd ei fod o "wedi mynd a marw yn Sbaen." Dim ond unwaith wnaeth Nain ddeud hynna, ond mi gofis i. Ffrogia mawr ffrili oedd Sbaen, a maracas, a stampio dy draed ar lawr. Y Gemau Olympic yn Barcelona oedd Sbaen. Poeth ac awyr las a lliwiau'n llosgi, a record byd yn cael ei chwalu. Roedd deud fod Taid "wedi mynd a marw'n Sbaen" fel llond ceg o gyri: rhy boeth, ond da, a doedd dim posib gwbod be oedd yno fo. Mi wnes i ei ddeud wrth Pijin un waith.

"Nath Taid fynd a marw'n Sbaen."

Edrychodd Pijin arna i. "Be mae hynna'n feddwl?" gofynnodd.

Codais fy 'sgwydda. "Wmbo." Meddyliais am 'chydig. "Nath o fynd yno a nath o farw."

"Mi wna i fynd a marw yn yr Unol Daleithiau, ym Merica," meddai Pijin. "Fatha Elvis Presely a JFK."

"Ia," medda fi, er bo fi ddim yn gwbod be oedd JFK yn ei olygu. "Ia, finna hefyd," medda fi wedyn, oherwydd fel'na roedd petha rhwng Pijin a fi.

Roedd o'n gwbwl glir gan Nain.

"Job tad ydi mynd i'r gwaith," medda hi. "Cer nôl i weithio, Gerwyn," medda hi drosodd a throsodd wrth ei mab, Dad. Dwi'n ei chofio hi'n ei ddeud o, a'r ffraeo. "Ffeindia waith," oedd hi'n 'i ddeud. "Stwffio'r cerflunia 'na, yr ornaments, y dodrefn. Bwyd ar y bwrdd sy'n gneud cartra, Gerwyn. Mae rhaid i rywun ennill ei fara menyn," a doedd Nain ddim ond yn mynd i chwarae Mam os oedd o'n fodlon chwarae Dad.

Ac roedd chwarae Dad yn golygu peidio bod yno byth bron. Roedd o wedi cael gwaith yn y ffatri fwyd. Roedd o'n rhoi cywion ieir mewn pacedi. Roedd o'n gweithio ar beiriannau arbennig oedd yn creu pecyn faciwm, yn 'mestyn y plastig dros y cyw iâr llithrig. Doedd y cig methu anadlu o dan y plastig. Roedd posib gweld hynny. Doedd o methu anadlu. Roedd Dad yn dwad a pheth adra. Dwi'n ei gofio fo, y cig, wedi'i wasgu ac wedi marw.

Dim ond y lle cyrff oedd 'na, lle roeson nhw Mam yn ei ffrog ora ac mewn arch, ac wedyn y cynhebrwng. Yn y cynhebrwng mi o'n i'n sefyll rhwng coesau pawb tra oeddan nhw'n canu, a thra oeddan nhw'n darllen petha o'r Beibl hen ffasiwn. Yna tir grug y fynwant ar y llechwadd. Ac yn yr arch roedd Mam, ac er ei bod hi mor dena â babi coedan, roedd hi'n drwm. Roedd posib gweld bod Dad a'r dynion yn cael trafferth efo'i phwysau hi, ac ar y diwedd bron iddyn nhw ei gollwng hi i mewn i'r oerfel. Wedyn mi wnaeth pawb weddïo ar 'Dduw!' ac wedyn roeddan ni fod i fynd adra.

Dyna'r "unig ffordd" medda Nain.

"Sycha dy ddwylo ac yn ôl i dy waith neu wisgi," medda hi wrth Dad a churo'i gefn fel mwytho ci.

Ond mi wnaeth o aros wrth ochr y bedd yn edrych ar goll, a dim ond yr eithin pŵl a'r rhedyn marw ar y codiad tir y tu ôl iddo fo. Mi driodd Efa fynd ato fo, ond gafaelodd Nain yn ei braich.

"'Mond ymdrybaeddu mae o," medda Nain. "Gad lonydd iddo fo. Ddaw dim daioni o rannu galar, pwt."

Galar oedd pan oedd gen ti'r peth trwm o amgylch dy 'senna a doedd dim posib i ti grio hyd yn oed.

Roedd o'n methu'i gymryd o. Ddim Dad. Mae Efa'n deud 'i fod o'n methu'i gymryd o. Mae Efa'n deud bod gan Nain y syniad 'ma. Am ddynion. Roedd rhaid bod fel tarw. Yn gryf. Roedd rhaid ennill pres a bod yn "ddyn go iawn" a doedd Dad ddim yn medru'i neud o, medda Efa.

Mi wnaeth o ddal ati am flynyddoedd: blynyddoedd o weithio yn y ffatri. A Nain oedd adra, dim ond Nain. Nain, yn y gegin, yn gneud jam gwag, heb lympia.

'Radag honno dim ond Nain oedd yn canu. Canu caneuon gwerin, perffaith, stiff, y rhai roeddan ni'n eu dysgu yn yr ysgol ar gyfer Steddfod. Roedd Nain yn eu canu'n rhy dwt ac yn rhy ddel, roedd 'na hapusrwydd taclus yn y ffordd roedd hi'n eu canu nhw.

"Moliannwn oll yn llo-o-on!" neu "Tŵ-rym-di-rô!" neu "Migldi Magldi hei-now-now. Ffaldiraldididldým!"

Celwydda oedd caneuon gwerin taclus Nain, fel y llieinia sychu llestri del maen nhw'n werthu yn Pringles i dwristiaid gwalltiau gleision, y rhai efo "Wales" yn aneglur arnyn nhw. Pan oedd Nain yn canu roedd posib deud ei bod hi am chwalu tawelwch llwyd y tŷ a chwaraewr recordiau Dad oedd yn llwch i gyd. Roedd hi isio dileu ei emynau a'i gerddoriaeth o bob man yn y byd, dyna oedd Nain isio neud.

Roedd o'n siarad llai a llai. Roedd o'n methu'u cael nhw allan, y geiria. Ac yna mi ddiflannodd ei anadl fel ei eiria. Roedd o'n crogi oddi ar ei esgyrn fel dillad gwag, a'i groen yn welw fel petai'n methu anadlu, fel y cig roedd o'n ei roi yn y pacedi yn y ffatri fwyd. Ac yna mi ddechreuodd siarad eto, ond nid efo unrhyw un, dim ond efo fo'i hun.

"Awyr," medda fo. "Dwi angen awyr. Awyr," drosodd a throsodd.

Gwanwyn oedd hi ac roedd 'na adar yn canu y diwrnod yr a'th o.

Pan ddois i adra o'r ysgol y diwrnod hwnnw roedd Nain yn eistedd wrth y bwrdd a phanad oer heb ei hyfed rhwng ei dwy law, a'i llygaid yn rhythu yn syth ymlaen. Roedd Efa yna'n sefyll yn berffaith llonydd yng nghanol y gegin. Roedd wyneb Efa'n wyn fel llefrith a'r tŷ yn wag o amgylch y dair ohonan ni. Pan siaradodd Nain y cwbl ddeudodd hi oedd, "Mae o wedi'n gadael ni, cariad. Mae o wedi'n gadael ni."

Mi wnaethon ni edrych amdano fo'm mhob man. Doedd 'na ddim byd ar ôl. Dim ond y tŷ distaw, ac yng ngwaelod yr ardd, siâp wedi'i wneud o bren oedd wedi chwyddo yn y glaw. Dyn oedd o, y siâp. Dwi'n mynd i edrych arno fo rŵan weithia, a dyn ydi o, yn ei gwman.

Ac ar ôl hynny doedd dim posib siarad amdano fo. Fatha'i dad. Roedd o'n union fatha'i dad.

"Felly fydd hi am byth. Cwbwl ma nhw'n neud ydi dy adal di, dynion, cwbwl ma nhw'n neud, dy adal di i 'morol," medda Nain. "Fatha *fo*. Off i Sbaen. Fel 'sa fo bwys. Fel 'sa fo bwys i bobol yn fama be oedd yn digwydd yn fanno. Fel 'sa fo bwys, wir Dduw."

Sôn am Taid oedd hi. Roedd hi'n methu siarad am Dad heb ffwndro rhwng fo a Taid.

Nath Nain aros. Ac fe gafodd llanast Dad ei glirio allan o'r corneli fel bod gola dydd calad yn treiddio trwy lwch myglyd y tŷ. Llenwodd Nain y gegin efo ogla adra, ond dal ati i chwilio oedd Efa a fi. Chwarae cuddio a ninna'n chwilio am rwbath, rwbath nad oedd cweit yno. Chwilio am breniau'r llawr yn gwichian, am waliau'n symud 'chydig. Chwilio am Dad.

Roedd Nain yn ein gwylio ni. "Y lle 'ma 'di'r bai. 'Rallt 'ma. Lle wedi'i felltithio. Wedi pydru," ac, wrth i ninna ddal ati i lusgo'n traed o amgylch y tŷ, "Does 'na ddim byd da'n dod o bobol fama," medda hi, "does 'na ddim breuddwydion, dyna 'di'r drwg, dim ond siopa wedi cau. Mae 'na ormod o ama petha yma. Dyna ydi'r drwg."

Dechreuodd Nain drio cystadlaethau. Roedd hi ac Efa'n sgwennu penillion yn Saesneg ar gyfer cystadlaethau mewn cylchgronau, anfon jôcs, rhigymau, beth bynnag oedd ei angen. Neuthon ni ennill saith deg pump punt am un, ac mi gafodd ei brintio, gydag enw cogio bach: "Mrs Thatcher from Leicester," oedd Nain wedi'i roi, "Address not supplied."

"Pam ddim 'Mrs Evans o Rallt Uchaf', Nain?" Roeddwn i'n methu dallt pam lai.

"Chei di'm lwc yn fama 'sdi, 'nghariad i. Tydi fama'n nunlla."

Felly mae Efa a fi am fynd i Ben Draw'r Byd. 'Da ni am fynd i le o'r enw Jamaica. 'Da ni am fynd i Awstralia ac Uzbekistan. Mae gan Efa lwyth o syniada. Ond dim ond gweithio yn y Cartref mae hi rŵan.

Doedd 'na ddim pres ar ôl. Nain gafodd y gwaith i Efa yn y Cartref. Mi wnaeth hi i Efa 'madal 'rysgol i fynd i weithio'n fanno. Doedd o ddim yn gneud synnwyr. Tydi Nain ddim yn gneud synnwyr. A'r cwbwl sy 'na rŵan ydi hen bobol a'u newid nhw a'u 'molchi nhw a siarad efo nhw trwy'r dydd. Dyna cwbwl ydi petha i Efa rŵan. Does 'na ddim cynllunia i ddengid erbyn hyn.

Hyd yn oed cyn i Nain farw roedd Efa wedi dechra chwara mam. Mi ro'n i'n dringo i mewn i'w gwely hi yn y nos, ac mi roeddan ni'n sibrwd straeon. Efa gynta, Efa sy'n deud y stori gyntaf. Maen nhw'n sôn am lefydd fel Gwlad Tai a Belize lle nad oes gan bobol gyllyll a ffyrc. Maen nhw'n sôn am Tsieina a Japan lle mae pawb yn cysgu ar y llawr fel bod eu cefna nhw'n syth fel pensilia.

Mi ddois i adra a chael hyd i Nain yn gorwedd ar y llawr. Ac roedd posib deud ei bod hi wedi marw oherwydd nad oedd hi'n symud. Roedd hi'n llonydd ac yn felyn ac yn ddigalon yn gorwedd ar y llawr. Ac roedd y gola dal wedi'i ddiffodd, doedd hi heb ei gynna er pan oedd hi'n ola dydd, er ei bod hi'n dywyll rŵan, felly mi oedd hi'n bosib gwbod.

Mi neuthon ni'r peth cynhebrwng eto. Doedd yna ddim llawer o bobol yn y capal ar gyfer y cynhebrwng. Roedd Nain yn hŷn na Mam. Mae gan hen bobol lai o ffrindia. Mae'n well marw pan ti ddim rhy hen.

"Wnaeth hi erioed briodi," meddai'r gweinidog yn sefyll yn y pulpud uwchben ein Nain ni yn ei bocs sgwâr, "ond roedd ganddi un mab."

Pam oedd yr hen wragedd yn edrych ar ei gilydd fel'na? Gafaelodd Efa'n dynn yn fy llaw. Pam oedd y gweinidog yn gneud Efa'n flin? Ar ôl hynny aeth Efa i nôl chwaraewr recordia Dad, a dechra efo'r gerddoriaeth a'r lliwia llachar a phob dim arall. Oherwydd ei fod yn bosib. Gan fod Nain wedi mynd roedd pob dim yn bosib, heblaw gadael y Cartref.

Doedd gan Efa ddim ar ôl, dim syniada ar ôl erbyn amser gwely, roedd hi mor brysur efo'r Cartref, efo'r tŷ, efo'r pres ac efo gneud be oedd rhaid 'i neud. Felly mi ddechreuais i gasglu straeon.

"Jyst mynd 'nath o." Dyna oedd Efa'n ei ddeud wrtha i bob tro. "Codi'i bac a gadal. Jyst fel'na." Ac yna, "Tydi'r byd 'ma ddim yn deg i ferched, cariad," meddai Efa, a'i ddeud yn union fel Nain. Ond mi wnes i edrych arni a meddwl nad oedd y ddwy ohonyn nhw, Nain yn ei ffedog ddi-liw a'i slipars, ac Efa yn ei henfys o sgertia hipi, nad oedd Nain ac Efa mor wahanol bellach, ddim mor wahanol o gwbwl rŵan ac Efa wedi tyfu fyny a Nain wedi marw. A'r unig beth wnes i oedd dal ati, dal ati i guddio pob dim mewn stori.

Roedd Dad wedi mynd i ffwrdd i wneud miliwn o bunna. Roedd Dad wedi mynd i ffwrdd i gael hyd i Mam. Doedd Dad heb fynd i ffwrdd o gwbwl, roedd o yma wrth fwrdd y gegin, yn gwrando ar ei gerddoriaeth yn fama, yn fy nysgu i sut i chwibanu.

"Sut oedd y parti?" holodd Efa fi ar ôl i'r Gân o Ciwba orffen.

"Iawn." Ac yna i'w wneud yn fwy credadwy dwi'n ychwanegu, "Roedd 'na gacan, cacan siocled."

"Ti 'di cael digon i fyta felly?" Chwarae mam.

"O," medda fi. Doeddwn i heb feddwl am hynna. "O do," medda fi i greu stori gredadwy. Yr oergell ganol nos fydd hi. Brechdan gaws. Efo mwstard. Dwi'n licio mwstard rŵan, ar ôl ei drio eto efo Pijin. Mae o'n boeth ac yn flasus unwaith ti 'di arfer efo fo, mwstard. Mae 'mol i'n gneud twrw pan dwi'n meddwl am y frechdan a'r holl fenyn a chaws. Mi fydd rhaid i mi aros nes y bydd Efa'n ei gwely.

Mae Efa'n mynd i fyny i'w hystafell. "Dwi angen *space*, angen lle." Mae hi'n gneud hynny'n amlach dyddia 'ma. Trw'r adag. Mae hi wedi cael llond bol arna i. Er ddim fy mai i ydi o. Nage? Ddim *fi* ydi'r bai am y Cartref.

Ond heno mae o'n beth da fod Efa angen "ei lle" oherwydd y frechdan, ac oherwydd 'mod i isio meddwl am Gwyn, a Pijin. Dwi'n estyn y bara ac yn gneud brechdan efo lot o fwstard poeth a thomatos hefyd. Bara gwyn. Menyn. Caws.

Dwi'n gafael yn y frechdan efo dwy law ac yn mynd a hi i fyny'r grisiau pren i fy llofft yn y to, drws nesa i lofft Efa. Dim ond pren tena sydd rhwng y ddwy stafell. Yn fanna mae "lle" Efa ac yn fama, yn fama mae fy stafell i. Ar wahanol adegau mi gysgodd Nain a Dad yn y stafell fawr lawr grisia, ac yn fanno mae'r gwely mwya cyfforddus, a rŵan mae o'n wag, ond hyd yn hyn tydi Efa na finna isio cysgu yno.

Mae Efa'n gweiddi, "Paid â dod mewn!" mewn llais blin pan dwi'n mynd heibio'i drws hi.

"Tydw i ddim," dwi'n atab. Dwi ddim yn mynd mewn. Meddwl ydw i.

Pam mae Efa mor flin trwy'r adag? O fy stafell dwi'n ei gwylio hi trwy'r hollt yn y parad, gwylio fy chwaer i mewn yn fanna o flaen y drych. Mae hi wedi tynnu pob sgarff a mwclis a lliw a dim ond Efa blaen sy'n eistedd o flaen y drych yn ei bra gwyn. Mae meddyliau yn symud ar draws wyneb Efa. Yna mae hi'n mynd yn agos, agos at y drych ac yn gwthio'r croen ar draws ei boch fel bod y bagiau o dan ei llygaid yn diflannu. Mae hyn oherwydd ei bod hi'n mynd yn hŷn ac yn gweithio'n rhy galed. Mae Efa wastad yn deud bod ei hwyneb yn mynd yn hyll oherwydd y Cartref, ond tydi o ddim, tydi o ddim yn hyll, wyneb Efa. Yna mae Efa'n ochneidio ac yn nôl ei phecyn tabledi eto. Mae'n gwthio tabled llyfn i'w cheg. Mae'r tabledi oherwydd y Cartref a fi. Mae'r tabledi a'r ioga i wneud Efa deimlo'n well.

Pan mae Efa'n edrych yn y drych eto mae 'na rwbath yn llygaid blinedig fy chwaer sy'n gneud i mi deimlo 'mod i'n nôl ar y bws efo Pijin, yn teithio tuag at y groes goch 'na. Mae 'na rwbath tebyg i dywydd mawr yn llygaid Efa. Ffyrnig. Dwi'n edrych i ffwrdd.

Dwi'n eistedd ar fy ngwely. Mae'r frechdan gaws yn siarp a sbeislyd a da; mae'n llenwi fy mol nes ei fod o'n fodlon, fel cath gysglyd.

10

Roedd o wedi'i gynllunio'i gyd yn ei ben. Roedd o'n mynd i fod fel un o'r llyfrau antur 'na yn llyfrgell yr ysgol ble mae'r plant yn arwyr ac yn gallu newid pethau go iawn.

"Mae o'n gynllun pump cam," medda Pijin wrth Iola fel petasai o'n James Bond.

Esboniodd y cynllun wrth Iola rhwng un sigarét a'r llall – sugno a phesychu a chwythu cymylau o fwg i ganol gwe pry cop yr atig.

Cam un. Par-a-toi.

Byddai angen: *walkie-talkie*. A chopi yr un o'r cynllun (peidio ei anghofio na'i golli). A llawer iawn o ymarfer.

Cam dau. Tynnu sylw.

Iola i ffugio ymateb alergaidd i'r hufen iâ. Fel roeddan nhw wedi'i weld ar y teledu. Yr hyn oedd yn digwydd i rai pobol pan oeddan nhw'n byta cnau mwnci. Roedd rhai pobol, pan oeddan nhw'n byta cnau mwnci, yn chwyddo, yn methu anadlu, yn troi'n goch, yn ysgwyd fel storm. Roedd Iola i ddal ei gwynt a chrynu drosti. Fel bod . . .

Cam tri. Ym-dreidd-iad.

Tra byddai sylw pawb ar Iola roedd Pijin yn mynd i mewn i'r fan i ysbïo ar Gwyn.

"Ond . . ." meddai Iola "Ond . . ."

Chwythodd Pijin ei hamheuon i ffwrdd gyda mwy o fwg.

Cam pedwar. Cyf-ath-reb-u.

Roedd Pijin i gysylltu efo Iola o du mewn y fan a dweud wrthi am gam-wedd-au Gwyn h.y. beth yn union roedd Gwyn yn ei wneud yn ddrwg.

"Be yn union *mae* o'n 'i neud o'i le?" holodd Iola ar y pwynt yma.

Edrychodd Pijin arni yn anghrediniol. "Oes rhaid i ti ofyn go iawn?" holodd.

Ysgydwodd ei phen. Nac oedd wrth gwrs. Wrth gwrs, doedd dim rhaid iddi hi.

Cam pump. Yr erlid.

Iola, gyda'r heddlu, i erlid Gwyn.

"Ond . . . Pam?" holodd Iola.

"Pam be?"

"Pam fod y plismyn yna?"

"Ti'n 'u ffonio nhw, y ffŵl."

"O." Roedd hi'n edrych yn amheus.

Cam chwech. Llwyddiant an-och-el-adwy a char-charu'r dihiryn.

Roedd y ddau yn hapus efo hynny.

Yr unig broblem oedd nad oedd Iola ddim cweit yn gallu:

Yn gyntaf. Deall yn union be oedd yn digwydd mewn ymateb alergaidd, ac . . .

Yn ail. Cofio, gydag unrhyw sicrwydd, union drefn y cynllun.

Ond, ta waeth.

11

Dydd Sul, dydd Sul, dydd Sul. Ac mae rhaid i ni neud cynllun Pijin i gyd cyn ga i fynd i'r ffair a chael candi fflòs yn binc i gyd yn fy ngheg a mynd ar y reids sy'n gneud i fy nhu mewn droelli fel planedau'r gofod.

Dwi'n eistedd efo Pijin yn ein stafell fyw ni. Mae sŵn fan Gwyn yn llifo i fyny'r ffordd, ei ganeuon pibydd brith yn codi'n araf i fyny'r Allt, ar hyd y strydoedd igam-ogam, trwy wydr tenau'r ffenast. Yno, yn y stafall, roeddwn i a Pijin wedi bod yn cynllunio efo darn o bapur. Mae gan Pijin bensel y tu ôl i'w glust, a chyda'r foch ddu a gafodd ganddo Fo, mae'n edrych fel un sy'n cymryd petha o ddifri, felly pan dwi'n clywed y fan yn dod i fyny'r rhiw yn canu 'bla bla bla' a rhywbeth am *love* neu rwbath, mae 'mol i'n troi: isio bwyd, ac ofn.

Dwi a Pijin yn neidio oddi ar y soffa. Wrth i mi redeg allan trwy'r drws dwi'n teimlo fel petawn i'n dal fy nghwynt, dwi'n teimlo felly bob tro mae Pijin yn meddwl gormod, oherwydd y syniada gora ydi'r syniada gwaetha hefyd. Mae 'na blant yn dod allan o'r tai i gyd, caneuon chwil Gwyn yn gwthio'r plant allan trwy'r drysa fel mae tabledi Efa'n dod trwy'r papur arian pan ti'n gwthio ar y swigen blastig yr ochr arall: pop! ac mae'r plant allan o'r tai. Dwi a Pijin yn rasio.

'Da ni rhwng waliau'r lôn gefn, yn dringo'r ffens yn y pen draw ac yn rhedag ar draws y tarmác tua'r fan. Mae'n sgidia ni'n galad ar y ffordd wrth i ni redeg at y ffenest ar ochr y fan, a phlygu lawr yno, fel bob tro, i gael ein gwynt aton. Mae ein hanadl yn stêm, yn troi yr awyr oer yn wyn, ac uwch ein pennau mae cymylau yn powlio heibio, yn drwm gan genllysg.

Mae wyneb crwn Gwyn yn y ffenast. Gwyn, yn gwenu. Mae'n edrych i lawr ar Pijin o'r ffenast. Yr aeliau trwchus. Y llygaid duon. Y croen tywyll.

"Iawn, bois?"

A ninna'n cydanadlu "Iawn" yn ateb.

Pijin sy'n mynd at y ffenest gyntaf ac yn gwenu ar Gwyn. Dwi'n camu'n nôl, ychydig fetrau oddi wrth y fan. Dwi'n gallu clywed Gwyn yn chwerthin, ei chwerthiniad pigog, ond mae'r sŵn yn chwalu efo'r gwynt fel y llwch oedd yn weddill o Nain pan wnaeth Efa ei thaflu o ben yr Allt dros y dref. Tu cefn i fan Gwyn mae'r mynyddoedd yn eistedd yn siapiau cam, yn creu llinellau igam-ogam ar draws yr awyr, ac mae'r cymylau'n gneud siapiau hefyd, fel maen nhw'n ei wneud o hyd. Cynfasau gwynion yn cael eu hysgwyd gan y gwynt ydi'r cymylau uchaf. Barf ar gyfer pob mynydd ydi'r cymylau isaf.

Mae Pijin yn siarad rŵan. Mae ei gorff o'n symud efo'r geiriau mae o'n eu deud, yn pigo'r geiriau fel deryn yn pigo'i fwyd. Mae Pijin yn siarad am hir. Mae'n siarad fel rhuban hir, yn gwthio geiriau i mewn i'r craciau yn y cynllun, yn chwifio'i freichia er mwyn eu gwthio nhw i fewn. Yn un llaw mae ganddo un o'i sigaréts O, un mae o wedi'i chadw fel yr arian a'r tocynnau a'r derbynebau, ac yn y llaw arall mae 'na eisloli oren rŵan, ac yna un siocled, ac mae o'n pwyntio ataf i, a dwi'n codi llaw ar Gwyn fel 'swn i ar gwch yn cychwyn ar siwrna. Mae Gwyn a Pijin fel 'sa nhw filltiroedd oddi wrtha i. Dwi ar fy mhen fy hun ac mae tair metr i ffwrdd fel gwlad arall, fel Tsieina, neu Unol Daleithiau America neu Sbaen.

Mae Pijin yn dod draw ata i ac yn gwthio'r un siocled i fy llaw gydag edrychiad sy'n golygu "Gwna fo!" ac yn cerddad yn ôl i sgwrsio efo Gwyn. Dwi'n dechra tynnu'r papur, ei lyfu unwaith, ddwy waith, fy nghalon yn curo.

Yna dwi'n dechra, yr ymateb alergaidd 'da ni wedi bod yn ymarfer trwy gael Pijin i fy nhagu drosodd a throsodd yn erbyn cerrig garw wal yr ysgol. Dwi'n gafael yn fy ngwddw fy hun ac yn gwingo ar y llawr fel pry genwair allan o'r pridd, yn esgus nad ydw i'n gallu anadlu ac yn gneud fy wyneb yn goch fel roedd Pijin wedi fy nysgu.

Dwi rioed wedi gweld coesau Gwyn o'r blaen: tew a byr, mewn trowsus glas wedi eu gorchuddio â ffedog blastig braidd yn fudr efo lluniau o geir tegan arni. Mae'r coesau, a'r treinyrs budr ar waelod y cwbwl yn rhedag tuag ata i. Trwy fy llygaid wedi hanner cau dwi'n gallu gweld Pijin yn sleifio i mewn i'r fan tu ôl i goesau Gwyn a thu ôl i wynebau'r holl blant eraill sy'n edrych arna i fel 'swn i ar teledu. Tu ôl i hyn i gyd mae Pjin yn sleifio rownd y gornel ac i mewn i'r fan fel un o sgarffiau sidan Efa'n llithro trwy fy mysedd.

Rŵan dwi'n dechra troi fy ngwyneb yn ôl yn normal, pesychu fel car yn cychwyn, a dechrau nodio ar Gwyn fod popeth yn iawn. Mae o'n fy nghodi ar fy eistedd. Mae ei fraich ar fy ysgwydd, braich llofrudd, drom. Mae 'na ogla dillad budr, sigaréts a chwys ar Gwyn.

"Dwi'n iawn. Dwi'n iawn. Dwi'n iawn."

Dwi'n ei ddeud o drosodd a throsodd. Ond tydi Gwyn ddim yn fy nghoelio i. Mae 'na ddiferion o chwys ar hyd wyneb Gwyn, fel gwlith ar ffenast. Mae o'n anadlu'n gyflym ac yn fas. Mae o'n od, ac mae o'n poeni, ac er 'mod i'n sefyll ar fy nhraed erbyn hyn ac yn sychu'r baw oddi ar fy nillad mae Gwyn yn dal i drio fy mherswadio i "ista lawr", i "relacsio" a chymryd pwyll. Wneith Gwyn ddim derbyn na fel atab, mae o wedi cynhyrfu'n lân, a dwi ddim yn dallt. Pam?

Bum munud wedyn dwi wrth ddrws ffrynt tŷ ni, efo dwylo Gwyn, yn drwm a blewog ar fy sgwyddau ac Efa'n edrych i lawr arna i â'i haeliau'n dringo i fyny'i thalcen. Mae Efa, yn ei holl ogoniant blodeuog, hipiaidd, yn ddigon i ddychryn rhywun. Mae hi'n wynebu Gwyn rŵan ac yn ysgwyd ei phen fel y Terminator a'i hwyneb fel mae o pan fydd hi isio deud "twll dy din di" wrth ddyn.

"Ymddengys bod eich merch . . ." dechreua Gwyn yn ei Gymraeg od, ffurfiol.

". . . Fy chwaer i 'di hi." A gwgu fwy byth.

"Ymddengys bod eich *chwaer* wedi cael ALLERGIC RE-ACTION. Efallai'n wir . . . Efallai'n wir bod angen iddi hi ymweld â'r YSBYTY!" medd Gwyn wrth Efa. Mae Cymraeg Gwyn yn od, fel iaith capal ond efo geiria Saesneg. Fel Cymraeg dysgwr. Fel 'sa fo ddim yn perthyn.

Mae Efa'n edrych arna i. Dwi'n gwenu. Mae Efa'n edrych arna i eto, ac yn gwgu ar Gwyn. "Lol wirion!" medda hi'n sydyn a fy nhynnu i mewn trwy'r drws.

Felly dyna'i diwedd hi am fy hufen iâ. A dwi'n eistedd ar fy ngwely yn fy llofft, yn drist oherwydd hynny, oherwydd peidio gweld Pijin, oherwydd gorfod aros i mewn trwy'r dydd heddiw medda Efa, gan dynnu dwy ochr ei thalcen at ei gilydd yn flin i gyd fel 'sa hi'n cau'r botyma ar y llinell hir 'na rhwng ei llygid.

Rŵan dwi'n gwgu, fel Efa, ac yn eistedd ar y gwely, pan dwi'n clywad caneuon fan Gwyn yn dechra eto, a dwi'n neidio i fyny ac mae 'nghalon i'n mynd dros fy nghorff i gyd ac i mewn i 'mhen i nes ei fod o'n llawn o guro distaw, a dwi'n oer, oer oherwydd y teimlad.

Dwi'n edrych i mewn i'r ffenast a'r llun mae hi'n ei greu efo'r tai a'r llechwedd a'r mynyddoedd tu ôl iddo fo, ac yn y canol, yn diferyd i lawr y llun mae fan Gwyn, yn mynd i lawr ac i lawr, a'r gân bop sydd fel crio yn cael ei gadael fymryn bach ar ôl yn yr awyr wrth i'r fan fynd. Tydi'r gân ddim yn para'n hir yn yr awyr, ac wedyn yr unig beth dwi'n gallu'i glywed ydi'r tŷ llonydd o fy amgylch, a thu hwnt i hynny does 'na ddim byd ond tai a strydoedd a bryniau a choed.

"Psychological! Torturer! Murderer!" Mae Cher yn gwthio, heibio Efa, heibio'r drws ac i fyny'r grisiau. Mae hi'n sniffian am ei gwynt trwy ei holl grio, fel 'sa rhaid arogli i anadlu. Ond sgen i ddim mynadd chwerthin ar ben Cher erbyn hyn. Mae Pijin wedi mynd.

Rŵan 'da ni wynab yn wynab yn y llofft, yn agosach na dwi wedi bod erioed at Cher. Mae Cher yn ddel iawn. Mae 'na ogla da arni hi hefyd a deud gwir, fel ffenestri agored a gwair gwyrdd. Ond mae hi'n crio ac yn deud, "He's taken him! Murderer, sicko, torturer! He's got Pigeon!" er 'mod i'n deud wrthi hi yn Saesneg ei bod hi wedi "cael petha tu nôl ymlaen", fel 'sa Pijin ddim yn Pijin a ddim yn cael syniada da, a fel 'sa Pijin ddim yn "glyfrach na Gwyn, a chdi a fi a phawb arall. Pijin oedd yr un a'th mewn i'r fan ei hun. Pijin oedd yr un."

Ond cwbwl mae Cher yn ei ddeud ydi "Same difference, stewpit," ac wrth i mi ddechra ama falla bod Cher yn iawn a falla bod Pijin wedi marw a Gwyn = llofrudd felly Pijin = wedi mynd am byth, dwi'n cofio am y cynllun.

Mae darnau brown llygid Cher yn ddau gylch perffaith wedi'u gneud efo cwmpawd a phensel-blaen-main pan dwi'n deud wrthi be sy'n rhaid i ni neud nesa. Tra dwi'n siarad dwi'n meddwl fod Cher mor berffaith a bod gan Cher y croen gwyn mwya perffaith dwi wedi'i weld erioed, mor llyfn a gwelw â channwyll.

Yna mae Cher a fi tu allan, ac Efa'n rhedeg trwy'r drws tu ôl i ni yn gweiddi "Lle ddiawl 'da chi'n mynd?" a'i gweiddi hi'n hongian yn yr awyr wrth i ni wibio lawr yr allt ar ein beics, ein cotia'n lledu yn y gwynt ac yn creu dwy faner liwgar yn erbyn llwyd y bryn a'r tai sydd wedi eu chwipio a'r tarmác.

Dwi'n pedlo, a dwi'n gweld fan Gwyn o'n blaenau ni, ar waelod yr allt, lle roeddwn i wastad yn edrych i'r chwith ac i'r dde efo Nain wrth fynd i'r ysgol. Dwi'n gwylio i weld pa ffordd mae'r fan yn mynd i droi.

I'r dde mae'r ffordd sy'n mynd i'r dre. Un ffordd lwyd, hyll, a'r holl siopa wedi cau a'r plant mawr a'r gwm cnoi ar y llawr ar ei hyd, a Spar arni hi hefyd, ac yn Spar y sŵn fel sŵn marw, 'mosgito' maen nhw'n alw fo, fel seiren i gadw'r plant allan.

I'r chwith mae'r ffordd at y môr, ac i'r chwith heddiw hefyd mae 'na arwydd mawr i'r ffair a dyna lle mae fan Gwyn yn mynd, efo Pijin y tu mewn iddi hi. Mae'r fan yn mynd i'r chwith. Mae'n mynd yn gyflym a dwi a Cher yn ei dilyn yn araf.

'Da ni'n dilyn y fan ar ein beics rownd y gornel i'r ffair. Erbyn hyn mae diwrnod byr y gaeaf bron â darfod fel batri fflat, a dwi wedi blino ac wedi colli fy ngwynt. Mae 'nghoesa i'n llosgi oherwydd yr ymdrech, a diffyg bwyd yn un cwlwm tu mewn i mi.

Erbyn i ni gyrraedd mae goleuada'r ffair eisoes fel pinau ffelt fflwresent, er nad ydi hi ddim ond yn dechra tywyllu. Mae'r goleuada'n sgriblo'n loyw wrth iddyn nhw droi, ac mae'r reids yn gneud y sŵn gwaetha. Mae 'na bobol yn sgrechian ym mhob man, fel yn 'Uffern!' i fyny ac i lawr a rownd a rownd ar y reids mawr. O ystyried be 'da ni'n ei wybod am Gwyn mae'r sgrechian yn sbŵci. Mae 'na gemau saethu ym mhob man hefyd, ac mae hynny'n teimlo'n od iawn hefyd, o ystyried popeth.

Dwi a Cher yn gadael y beics wrth y fan sglodion, wedi eu clymu wrth bolyn lamp, ac yna mae Cher yn gafael yn fy llaw. Mae Cher yn stiff ac yn oer yn fy erbyn, ac mae hi'n cerdded yn gyflym fel y bydd Efa'n brasgamu mewn tymar ddrwg. Mae Cher yn cymryd hyn i gyd ormod o ddifri.

Mae'n rhaid i ni fynd o amgylch hanner y ffair, yn teimlo'n fach rhwng y bobol, y reids, y stondina, cyn, o'r diwedd, 'da ni'n cael hyd i fan Gwyn wedi ei pharcio ar ben darn serth o laswellt sy'n mynd i lawr ac i lawr, lle perffaith i sledio hyd yn oed heb eira. Mae'r fan yn edrych fel EddieTheEagle ar ben y bryncyn 'na. Maen nhw wedi gosod ffens blastig yno yn ystod y ffair rhag ofn i bobol fynd at yr ochr a phowlio i lawr. Heibio'r ffens mae'r ochr dywyll yn mynd yr holl ffordd i lawr at y ffordd ger y môr islaw. Mae'r môr yn troi'n ddu fel yr awyr erbyn hyn, ond mae'n dal yn bosib gweld y ffordd pry genwair islaw'r ffair, a llinellau'r groesfan sebra ymhell islaw, ac yna'r dŵr llwyd yn ymestyn hyd at ddim byd.

I fyny'n fama mae'r arwydd yn deud 'Hufen Iâ Gwyn's Ice Creams' yn sefyll fel baner castell uwchben pennau crynion y bobol. Mae 'na gynffon hir o blant yn ymestyn at y ffenast yn ochr y fan, lle mae wyneb gwrychiog Gwyn yn ymddangos, yn gwenu. Mae o'n brysur yn rhoi hufen iâ i'r plant, pa liw bynnag maen nhw isio. Mae o'n fy nabod i, a Cher hefyd, ac yn codi llaw, ond mae o'n edrych arna i fel pe bawn i'n drafferthus oherwydd y *reaction*.

Lle mae Pijin? Lle mae Pijin? Y tu ôl i Gwyn mae posib gweld bod yna ddrws y tu mewn i'r fan, falla mai tŷ bach ydi o? A falla bod Pijin mewn yn fanno, falla mai fanno mae o?

"Murderer! Murderer! He's killed Pigeon. Murderer!" Mwya sydyn mae Cher yn sgrechian ac yn cicio ochr y fan. Dwi isio'i rhwystro hi, ond dwi'n rhy swil o flaen y plant mawr yn y ciw felly dwi ond yn deud, "Don't be stupid, Cher, don't be daft," drosodd a throsodd. Mae Cher yn fy anwybyddu ac yn dal ati.

Mae hi'n sgrechian "Murderer! Murderer!" a rŵan dwi'n dallt pam fod Pijin yn gwrthod gadael iddi hi ddod mewn i'w sièd o.

O ffenast fach y fan mae Gwyn yn edrych yn bwyllog ar Cher. Mae'n gwgu, yn llwyddo i edrych yn ddiniwed. Y tu ôl iddo fo mae plant ar y Twister yn sgrechian ac yn chwyrlïo yn yr awyr. Mae rhai o'r plant mawr sy'n llyfu hufen iâ yn chwerthin ar ben Cher ac mae un hogyn yn gneud llais hogan ac yn rhedeg mewn cylchoedd yn sgrechian "Murderer! Murderer!" a'i ffrindia'n chwerthin fel gwylanod nes fy mod i'n cochi mewn cywilydd. Roedd Pijin yn iawn am Cher. Mae Cher yn boen.

"Don't be stupid, Cher. Don't be daft," medda fi eto, yn ddistaw, yn teimlo'n sâl 'fath ag arfar.

Tydi Cher ddim yn rhoi'r gora iddi hi, ac mae'r plant mawr yn chwerthin mwy erbyn hyn, felly dwi'n gafael ym mreichiau Cher a thrio'i dal yn ôl. Mae o fel trio rhwystro ci sy'n nofio, mae breichiau a choesau Cher yn sgriffio a ballu.

Yna, tu ôl a thrwy bopeth, mae 'na siâp, yn symud fel cath allan o'r fan, heibio'r arwydd ar yr ochor sy'n deud Mind That Child, ac yn rhedeg lawr y llethr islaw, i'r tywyllwch. Mae Pijin wedi mynd cyn i Gwyn a Cher allu troi a'i weld. Mae'n diflannu i'r tywyllwch fel mae mwg ei sigarét yn diflannu i'r awyr ddu o ffenest ei atig. Wedyn mae o wedi mynd. Wedi mynd.

Am 'mod i'n edrych arno fo mae 'nwylo wedi peidio gafael yn Cher felly mae hi'n rhedeg heibio ochor y fan ac yn tynnu ar y drysau yn y cefn i'w hagor. Cot binc Cher yn tasgu dan y goleuadau a 'nhraed i'n mynd clep a chlep, yn galad a chyflym ar y llawr y tu ôl iddi hi, oherwydd mae'n gas gen i fod yn ail yn fwy na dim, hyd yn oed pan nad ydi Pijin yna.

Ond rŵan mae Cher wedi mynd rhy bell. Rhy bell. Mae hi wedi neidio i mewn i'r fan efo Gwyn ac mae o'n deud, "Ewch allan! *Get out!* Chewch chi ddim dod i fama!" a dwi'n aros. Dwi'n aros.

Ac wedyn mae o i gyd yn digwydd yn sydyn. Mewn fflach mae Cher yn cwffio gyda choesau byr Gwyn. Mae hi fatha teigar. Ac mae hi mor sydyn mae hi'n ei lorio fo. Mae Gwyn yn syrthio'n galad ar lawr y fan. Mae ei gorff sgwâr yn drwm pan mae o'n disgyn. Ac yna mae'r fan yn ysgwyd mwya sydyn, a dwi'n gwylio, a dwi'n teimlo panig pigog fel trydan yn mynd o 'nhraed i fôn fy ngwallt fel pinna bach ac mae o'n 'ngneud i'n boeth ac wedi rhewi.

Dwi'n sefyll yn llonydd iawn ond tydi'r fan ddim yn llonydd, ddim rŵan. Mae hi'n symud. Mae hi'n symud mymryn, a tydi hi ddim yn serth iawn lle mae hi, a dwi'n meddwl falla y medra i ei stopio hi. A dwi'n meddwl falla neith y plant mawr, sydd ddim yn chwerthin bellach, ei stopio hi. A rŵan mae hi'n symud 'chydig mwy a 'chydig mwy. A rŵan mae hi'n mynd. Mae hi'n mynd. A rŵan mae hi'n mynd lawr yr ochr, i lawr, yn syth trwy'r ffens, ac i lawr ac mae'r olwynion yn troi. Mae'r olwynion yn troi a thrwy'r drysau yn y cefn dwi'n gallu gweld Gwyn y tu mewn. Mae ei wyneb yn goch, yn flewog, yn hyll, yn llawn ofn ac mae o'n trio codi ar y llawr cam, ac mae Cher y tu mewn hefyd. Mae Cher y tu mewn hefyd. A rŵan mae Cher yn sgrechian y tu mewn i'r fan wrth iddi hi symud. Mae Cher yn sgrechian. Mae'r fan yn rholio i ffwrdd ac mae Gwyn yn gneud ei ora i neidio allan, ac mae o'n gwthio a gwthio efo'i goesa, gwthio allan o'r drws ac ar yr ochr serth, gweiddi a gwthio a disgyn ar y llawr. Ond mae Cher y tu mewn. Mae'r fan yn mynd. Mae'r fan yn mynd. Dyna cwbwl. Dyna cwbwl.

Mae pobol yn gweiddi o'm hamgylch i, yn gwthio a phwshio. Dwi'n cael fy ngwthio fel brân yn y gwynt. Dwi'n crio a dwi'n flin 'mod i'n crio, diferion poeth, rêl hogan, fatha mae Pijin yn ddeud ydw i. Dwi wedi gweld plant yn gneud hyn yn y ffair o'r blaen, edrych ar goll, troi a throi yn yr unfan. Gwirion. Ar ben eu hunain. A rŵan *dwi* fatha nhw: ar goll. Dwi wedi colli Pijin, wedi colli Cher a dwi'n sefyll yn y ffair yng nghanol y bobol ar fy mhen fy hun.

A rŵan dwi'n denu gwragedd pryderus o 'nghwmpas fatha pryfid ar gorff marw. Maen nhw'n plygu lawr ata i, ffags yn gwywo yn eu dwylo, ac mae'r 'mi fydd popeth yn iawn' o'u cegau lipstic yn fy nghrafu.

Ac yna, mae Efa yna! Yn anadlu fel 'sa hi wedi bod yn rhedag, yn sgarffia ac yn fwclis efo edafedd a chlychau yn crogi oddi arni ym mhobman, mae hi'n dod tuag ata i.

Dwi'n rhedeg ati hi, yn gwthio pawb a phopeth o ffordd, oherwydd 'mod i isio clywed ogla croen hallt Efa, teimlo ei breichiau, a'i hanadl yn mynd i mewn ac allan fel y môr. Ac yna. Mae Efa wedi bod yn crio.

A dwi'n ei weld o rŵan, ac mae pob dim yn fy mhen yn mynd yn dawel ac yn cael ei fygu. Pan dwi'n edrych i lawr yr ochr, ac i lawr at y ffordd ger y môr, rhwng du a gwyn pŵl y groesfan ymhell is-law, dwi'n gweld y fan. Mae 'na saethau gwydr o'i hamgylch ac wrth ochr y fan mae Gwyn ar ei benglinia ar y llawr ar y groesfan, ar streipen wen, ac mae o'n rhoi ei got dros rywbeth arall ar y llawr, rhywbeth wedi cyrlio fel crysalis ar y streipen ddu â chiwbiau bach o wydr o'i amgylch. Mae gan y rhywbeth wyneb, gwyn fel lili, a staen, coch fel pomgranad, yn lledu oddi wrtho ar hyd y llawr ar y ffordd lawr yn fanna ar waelod y llethr.

A rŵan, ar ochr arall y groesfan, â'i groen yr un lliw ag esgyrn mae Pijin yn sefyll, yn fach a thena, yn rhythu ar ei chwaer newydd ar y llawr o dan got Gwyn. A dwi'n edrych arno fo, a dwi'n trio meddwl mor galad a phosib, yn trio meddwl fel 'sa Cher wedi meddwl, ein bod ni'n gwbod, yn bendant rŵan, go iawn, am Gwyn.

12

Mae Pijin yn rhythu. Yn y ffair, y tywyllwch yn crynhoi yn rhywle arall, goleuadau'r ffair yn chwyrlïo, y fan yn gorffwys ar ei hochr ar waelod y bryn, a Cher yn gorwedd yno, ei chroen meddal yn wyn, a marciau fel cath frech, ond eu bod yn goch. Mae Pijin yn edrych ar Cher, ac yn meddwl ei bod hi'n od sut mae hyn i gyd wedi digwydd, sut fod Cher wedi credu popeth, pob gair, pan nad oedd o ddim, ddim go iawn. Go iawn doedd o ddim yn credu ei storïau ei hun am Gwyn.

Mae Pijin yn edrych ar Gwyn yn fanna, a'i siâp sgwâr yn ysgwyd uwchben corff bregus Cher wrth iddo geisio ei ddeffro.

"Tyrd!" meddai Gwyn, drosodd a throsodd. "Tyrd!"

deffra ... deffra ...

Mae Cher yn symud, y mymryn lleia, digon i chi feddwl y gallai hi fod yn hi ei hun eto, ac yna mae hi'n llonydd. A tydi Pijin ddim yn ei feddwl o, ddim mewn ffordd iawn, drefnus, ddim mewn geiriau a brawddegau a pharagraffau sy'n gwneud synnwyr. Na. Ond mewn rhyw ffordd ddu-las mae o'n teimlo mai arno Fo mae'r bai, Fo ydi'r bai. Ac wrth i'r ambiwlans ddod trwy'r ffair yn union fel reid arall, a Cher yn cael ei llithro'n dwt i'w chefn, efo'r holl diwbiau a'r synau rheolaidd a'r peiriannau, mae Pijin yn gwylio, ac mae o wedi gwylltio.

I un ochr o'r ambiwlans mae cot goch Iola'n rhedeg lawr y bryn, yn tynnu ei hun yn rhydd oddi wrth y bobl sy'n ei dal a, phan fo Iola'n rhedeg trwy'r hufen iâ at Gwyn, ac yn cicio Gwyn, yn sgrechian arno fo ac yn gweiddi'r geiriau cogio, anhygoel, cogio: "Llofrudd! Llofrudd! Llofrudd!" mae Pijin yn gwybod. Mae o'n gwybod nad ydi o'n credu dim ohono fo, ddim hyd yn oed y syniad cyntaf un, Gwyn = od. Am yr eiliad honno, dim ond am yr eiliad honno, mae o'n chwalu, y teimlad, y casineb tuag at Gwyn sy'n ddigon i orchuddio a chuddio a chysgodi'r casineb sydd gan Pijin tuag ato Fo. Mae Pijin yn gweld pethau fel ag y maen nhw, am yr ennyd honno. Ac felly mae Pijin yn cerdded at Iola, ac wrth fynd tuag ati mae o'n codi'i law, ac yna'n rhoi slap i Iola ar draws ei hwyneb.

Mae Iola'n stopio'n stond. Mae hi'n edrych ar Pijin, yn edrych ar Gwyn, sy'n rhythu'n ôl ar y ddau ohonyn nhw â'i lygaid yn goch ac yn llawn ofn, ac yna mae hi'n cilio i freichiau Efa. Efa, sy'n sefyll yn edrych ar Pijin, fel mae pawb yn edrych ar Pijin, yr edrychiad sy'n deud "Yr hogyn 'na".

Mae'r dyn ambiwlans yn gofyn iddo fo ydi o am ddod efo'r hogan. Mae Pijin yn ysgwyd ei ben ac yn deud, "Na, well i mi fynd yn ôl."

Ac mae'r dyn yn gofyn, "Nôl i lle?"

"Nôl at Mam," meddai Pijin. A ffwrdd a fo, â'i ddwylo yn ei bocedi, yn troi ei gefn ar y dyn ambiwlans sy'n codi'i aeliau, yn gadael Efa ac Iola i ateb y cwestiynau, yn meddwl y byddai hi'n syniad hel ychydig o ddillad a ballu at ei gilydd reit sydyn, cyn iddo Fo gael gwybod am Cher a'r gwaed a'r hufen iâ ar lawr, cyn iddo Fo glywed unrhyw si, a chyn iddo Fo ddechrau gwylltio am y peth. Maen nhw'n tanio'r ambiwlans ac mae hi'n cario Cher ar draws y nos, ac mae Pijin yn cerdded i ffwrdd, yn toddi'n llwyd i mewn i dyrfa'r ffair. Y ffair lle mae popeth, heblaw y fan hufen iâ a'r plismyn sydd wrth ei hymyl, yn araf gyflymu a dechrau

PIJIN

sgrechian eto wrth i'r reids fynd yn gynt a'u curiad unwaith
eto yn cael ei annog gan y dynion ffair di-lol, y chwyn sy'n
treiglo o un lle i'r llall, gyda'u gwregysau arian am eu canol,
ac adref, fel y ffair hon, ar eu cefnau teithiol.

Ac felly mae hi'n nos, yn nos ddu, pan ddaw Pijin yn
ôl i ben yr allt, yn gwthio a gwthio pedalau beic Cher a'i
goesau'n llosgi, a phan y symuda'n ddistaw heibio'i dŷ ac
i mewn i'r ardd, a llenwi ei fag ysgol llwyd budr efo dillad,
a gafael yn ei sach gysgu a'r oren mae o wedi'i chadw
ynddi, a'r papur degpunt sydd wedi'i ddwyn oddi arno Fo'r
wythnos ddiwethaf, a phaced o'i sigaréts O, a mynd allan
eto i'r nos, ar draws gerddi'r cymdogion i'r rhes o fythynnod
sy'n furddunnod ger y chwarel, rhes wedi'i llenwi â dim byd
ond teimladau'r llechwedd marw, lle mae o am gysgu heno,
yn saff oddi wrtho Fo.

Mae Pijin yn swatio yno, yn hen farics y chwarel, lle mae'r
cytiau llechi'n agored i'r gwynt a'r glaw. Mae Pijin yn eistedd
yno, yn meddwl pa mor debyg i benglog ydi'r cwt, gyda
thyllau yn ffenestri llygaid. Mae'n eistedd, yn ei sach gysgu,
yn aros tan y bore, yn cysgu rhywfaint, yn gorffwys yn erbyn
yr aelwyd, wedi arfer â'r oerni. Mae'n cysgu, ymhell o'r sièd,
ymhell o'r tŷ. Ond mae ysbryd y tŷ yn taflu ei gysgod hir ac
oer dros Pijin.

Yn ôl yn y dref, tra mae'r bachgen yn cysgu yn y penglog o
gwt ochr draw'r cwm, mae O'n gwthio mam Pijin i mewn
trwy'r drws ffrynt, yn ei gwthio mor galed fel bod ei chorff
yn disgyn ac yn taro yn erbyn y wal fel cadach llychlyd. Ac
mae O'n gweiddi, "It's that sonofabitch," wrth ei gwthio.
"That sonofabitch's half killed her, god damn him."

Ac yna, "Pigeon! Pigeon! Pigeon!" nes bod y tŷ'n symud
oherwydd ei lais O.

Mae mam Pijin yn gorwedd ar y llawr, yn aros, yn falch

83

o'r tawelwch o'i hamgylch, yn cofio adeg, pan oedd hi'n wyth oed ac wedi cael hyd i gyw bach, wedi disgyn neu wedi ei golli o'i nyth, ac wedi trio'i achub, ac yntau wedi marw mewn bocs carbord yn llawn o bapur wedi torri.

A'r holl amser mae hi'n gorwedd yno, tra mae O'n rhefru a rhefru, "Where's Pigeon? Where's Pigeon?" mae Pijin yn symud i mewn ac allan o gwsg ym murddunnod y barics, a'i fychander yn gwneud iddo grynu.

Dim ond ar ôl i ddau ddiwrnod fynd heibio mae Pijin yn mentro'n ôl i'r tŷ cam, i gerdded ar flaenau'i draed o amgylch y tu allan, i edrych i mewn trwy'r ffenest foel a gweld ei fam yn eistedd ar y soffa lom, haul a chymylau storm ar ei hwyneb a photel yn dynn yn ei llaw wrth iddi hi siglo a siglo.

Mae hi'n edrych i fyny, a'i weld yn y ffenest. Mae hi'n sefyll.

Trwy'r ffenest mae hi'n gweiddi. Mae hi'n gweiddi yn y ffordd wallgo honno sy'n perthyn i bobl sydd heb eiriau ar gyfer sgwrs iawn.

"Mae o wedi mynd! Mae o wedi mynd, Pijin!"

Mae Pijin yn sefyll. Mae o dal ochr anghywir y ffenest. Yn edrych i mewn i'w dŷ fel pe bai'n edrych o dan y dŵr i bwll dwfn lle na fydd yr heulwen ond prin yn treiddio. Mae'n sefyll ac yn edrych arni hi. Gobaith sydd yn ei hwyneb. Gobaith, a bron iawn bod yno ffydd.

Mae'n ystyried mynd i mewn. Ond mae Pijin yn gwybod, yn gwybod nad ydi hi mor hawdd â hynny, mae Pijin yn gwybod y bydd O'n ôl, os daw Cher efo fo neu beidio. Ac yna fe fydd pethau'n waeth, yn waeth i'w fam nag oeddan nhw cynt. Oherwydd mae O wastad yn dod yn ôl. Wastad.

Mae Pijin yn mynd i'w sièd, ac yn eistedd ar ei wely yn y tywyllwch dudew. Ac mae'n meddwl.

Yn y sièd mae yna feddyliau a syniadau yn nofio a nofio i fyny o'i amgylch, ac all o wneud dim synnwyr ohonyn nhw, dim synnwyr o'r storïau sy'n dod heb unrhyw fath o drefn i mewn i'r sièd, fel pe baen nhw ar goll, a tydi'r geiriau a'u hystyron a'r llefydd maen nhw i fod mewn brawddegau a pharagraffau ddim yn cysylltu â'r sŵn a'r siâp maen nhw'n ei wneud yn y sièd, yno yn y düwch.

Straeon a geiriau, dydyn nhw'n dda i ddim os na fedri di wneud rhywbeth, camu 'mlaen efo'r gair iawn yn ei le, a'i ddefnyddio, i daro, i frifo, i ladd.

Symudodd Pijin ychydig ar y gwely. Syllodd yn syth yn ei flaen i'r tywyllwch lle nad oedd dim ond cysgodion gwan yn cael eu taflu i mewn i'r sièd gan y tŷ tywyll. Melfed oedd y tywyllch. Ei eiddo ef. Lle i roi ei wylltineb. Lloches oedd y tywyllwch. Eisteddodd Pijin, a chynddaredd ddu yn ei amgylchynu.

Roedd wedi cyrraedd y pwynt hwn efo'r syniadau, y storïau, eu dweud wrth Iola a Cher fel eu bod yn tyfu a thyfu ac yn gwneud pethau'n wahanol, yn gwneud Gwyn yn rhywbeth arall ac yn newid pethau. Ond roedd o'n dal i ddigwydd. Roedd y pethau'n dal i ddigwydd i'w fam, ac iddo fo. A doedd dim y gallai'r geiriau ei wneud i'w rhwystro. Roedd y geiriau'n creu amddiffynfeydd cymleth, yn creu dadleuon o blaid ac yn erbyn. Ond nid dyna oedd ei angen pan fyddai O yn dod i'r sièd, yn dreisgar, yn hyll. Nid geiriau oedd eu hangen. Roedd angen dyrnau. Roedd angen gallu ymladd y peth, gweld ei wyneb, a'i ladd.

Ond allai o ddim. Allai Pijin ddim. Ac i mewn ag o i'r tŷ, ac at y drôr, a chael hyd iddo fo, wedi'i lapio mewn papur llwyd. Y Fo pia fo. Mae o'n oer ac yn galed. Mae o'n dreisgar ac yn llonydd. Mae o fel anifail yn cysgu. Mae Pijin isio'i ddefnyddio fo arno Fo. Mae o isio'i ddefnyddio, fel mae o isio anadlu. Ond yr unig beth y gall Pijin wneud ydi ei osod yn ôl yn y drôr.

13

Tydi Cher dal heb ddod adra. 'Da ni ddim yn mynd i'w gweld hi. 'Da ni ddim yn cael. Ond mae'r dref yn araf droi tuag at yr haul unwaith eto. Mae'r dref yn symud tua'r gwanwyn, ddydd wrth ddydd, symud i'w chanol hi. A dwi a Pijin yn drysu'n penna efo papur, efo trio dallt petha trwy bapur a geiria duon ar bapur, print du geiria fel briga ar bapur sy'n wyn fel yr eira, y geiria mor glir, a phetha'n gwneud synnwyr. Bron iawn. 'Da ni'n casglu pob math o 'ddogfenna'. Mae Pijin yn deud nad ydi dim ohono fo'n geud synnwyr. Mae Pijin yn deud nad ydi Gwyn yn gneud synnwyr. Ac yna mae o'n dechra deud nad ydw i'n gneud synnwyr chwaith. Mae o'n deud hynna wrtha i mewn llais blin.

"Ti ddim yn wir Iola," medda fo. "Ti ddim yn wir."

"Be ti'n feddwl Pijin?"

Ac yna mae Pijin yn ei ddeud o. "Mae 'na rwbath yn dy deulu di sydd ddim yn gneud synnwyr."

"Be ti'n feddwl Pijin?"

"Mae 'na rhwbath ar goll," medda fo.

Mae 'na damaid ohona i ar goll. Dwi'n nodio. Mae o'n iawn. Mae 'na ddau ddarn ar goll.

Dad.

A Taid.

Dau ddyn. Dau ddyn fy nheulu. Y ddau ddyn wnaeth y "Byd sy ddim yn deg i ferched, cariad." Wnaeth i Nain ddeud hynny drosodd a throsodd fel ei fod o'n glynu atoch chi fel glud.

"Wyt ti wedi chwilio am yr atebion?" holodd Pijin. Holi, â'i lygaid yn wyrdd ac yn llwglyd am wybodaeth.

"Be ti'n feddwl?" dwi'n ofyn. Sut mae posib chwilio am ddarna o bobol? Sut wyt ti'n chwilio am ddarna coll o stori?

"Papur," medda Pijin. "Chwilia am bapur."

Felly dwi'n chwilio trwy focs Efa am lythyra, petha i'w casglu a'u darllan, fel 'sa Pijin yn 'i neud.

Yn y bocs mae'r rhan fwya'n betha tebyg i gardia Dolig a phetha diflas fel cardia Pen-blwydd Hapus sydd i gyd 'run peth ac yn dda i ddim ond mae'n rhaid cogio bach 'u licio nhw. Mae o i gyd fel'na, yr holl ffordd i lawr trwy'r bocs, tan y gwaelod bron.

Ac yna dwi'n cael gafael arno fo. Y cyfan wedi ei glymu efo bandia lastig. Toman o gardia post. Mae'r sgrifen yn dangos eu bod nhw i gyd gan un person. Gan bwy? Dwi 'rioed wedi'u gweld nhw o'r blaen. Dwi ddim yn nabod y sgrifen. Mae'n o'n 'sgyrnog, yn bigog. Mi sgwennodd rhywun y cardia yn ara deg, rhywun sydd heb arfer sgwennu o gwbwl.

Dim ond un llinell sydd ar bob cerdyn, yn deud rhyw-beth tebyg i "Dwi'n teimlo'n well heddiw, gobeithio eich bod chi'n iawn." Neu "Ddim yn ddiwrnod cystal heddiw. Gobeithio fod popeth yn iawn." Neu "Sut mae petha? Ddim yn ddiwrnod drwg heddiw." Ac yna mae 'na un sy'n deud "Gobeithio fod Iola'n iawn."

Yn ôl y marc post maen nhw wedi dod o Lanfairfechan. Pam gyrru cerdyn o Lanfairfechan? Tydi o ddim yn bell yn y car.

A phwy ydi'r person 'ma? Pwy sydd wedi'u hanfon nhw? Tydi o heb eu harwyddo, dim ond cusan ar y diwedd.

Yna dwi'n cyrraedd set newydd, gyda dyddiad mwy diweddar. 1990. Llynadd ydi hynna. Y flwyddyn nath Nain farw. Y flwyddyn sydd wedi'i sgwennu ar ei bedd. Dwi'n eu tynnu nhw'n rhydd o'r lastig.

Mae'r cyntaf 'run peth. Heblaw. Tydi o ddim. Mae 'na enw. Nid enw ydi o. Dad ydi o.

Dad.

Dwi'n eistedd yn y stafell yn rhythu ar y cerdyn post. Mae'r stafell o fy amgylch yn dawel. Mi sgwennodd Dad at Efa. Pryd? Pryd? Dwi'n edrych trwy'r pentwr. Dyma'r dyddiad ola. Dwi'n mynd at y ffenast. I lawr yn yr ardd mae'r cyrff od wnaeth Dad eu creu flynyddoedd yn ôl yn dal yno, metel a phren, wedi'u stumio gan y glaw, eu gorchuddio gan Gwlwm y Cythraul, ond yn dal yno.

Roedd Pijin yn iawn.

Lawr grisia yn y tŷ mae sŵn Efa'n dod adra o'r Cartref. Mae hi'n dod fyny grisia.

"Iola, be ti'n neud?" Mae Efa'n sefyll yn nrws y stafell rŵan, yn gweld y tomennydd o bapura dwi'n eu creu. Mae ei llais hi'n bell i ffwrdd.

"Lle mae o?" dwi'n holi. "Lle ma' Dad ni?"

Mae Efa'n ddistaw. Mae hi'n edrych ar ei dwylo. Mae hi'n dod i eistedd lawr. Mae hi'n eistedd yno am hir. Yn meddwl beth i'w ddeud. Dwi'n dal y cardia post fel tarian rhwng y ddwy ohonon ni. Mae fy chwaer wedi deud celwydd wrtha i. Mae Efa wedi deud celwydd.

"Cwbwl oedd Nain yn ei ddeud oedd: 'Mae o wedi'n gadael ni, cariad. Mae o wedi'n gadael ni'," medda hi o'r diwedd. "Dim ond wedyn y deudodd hi wrtha i fod Dad yn sâl."

Dwi'n eistedd ar 'n soffa ni, wrth ei hochr hi, yn gwrando am fwy.

"Mi aeth 'na chydig o flynyddoedd heibio cyn i ni ddechra mynd i'w weld o ar ddydd Gwener. Wn i'm pam nath

Nain benderfynu mynd â fi. Dwi jyst yn cofio ni'n mynd, a nath Nain ddim deud lle roeddan ni'n mynd. Roedd o yn Llanfairfechan, mewn ward yn fanno, efo pedwar o ddynion erill." Mae hi'n hanner gwenu, ond gwên drist, ofnus ydi hi. "Pan gerddon ni i mewn mi oeddwn i'n gallu deud bod Nain wedi bod yno o'r blaen. Cwbwl nath hi oedd cerdded yn syth ar draws y ward, eistedd i lawr wrth ochr 'i wely o, a thynnu'r brodwaith allan o'i bag. Dwi'n cofio'i bod hi'n gneud patrwm bach pinc efo bloda arno fo." Mae llais Efa'n crebachu fel papur yn llosgi. Dwi ddim yn dallt. Be ma' hi'n olygu, 'Sâl'? Be ma' hi'n olygu? Cwbwl dwi'n neud ydi aros am chwanag.

"Dwi'n cofio'r bloda 'na, roeddan nhw mor berffaith." Mae'n bosib clywed y dicter yn llais Efa. Mor ddig fel ei fod o fel ogla llosgi. Mae o'n gneud i chdi fod isio gadal y stafell.

"'Nes i ddim dallt am funud mai Dad oedd o. Roedd o'n eistedd yn fanno ar y gwely, ac yn edrych ar y teledu fel 'sa ni ddim yna. Roedd o'n edrych 'run peth, ond ddim mor dena. Ond doedd o ddim yno, Iola." Mae ei llais hi'n peidio. Am ei bod hi'n crio. Mae Efa'n crio.

"Doedd o ddim yno." Mae hi'n beichio crio. Efa? "'Nes i drio gafal yn ei law o, ond doedd o cau gafael yn fy llaw i." Mae hi'n stopio eto. Dwi'n edrych arni hi. Dwi'n meddwl y peth, am y tro cynta rioed, mi fysa Efa wedi bod reit ifanc adag honno. 'Mond plentyn fatha fi.

"Mi fyddan ni'n mynd bob dydd Gwener, pan oeddat ti yn yr ysgol. Dwi'n cofio weithia roedd o'n edrych arna i, fel 'sa fo wedi ngweld i'n rwla o'r blaen, ond 'i fod o methu cofio lle. A'r cwbwl oedd Nain yn ei ddeud, yn y llais calad 'ma, oedd 'Methu cofio mae o, cariad', heb edrych arno fo, a dal ati i bwytho bloda ar ei darn defnydd. 'Nes i ddechra'i gasáu o fwy nag oeddwn i'n casáu Nain." Yr ogla llosgi 'na eto, yn chwerw a mor gry nes 'mod i methu anadlu."

Mae 'na ddistawrwydd.

"Be sy'n bod arno fo?"

"Roedd o'n sâl."

"Be ti'n feddwl?"

"Roedd o'n feddyliol sâl."

Medd-yl-iol.

"Yn 'i ben?"

"Ia."

"Gwallgo."

"Na," medda hi, ac yna mae hi'n edrych arna i ac yn deud, "Ia."

Gwallgo ydi pan ti'n breuddwydio er dy fod ti'n effro. Gwallgo ydi pan ti'n methu cadw petha mewn trefn, methu cadw'r dydd a'r nos ar wahân. Dwi'n ystyried y peth. Dad. Dwi'n edrych allan ar y siapia main yn eu cwman yn yr ardd. Roeddan nhw'n arfar bod yn betha oedd yn cadw cwmni i ni, ond rŵan, pan dwi'n edrych arnyn nhw maen nhw'n edrych yn ddychrynllyd, fel sombis. Gwallgo. Dwi'n meddwl am y cig cyw iar roedd o'n ei roi mewn pacedi yn y ffatri, a'r aer wedi'i sugno allan. Gwallgo.

"Pam na ddeudist ti wrtha i?"

Mae Efa'n ochneidio.

"Dwi ddim yn gwbod," medda hi. "Do'n i ddim isio i chdi byth ddod i eistedd wrth y gwely 'na, efo Nain a'r bloda 'na, a fo'n edrych arnat ti fel 'sa fo, falla, wedi dy weld di o'r blaen."

Dwi ddim yn ei dallt hi. Dwi ddim yn dallt y stori i gyd. Pam peidio deud wrtha fi? Pam peidio? Mi o'n i 'i angen o. Dwi'n ei deimlo fo, y peth mawr trwm 'na o amgylch fy 'senna. Galar nath Nain ei alw fo. Galar. Galar ydi bod mor flin. Mor flin. Mae Dad yn fyw, ac yn sâl a dwi 'i angen o. Roedd Dad yn fyw trwy'r adag ac mi oeddan nhw'n gwbod lle roedd o. Neuthon nhw ddeud clwydda wrtha i. Neuthon nhw ddeud clwydda wrtha i. Dagra poeth hallt lawr fy mocha. Anadlu blêr, poenus. Mae fy 'sgwydda i'n ysgwyd.

Dwi'n ysgwyd. Mae mwytha Efa fel mam. Cynnes. Mae'r ogla llosgi'n troi'n ogla Patchouli.

"Lle mae o rŵan?" dwi'n holi Efa.

"Mae o'n byw jest tu allan i Lerpwl," medda hi, "mewn hostel. Mi fedran ni sgwennu ato fo. Falla mynd i weld o, os ti isio?"

Dwi'n rhythu arni. Efa. Fy chwaer, fy mam, fy nhad, fy mhopeth. Yna dwi'n edrych allan ar y siapia yn yr ardd. Y dynion pren anfarwol nad ydi'r gwynt a'r glaw hyd yn oed wedi eu golchi i ffwrdd, yn dal i sefyll yn yr ardd, yn gam yn eu cwman, creulon.

"Na," medda fi. "Na, dwi ddim isio'i weld o. Ddim rŵan. Ddim byth." Dwi'n rhedeg fyny grisa i fy stafell. Dwi'n taflu fy hun ar y gwely oer ac yn claddu fy ngwynab yn y cyfnasau gwag.

Dwi ddim yn deud wrth Pijin. A dwi'n rhoi'r gora i edrych trwy'r papura'n syth. Os hwn ydi un o'r darna sydd ar goll gawn nhw gadw'r darna erill. Dwi ddim isio Taid. Dwi ddim isio'r holl stori i fod mor hyll. Well gen i fod mewn darna. Oherwydd hyd yn oed pan 'da ni'n cael hyd i'r straeon sydd ar goll, does 'na ddim byd y gall Pijin na fi ei wneud am y peth. Fedran ni neud dim byd amdano Fo nac am Dad, nac am Efa na Nain na dim byd. Heblaw.

14

Mab Meurig a Mrs Gelataio yw Gwyn Gelataio. Nid oes ganddo gof o weld dim ar y bwrdd coffi yn y stafell ffrynt heblaw'r blodau. Mae'r aer yn y stafell yn fwll. Mae'r blodau plastig yn yr aer mwll mewn potyn bach ar ganol y bwrdd coffi. *Beige* ydi popeth yn y stafell; y soffa, y cadeiriau, y clustogau, y carped a'r llenni, ond mae'r blodau, yn eu potyn plastig yn indigo a rhuddgoch. All Gwyn ddim cofio dim byd arall ar y bwrdd, a tydi o erioed wedi ystyried newid pethau.

Ei ddiweddar fam, Mrs Gelataio, oedd berchen y potyn a'r blodau. Roedd Mrs Gelataio yn Babydd selog. Roedd hi hefyd yn fychan, yn Eidales, yn eithriadol oriog, ac yn hoff, mewn ffordd nodweddiadol anghyson, o'r Rolling Stones ac o gerddoriaeth fain y *tarantella*. Byddai'n dawnsio o amgylch ei chegin fechan yn y dref borthladd i'r ddau fath o fiwsig gan anghofio ei chlun newydd a'i phwysau gwaed uchel a thaflu ei breichiau i'r awyr a chwerthin fel priodferch.

Ond yn fwy na dim roedd hi'n hoff o Gwyn. Yn falch o bob blewyn a dyfai'n gryf o'i frest lydan, yn falch o'i fol crwn, ei wên ddiog a'i goesau "Shorta yesa, but astrong".

Roedd cael hyd i ddynes dda i Gwyn, dewis hogan iawn o blith yr holl "Saeson" budr, chwil yn y dre glan môr Gymreig hon, wedi bod yn waith iddi rhwng pump ac wyth bob diwrnod er y dydd y bu i Meurig, gŵr gwantan Methodistaidd Mrs Gelataio, roi'r gora iddi hi a marw, gan ildio i haint ar yr ysgyfaint a dymuniad ei wraig i'w anfon i burdan. Byddai Mrs Gelataio yn gwahodd rhesi o'r merched draw i gael te ("no, acoffee") a threfnu, wedyn, i'w mab, heb iddo hyd yn oed eu cyfarfod o flaen llaw, fynd allan ar ddêt efo'r ychydig ferched oedd wedi bod yn llwyddiannus yn dilyn yr ymchwil, yr archwilio, yr arolwg a'r cyfweliad.

Cyn iddo o'r diwedd ymadael â'r byd hwn, roedd Meurig, yn dilyn gyrfa hir o fod dan y fawd, wedi cyflawni tri pheth yr oedd yn haeddiannol falch ohonynt. Yn gyntaf, mewn ennyd fer o fod yn anturus, roedd wedi mynd ar ei unig wyliau i Tuscany ac wedi dychwelyd gyda gwraig Eidalaidd fechan ond drawiadol ac ymrwymo'i hun i fywyd o wrando arni.

Yr ail gamp oedd sicrhau fod gan ei fab, Gwyn, trwy adrodd ac ailadrodd cyn mynd i'w wely, a thrwy ymweliadau, tu ôl i gefn Catholig ei wraig, ag ysgol Sul y Methodistiaid, grap defnyddiol ar yr iaith Gymraeg, gan hepgor pob rheg, a chynnwys mwy na'r cyffredin o iaith y Beibl.

Yn drydydd, roedd Meurig Gelataio (a oedd wedi derbyn cyfenw olewydd a heulwen ei wraig ar ddydd eu priodas, gan grynu wrth i'w dad yng nghyfraith wgu arno ac yntau'n dotio at ei ferch) wedi llwyddo i achub ei fab â'i fol bach crwn rhag ymdrechion gwaethaf ei fam i ddarparu gwraig ar ei gyfer. Gwnaeth hyn trwy gyflwyno iddi'r merched mwyaf cwrs oedd ar gael yn ei dref glan môr, y rhai â phlant a fflatiau cyngor, y rhai oedd yn hoff o *shellsuits,* "these aterrrrible plastic atracksuits", a chyn-wŷr yng ngharchar.

Felly, pan fu farw ei dad, trodd bywyd Gwyn yn un corwynt o gyfarfod merched. O leiaf unwaith yr wythnos byddai'n cael ei baratoi yn ei ddillad gorau, yn lân ac yn sgleinio, gydag oriawr aur ffug ei dad, "You cannot atell, you cannot atell, and she willa like ita yes", rhesen wen berffaith ar ochr ei ben fel bod ei wallt du'n cuddio'r ffaith ei fod yn moeli'n gynnar, a digon o arian i brynu pryd mewn tafarn iddo fo a'r ddewisiedig ferch, "But aNO DRINK we willa not have a drinking girl".

A dyna oedd y broblem. Waeth pa mor neis, annwyl, domestig neu siapus oedd y merched hyn roedd ufudddod llywaeth Gwyn i'r rheol-dim-yfed yn peri wynebau siomedig. Byddai'r ffaith ei fod yn nôl sudd oren i ddechrau ac yna tonic ac yna dŵr pefriog i'r merched er gwaetha'r ffaith eu bod yn dewis Lambrini, spritser a choctels yn peri i'w llygaid droi at eu horiawr, angen i fynd i'r lle chwech ar frys, i ffonio ffrind ac i fynd adref yn gynnar.

Byddai Gwyn yn cyrraedd adref i lifeiriant o gwestiynau. "So eeerly? So eeerly? Gwiiin but watt has ahappened tonite, you have acome home so eeerly? What is awrong with athese women, such a good man!" Ac yna, gan fagu ei ben crwn yn ei breichiau wrth i Gwyn fwmial ymddiheuro, byddai'n dweud, "It'sa all right my darrrling. So handsome! Your mother willa always love you, allllways."

Sue oedd yr unig un i oresgyn holl gamau'r dewis a'r dêt dirwestol cyntaf. Roedd Sue yn ferch 'debol, ymarferol a phlaen. Mae'n siŵr ei bod tua deg ar hugain, ond gwisgai mewn modd oedd yn dyblu ei hoed, ac roedd hi mor hudolus ag ŵy wedi'i ffrio oer. Ond roedd hyd yn oed Sue wedi dweud wrtho, ar ôl ychydig wythnosau, na allai byth bythoedd ddychmygu byw efo Mrs Gelataio, a chafodd ei thynnu oddi ar y rhestr yn ddi-lol, a dechreuwyd y broses ddiflino unwaith eto.

Ac os y byddai Gwyn, pan eisteddai ar ei soffa yn yr ystafell ffrynt, yn meddwl am Sue a'i sgertiau brethyn trwchus, a'i chardigans, a'i gwallt mewn byn, ac yn meddwl ei fod yn bechod ei bod hi wedi mynd, byddai'n cofio'n wylaidd yn syth wedyn ei bod yn fwy chwith iddo heb ei fam. Oherwydd roedd Mrs Gelataio wedi ildio yn y diwedd i bwl o anjeina tra oedd hi'n cwyno am ei diweddar ŵr wrth docio ei choeden ffigys oddefgar yn heulwen prin diwedd haf. Ymadawodd am y nefoedd gan alw ym mhurdan lle roedd Meurig druan wedi bod yn lladd amser ers ei angladd ddwy flynedd yng nghynt, yn aros i'w wraig fechan ffyrnig gyrraedd a'i gyfarwyddo, i fyny neu i lawr.

Syniad diweddar fam Gwyn oedd y fan hufen iâ. Hon, er mor annhebygol hynny, fyddai'r cyfrwng i gludo'i mab i well safle gymdeithasol oherwydd barn aruchel Mrs Gelataio o statws hufen iâ.

Deffrodd Gwyn un bore dydd Llun yn disgwyl brecwast o *pancetta* a choffi cryf, ond yr hyn oedd yn ei ddisgwyl oedd alawon lloerig hufen iâ yn y stryd y tu allan i'r tŷ. Pan agorodd y llenni roedd ei fam, yn fach ac yn falch, yn sefyll wrth ymyl ffrwydriad o liwiau a phosteri a sticeri: Hufen Iâ Gwyn's Ice Creams yn ei holl ogoniant newydd sbon danlli.

Gyda gwerthfawrogiad o hufen iâ yn ei gwaed, creodd Mrs Gelataio ryfeddodau melys rhewllyd, yn amrywio o siocled tywyll nwydus i *sorbet* basil a leim. Ond ei siomi gafodd hi gan chwaeth anniwylliedig y cnafon bach ar hyd yr arfordir ac yn y bryniau melynllwyd a ddewisai Flakes, Feasts, Calypsos ac "aBritish arubish alollipop" tebyg.

"These apeople are amad," bytheiriai, a chadarnhawyd y farn honno pan, gan amau doethineb y peth, y gyrrodd Gwyn a'r fan i ffair ar ddiwrnod oer o hydref, a chanfod nad oedd gwerthiant hufen iâ, ar y diwrnod rhewllyd hwnnw, yn ddim llai. "Craizy!" meddai o dan ei gwynt, a mwytho pen Gwyn wrth gyfri'r arian ar y lliain bwrdd sgwariau yn y gegin dywyll.

Mae'r fan yn rhoi jyst digon o arian i Gwyn gadw ei fflat gyda'i ystafell fyw ddi-liw a'i *status quo* sy'n ei fygu. Ond Gwyn a'i groen tywyll, ei hufen iâ gaeaf blasus a'i Gymraeg capel rhyfedd; tydi Gwyn ddim yn perthyn.

"Ma' Gwyn yn od." Mae'r geiriau'n cael eu sibrwd ar ei ôl wrth i'r plant lyfu eu hufen iâ â thafodau pinc. Mae Gwyn yn 'od', yn rhyfedd, yn wahanol. Bydd rhaid i Gwyn Gelataio gael ei aileni.

Héddiw mae Gwyn yn eistedd yn ei stafell ffrynt, yn y fflat a brynwyd iddo gan ei dad ac a gafodd ei beintio a'i ddodrefnu gan ei fam. Ni ddysgodd Gwyn erioed sut i goginio, na smwddio, golchi, glanhau, na charu mewn gwely. Creodd ei fam â'i dotio, y rhagdybiaeth rwydd a chyfforddus, nas heriwyd, nad oedd angen iddo ddysgu; a hyd yn oed rŵan, gyda meicrodon, y gwasanaeth gollwng-a-chasglu yn y londrét, Mrs Lewis sy'n dod i lanhau fel corwynt unwaith yr wythnos ac ambell gopi o *Playboy* i chwarae â nhw, pery'r gred honno yn ddifygythiad.

Mae Gwyn yn rhannu ei amser yn dwt; hanner yn y fan a'r hanner arall yn y gwely, gydag ychydig o hyblygrwydd yn yr amserlen ar gyfer bwyta ac ymweliadau hirion â'r tŷ bach. Dim ond yn achlysurol y mae o'n eistedd yn y stafell ffrynt, pan mae o'n teimlo y dylai wneud hynny, gan mai hon ydi'r ystafell mae'r ymwelwyr prin yn ystod y blynyddoedd wedi cyfeirio ati fel y "stafell fyw".

Felly, bob yn hyn a hyn, pan mae pethau'n dawel efo'r hufen iâ yn ystod yr wythnos, mae Gwyn yn gwneud ymdrech i eistedd yn y stafell ffrynt. Mae Gwyn Gelataio yn eistedd ar y soffa, yn edrych ar groesair. Mae o wedi dod a fo i fama i'w orffen. Ni ddylai gymryd ond rhyw hanner awr. Ac mae hynny'n ddigon o fyw i'r ystafell gyfiawnhau ei henw.

Mae o'n ddiolchgar, tua hanner awr wedi tri, i gael gadael y croesair oherwydd ysfa i fynd i'r lle chwech. Llusga ei draed ar draws y carped *beige*, trwy'r drws, ar draws y cyntedd ac i'r tŷ bach, gan gloi y drws yn erbyn ysbryd ei fam, tynnu ei jîns glas helaeth i lawr dros ei ben-ôl gwyn ac eistedd ar yr unig sedd yn y tŷ y teimla sy'n berchen iddo fo. Gafaela ei ddwylo sgwâr mewn cylchgrawn yn llawn o ferched a cheir, dau beth y mae'n eu deisyfu, ac ymlacio'n araf.

CLANC! O'r tu allan.

Mae pen-ôl gwelw Gwyn yn codi rhyw droedfedd i'r awyr, ac mae'r cylchgrawn yn hedfan o'i ddwylo. Mae'n rhedeg allan trwy ddrws y tŷ bach, gyda'i drôns *paisley* a'i drowsus o amgylch ei fferau, mae'n trio codi'r ddau ar yr un adeg, yn rhuthro i'r stafell ffrynt eto, yn tynnu'r llenni yn ôl ychydig. Gyda'i drowsus yn dal wrth ei bengliniau mae Gwyn yn chwys oer.

Mae'r bachgen yn sefyll wrth ymyl y ferch fach, yn welw, ei wyneb yn erbyn y ffenest, sling a cherrig yn ei law, yn aros.

"Agor y drws! AGOR Y DRWS!" gwaedda'r bachgen, pan wêl wyneb crwn Gwyn yn gwisgo'r llenni fel wig.

Mae Gwyn yn gollwng y llenni yn ôl dros y ffenest yn gyflym, wedi dychryn am ei fywyd. Gan anwybyddu galwadau'r plant sy'n mynnu cael dod i mewn, mae'n gwneud ymdrech i symud ar flaenau ei draed ar draws yr ystafell oddi wrth y ffenest, rhywbeth sy'n anodd i gorff mor sgwâr ar draed mor fach. O'r diwedd mae'n cyrraedd y gegin, yn cau'r drws yn dynn ac yn anadlu allan yn ei erbyn mewn rhyddhad.

Yn y gegin mae'r holl *mod cons* a brynwyd gan Mrs Gelataio, llawr leino glas, ffrwythau plastig sy'n para am byth mewn dysgl, a llun ohoni hi ei hun, yn gwenu fel dur, a hwnnw rŵan yn rhythu i lawr ar Gwyn.

Does gan Gwyn ddim syniad beth i'w wneud. Nid yw datrys problemau yn un o'i gryfderau. Plant yw ei fywoliaeth, yn heidio at ei hufen iâ gyda'u ceiniogau a'u punnoedd, ond does gan Gwyn ddim syniad sut i drafod gyda phlentyn a dim pethau da i'w cynnig, mae'r oergell a'r cypyrddau yn wag a'i feddwl wedi'i gymylu gan yr angen cynyddol i fynd i'r lle chwech.

Mae o'n dal wedi rhewi yn erbyn drws y gegin pan mae clec a sŵn gwydr yn malu yn cyhoeddi bod carreg finiog lwyd wedi taro'n erbyn y drws yn agos iawn i'w fraich dde flewog.

Edrycha Gwyn ar y garreg a dilyna ei lygaid ei llwybr i'r hyn a oedd unwaith yn ffenest y gegin. Ond yn lle ffenest mae yno dwll blêr a wyneb bach gwelw yn rhythu trwyddo.

Mae'r wyneb yn rhythu. Mae Gwyn yn rhythu. Mae'r bachgen yn rhythu. Mae Gwyn yn rhedeg yn ôl trwy'r drws, ar draws y carped *beige*, heibio'r blodau plastig, ar draws y cyntedd ac yn ôl i'r tŷ bach a chloi'r drws ar ei ôl. Ac yna'n sylweddoli nad oedd hynny'n syniad da.

Trwy ddrws y tŷ bach mae'n gallu clywed sŵn gwydr yn crenshian, lleisiau bachgen a merch yn ffraeo, traed yn glanio clec tincial ar y llawr wedi iddyn nhw neidio trwy'r ffenest sydd wedi malu, traed yn cerdded ar draws y carped yn nes ac yn nes ac yn nes at ddrws y tŷ bach. Mae Gwyn yn sefyll yn y tŷ bach, dim ond powlen y toilet yn edrych i fyny ato fo, a'r ffenest fechan gwydr patrwm barrug yn lled agored ar ei cholyn, fel petai'n hanner edrych ar y stryd y tu allan, y can diaroglydd awyr brynodd ei fam, a'r domen o gylchgronau sydd yno i'w gynorthwyo gyda diflastod bod yn rhwym, a dyna fo.

"Mae o yn y toilet," llais merch yn gwichian fel metel.

Bachgen yn chwerthin fel gwrach.

"Tyd allan, Gwyn!"

Mae'n orchymyn nad oes gan Gwyn, sy'n crynu gan ofn ar y sêt, unrhyw fwriad ufuddhau iddo.

Mae'r bachgen yn ei watwar. "Ofn plant? Ofn plant bach wyt ti?"

Mae pwysedd gwaed Gwyn yn codi, mewn ofn a chywilydd.

Mae sêt y toilet yn gwichian yn beryglus wrth i Gwyn roi troed bob ochr iddi a chodi ei hun i edrych allan trwy'r ffenest. Mae'r stryd yn wag, y lawntiau twt heb neb arnynt. Does yna ddim ceir wedi'u parcio, dim dadleuon yn atsain na sŵn diflas radio. Mae pawb yn eu gwaith. Mae gwefus uchaf Gwyn yn chwysu a diferion yn dechrau llifo i lawr ei dalcen.

Mae'r bachgen yn dweud wrth y ferch i "Ista lawr yn fana" ac yn dweud wrthi am warchod y drws. Gall Gwyn glywed sŵn traed, y bachgen mwy na thebyg, yn symud o amgylch y fflat, gall glywed sŵn traed yn croesi'r cyntedd ac yn mynd i mewn i'r llofft. Mae Gwyn yn meddwl am ffrâm arian llun ei fam, ei deledu newydd yn y llofft sy'n chwyddo pawb i ddwywaith eu maint arferol, mae o'n meddwl am y ffaith nad ydi o wedi cadw'r cylchgronau *rheiny* o dan y gwely, heb wneud y gwely o ran hynny, nac wedi agor y llenni heddiw. Mae Gwyn yn sefyll ar y toilet ac yn gwrido.

Mae Gwyn, sy'n cwrcwd ar sedd y toilet, yn dal i glywed sibrwd y tu allan i'r drws, a'r ferch yn sniffian yn achlysurol, yn eistedd yn isel, y sŵn sniffian tua hanner ffordd i fyny'r drws. Ar ôl ychydig mae o'n penderfynu trio siarad efo hi.

"Sut ydych chi?" meddai Gwyn yn grynedig.

Mae'r sniffian yn peidio.

"Beth ydych chi'n ei wneud yma?" Mae ei Gymraeg hyd yn oed yn fwy ffurfiol nag arfer. Fel mae o'n gofyn y cwestiwn mae o'n sylweddoli nad ydi o efallai am gael gwybod pam eu bod yno.

Distawrwydd. Sniff. Ac yna, "Ei ddilyn o."

A dyna ni. Hynna ydi o. Dim ateb, dim rheswm, dim ond un yn dilyn y llall. Dyna'r broblem, i'r plant yma ac i Gwyn: dilyn. Mae Gwyn yn gyfarwydd iawn â'r gêm honno.

Mae sŵn y bachgen yn rhedeg yn ôl o'r stafell wely, sŵn papur, y ferch yn sibrwd yn wyllt wrth y bachgen, ond dim ateb ganddo fo.

Yna mae cornel un o'r cylchgronau *hynny* yn ymddangos o dan y drws, ac yna un arall ac un arall, nes bod y bwlch o dan y drws yn llawn o bapur. Mae Gwyn yn edrych i lawr ar y cylchgronau. Brestiau, tinau, dim byd yn perthyn i'w gilydd. Dillad isa lês. Gwefusau'n barod. Ac yna mae 'na aroglau od, aroglau olew, neu baraffîn. Rhyw sŵn crafu ysgafn y tu allan i'r drws, sŵn traed yn pellhau. Dim ond pan mae'r mwg yn dechrau ymddangos o dan y drws mae Gwyn yn deall. Fel cwningen mewn twll.

Mae Gwyn yn dal i eistedd ar y toilet, yn gwylio'r mwg yn cael ei sugno o dan y drws, yn gogr-droi digon i'r fflamau ddechrau llyfu'r drws, i sŵn y clecian ddechrau, i'r ystafell fechan ddechrau llenwi â mwg. Mae Gwyn yn petruso am eiliad neu ddwy eto, yna'n dechrau crafangu am y ffenest, gwthio ei ben allan, yna ei ysgwydd, gweiddi a gweiddi am achubiaeth. Pan mae o hanner ffordd allan, ei goesau tewion y tu ôl iddo uwchben sêt y toilet, mae o'n gallu teimlo gwres ar ei ben-ôl a'r fflamau'n cosi ei fferau oherwydd fod y domen arall o gylchgronau, y rhai wrth ochr y toilet, y rhai ceir, wedi dechrau llosgi. A phan mae Gwyn Gelataio yn disgyn ar y gwair llaith y tu allan mae o fel babi-newydd-anedig-canol-oed, ei ddillad wedi'u duo gan y tân a'r blewiach byr ar ei fferau wedi eu deifio'n fonion bach cyrliog, annwyl.

15

Wedyn ar y bws, yn cyfri'r strydoedd ar y ffordd adra o dŷ Gwyn, tydi Iola ddim yn siarad efo fo. Mae hi'n eistedd wrth ymyl Pijin yn crynu.

"Stopia," medda fo. "Stopia."

"Sori," medda hi. Ac yna eto, "Sori, Pijin." Mae hi'n dal i grynu.

Mae Pijin yn troi oddi wrthi hi ac yn syllu allan o'r ffenest. Mae hi wedi dechra bwrw. Glaw gwlyb. Dyna maen nhw'n ddeud pan mae hi'n bwrw fel hyn, diferion trwm, diferion yn llawn o'r awyr.

"Fydd Gwyn yn iawn, Pijin?" Mae ei llygaid hi'n fawr ac yn las a does 'na ddim syniadau yn ei llygaid. Fydd Gwyn yn iawn? Mae hi'n gofyn iddo fo drosodd a throsodd. Fydd Gwyn yn iawn, Pijin? Fydd Gwyn yn iawn?

"Falla," medda Pijin. Mae'n symud ei ysgwyddau i olygu *Ddim yn siŵr.*

"Ddylan ni fynd yn ôl, Pijin? Ddylan ni fynd yn ôl?"

"Na," medda fo. "Na."

Tydi o ddim y math o beth sy'n bosib mynd yn ôl ato. Mae'r bocs matsys yn ei boced. Dim ond un ar ôl.

Mae 'na sigarét wedi'i gwasgu yn ei boced hefyd. Mi geith o honno pan gyrhaeddith o adra. Hon ydi'r olaf o'i sigaréts O. Falla y bydd hi'r sigarét olaf gaiff Pijin am sbel. Mae Iola wrth ei ochr wedi dechrau crio. Mae'r dagrau'n gwneud i'w thrwyn ddiferu.

Mae hi rhy fach. Tydi hi ddim help. Does ganddi hi ddim syniadau. Mae Pijin yn edrych arni hi. Tydi hi'n dda i ddim iddo fo. Mae o'n codi ar ei draed yn y stop nesaf. Dwi am gerdded o fama, medda fo.

Mae hi'n edrych arno fo, llygaid glas. Dim syniad. Dim syniad be mae o'n olygu.

Mae hi'n trio gadael y bws hefyd. "Ddim fama, Iola," medda fo. "Y nesa."

Ond mae hi isio mynd rŵan, efo fo. Mae hi'n neidio oddi ar y bws ar ei ôl, yn crio mwy. Prin mae hi'n gallu cerdded, oherwydd ei chareiau sydd wedi agor a'r dagrau. Mae hi'n crio cymaint nes bod llysnafedd yn dod allan o'i thrwyn. Mae hi'n hyll. Yn dda i ddim.

Mae Pijin yn troi ati hi. "Dwi ddim isio chdi ddod acw eto, na gofyn am storis na dim, ocê Iola?"

Mae Pijin yn edrych arni unwaith. Tydi o'n teimlo dim pan mae o'n edrych arni hi, fel 'sa hi'n ddarn o garbord neu rwber neu bren. Mae o'n troi ac yn cerdded i ffwrdd a tydi o ddim yn troi'n nôl. Mae o'n gwybod ei bod hi'n sefyll yn y ffordd ar ei phen ei hun yn y glaw.

Y cwbl mae o isio'i wneud ydi cerdded. Mae o'n cerdded ar hyd y ffordd hir a hyll i fyny'r rhiw, heibio'r tai lle mae 'na bobl yn eistedd lawr i gael bwyd, i wylio teledu. Mae goleuadau'r stryd yn oren dros y dref wrth iddo edrych i lawr oddi ar yr Allt. Mae lawr dre'n fach o fama, a tydi o ddim bwys am neb yno.

Mae Pijin yn cerdded i fyny'r rhiw at ei dŷ. Does ganddo fo ddim byd ar ôl i'w wneud ond mynd adra, adra i'r sièd ac at ei fam, at ei ffrogia marw hi, a'r distawrwydd tywyll. Mynd adra ac aros iddyn nhw ddod.

Mae Pijin yn mynd i mewn i'w dŷ cam, ei gartref go iawn, am y tro cyntaf ers misoedd. Mae Pijin yn cerdded i mewn i'r ystafell fyw lle mae ei fam yn eistedd o dan lamp heb ei chynnau. Mae o'n eistedd efo hi yn y tywyllwch. Mae Pijin yn eistedd ac mae hi'n siglo ac mae o'n dweud wrthi hi'n ara deg be mae o wedi'i wneud, dweud wrthi hi fel petasai hi'n gallu deall.

"Dwi wedi brifo dyn, Mam." Fel petasai'r geiriau o werth, fel petasen nhw ddim yn syrthio'n ddarnau yn yr awyr farw.

"Be ti'n feddwl, pwt?" Ar unig beth all o'i neud ydi ei ddweud o eto.

"Dwi wedi'i frifo fo."

Ac mae o'n eistedd yno'n crynu. Pan mae o'n edrych arni hi yr unig beth mae o'n ei weld ydi bod arni hithau ofn hefyd. Yn y distawrwydd ar ôl y geiriau, y distawrwydd sy'n para am oriau, mae Pijin yn aros, mae o'n aros iddyn nhw ddod i fynd a fo i ffwrdd, ei gosbi fo.

Ond yn hytrach y Fo sy'n gwneud hynny. Mae O'n dod adref, yn chwalu i mewn trwy'r drws, yn flin ac yn chwil ac yn drwm fel carreg, ac mae O'n ymosod arni hi. Ond nid am unrhyw reswm newydd, nid oherwydd Gwyn. Mae o'n mynd amdani hi. Mynd amdani hi a hithau'n eistedd yno'n siglo ac mae O isio'i lladd hi, medda Fo. Mae O'n ei ddeud o ond ddim yn ei feddwl o, yn union fel mae Pijin wedi ei glywed O'n ei ddeud o'r blaen. Ond mae hi'n ei gredu O, mae mam Pijin yn sgrechian ac yn ymbil, yn ddigon i dy rwygo di.

Mae Pijin yn meddwl y bydd pethau fel hyn am byth. Pijin yn y sièd a'i fam yn siglo a Fo'n dal i ddod i chwalu pob dim. Ac mae Pijin yn gwneud. Mae o'n ei hitio Fo yng nghanol ei fol. Wrth iddo ei daro, dwrn sy'n glanio'n galed ar ei ganol llydan cryf, mae'r holl stafell yn crebachu'n ddim heblaw amdanyn nhw ill dau. Dim ond nhw ill dau. Mae ei fam yn rhedeg allan, oddi wrtho Fo, oddi wrth Pijin. Ac yn yr ystafell does dim ond y Fo, a dim ond Pijin, a dwrn poenus, diwerth Pijin. Roedd o wedi colli'i wynt, methu anadlu am ennyd. Yn ei ddyblau, ond yn ffwcio ac yn diawlio, ac fe fydd o'n dial cyn gynted ag y gall o sefyll i fyny'n syth. Un, dwy, tair eiliad.

All Pijin ddim gweld ffordd allan. Tydi hyd yn oed Gwyn a'r tân ddim wedi gwneud pethau'n well. Mae'r teimlad yn dal yno, fel petai ei freichiau a'i goesau wedi'u rhwymo, ac fel trio anadlu o dan y dŵr. Ac all Pijin ddim. All o ddim anadlu.

All Pijin ddim anadlu, felly mae o ochr arall i'r stafell, yn agor drôr, yn agor drôr i gael gafael arno, ac mae o'n gafael ynddo fo efo'i ddwylo. Mae o'n oer a chaled. Mae o'n frwnt. Yn anifail yn deffro. Yn awchu am aer, am yr wyneb, mae Pijin yn gwthio'r glicied fach yn rhydd, fel ci yn dangos ei ddannedd.

16

Mae'r stryd dywyll yn dawal, yn dawal dydd Sul, a dim ond y gola oren ar ei hyd, a sŵn fy nhraed i'n cerddad, ac, ym mhen draw'r stryd, y tŷ cam, a gweiddi wedi'i gau rhwng walia.

Be 'di o bwys bod Pijin wedi deud wrtha i, ar y bws ar ôl y tân yn lle Gwyn, i gadw allan o'i straeon? Be 'di o bwys gen i? Dwi'n dechra cerddad tuag at y tŷ cam ar ôl Pijin. Dwi'n rhan o hyn rŵan, felly dwi ddim am fynd adra at Efa fel 'sa 'na ddim byd wedi digwydd. A falla bydd petha'n iawn. Falla bod Gwyn wedi dengid, a falla y bydd pob dim yn iawn ac y bydd Pijin isio fi'n nôl?

Mae 'na ola yn y tŷ cam. Dwi ddim isio'i weld O, felly dwi'n mynd heibio'r tŷ ac i lawr yr ardd tuag at y sièd, a dyna pryd mae'r twrw yn gneud synnwyr. Dyna pryd dwi'n gwbod. Dwi'n gwbod be ydi o. Dwi ddim yn wirion. Dwi'n gallu ei glywad O, yn gweiddi. A dwi'n gallu clywed sŵn taro. Ond yn fwy na dim dwi'n gallu clywad Pijin. A falla mai hynny ydi o. Falla mai hynny, y sŵn crio fatha plentyn, Pijin yn crio fel 'sa fo'n blentyn bach, falla mai hynny sy'n gneud i mi ddallt bod rhaid i mi fynd ar ei draws O fel ei fod O'n rhoi'r gora iddi hi. Mi wna i o ddigwydd fy hun.

Dwi mor ddistaw, a dwi'n symud mor ofalus, fatha 'swn i'n rhywun arall. Ddim Iola ydw i, dwi'n rhywun gwell. Rhywun sy'n gwbod yn union be i'w neud. Mae hi'n gry ac yn ofalus ac mae hi'n symud at y tŷ, yn gwthio'r drws yn agorad, yn clywed ei floeddio Fo, sŵn Pijin yn crio, ac yna distawrwydd. Mae'r stafell a be dwi'n 'i weld yn dechra gneud llun.

Dyna Pijin yn sefyll yn y stafell, a dyna Fo yn dal Pijin ar y llawr, ac yna dwi'n ei weld o. Mae Pijin yn ei ddal o yn erbyn ei ben O.

17

Mae Iola wedi mynd ac mae Pijin yn mynd at y gwn, sydd yn gorwedd ar y llawr wrth ei ymyl O. Mae'r gwn yn farw rŵan, ei rym wedi mynd. Dim ond gwrthrych ydi'r gwn, dim ond peth y mae Pijin yn ei gymryd a'i lapio eto mewn papur llwyd, a'i ddal yn erbyn ei frest wrth adael y tŷ, yn gyflym trwy'r drws ffrynt.

Mae o'n cerdded. Tydi o ddim yn rhedeg. Mae o'n cerdded yn dawel i'r chwarel, cerdded i fyny rhwng y barics lle'r arferai'r dynion gysgu ac yna i'r mynydd, lle mae tafelli wedi'u torri o'r tir, fel petai darnau o gacen wedi'u dwyn efo llwy. Mae Pijin yn cerdded, ac yna'n crafangu i fyny ar hyd twnnel bychan, ac yn cropian trwy'r tyllau duon tuag at y golau gwyrdd, dyfrllyd yr ochr arall. Yno, ym myd coll chwarel arall, yng nghudd y tu mewn i'r mynydd ac wedi'i addurno â rhedyn a chen a mwsog mwyn, mae Pijin yn cael hyd i hollt hir yn y mur llechi, ac yn gwthio'r gwn a'i orchudd papur llwyd ym mhell i mewn, mor bell ag yr aiff ei fraich i mewn i hollt y lechen las.

Pan ddaw Pijin yn ôl o'r chwarel, yn wlyb at ei groen gan nad ydi o'n gwisgo cot, a dim ond ei drowsus ysgol tenau, mae hi'n dawel unwaith eto yn y tŷ. Mae mam Pijin yn gwnïo ac yn mwmian sianti llongwr yng nghysgod y ffrogiau sy'n crogi yn nhywyllwch y tŷ ansad, ac o'i chwmpas ym mhobman mae'r dref yn eistedd i lawr i fyta cig a threulio storïau'r teledu.

Mae ei fam yn edrych i fyny'n sydyn, yn rhoi'r gorau i ganu.

"Pijin?" gofynna wrth drymder yr ystafell. Mae hi mor dywyll yn yr ystafell fyw fel nad oes posib gweld ei dwylo'n gweithio na'r edau liw na'r deunydd yn plygu. Mae hi'n dal ati i wnïo, yn ddiwyd, yn fecanyddol.

Mae Pijin yn symud yn nes a'i anadl yn fyr a thynn. "Help," meddai, yn sibrwd bron. "Plîs, help."

Maen nhw'n edrych ar ei gilydd, ar siapiau egwan y naill a'r llall. Mae hi'n siglo. Mae o'n mynd ati, yn eistedd wrth ei thraed ac yn rhoi ei wyneb bachgen ar ei glin wrth iddi siglo. Mae hi'n mwytho'i wallt. Maen nhw'n aros felly a hithau'n mwmian cân neu ddwy nes bod Pijin yn clywed car y tu allan ac yn codi a chusanu ei gwallt meddal sy'n pylu.

Mae'r car yn dod i nôl Pijin, ond nid oherwydd y tân yn fflat Gwyn, nac o'i herwydd O. Does neb wedi rhoi dau a dau at ei gilydd eto, heb eu cysylltu: Pijin a'r tân, Pijin a'r fan, Pijin a Fo. Mae'r car yn dod am ei fod yn mynd i ddod beth bynnag.

Roedden nhw wedi bod draw wythnos yn gynt. Roedden nhw wedi dod i'r tŷ cam, yn holi eu cwestiynau. Roedden nhw wedi clywed bod cleisiau ar Pijin. Roedden nhw wedi clywed bod y dyn, y llystad fel yr oedden nhw'n ei alw Fo, yn un brwnt. Roedden nhw wedi clywed nad oed Pijin yn mynd i'r ysgol. Roedden nhw wedi dod draw â chlipfwrdd, yn holi cwestiynau.

"Pryd oedd y tro diwetha i ti fynd i'r ysgol, Pijin?" wneuthon nhw ofyn.

"Wythnos ddiwetha," meddai Pijin. "Geuthon ni Saesneg. A maths. Neuthon ni fathamateg." Ond roedd ei wyneb mor fain, a'i lygaid yn edrych yma ac acw fel llygaid cath.

"Sut ge'st ti'r cleisau 'na?"

"Cwffio." Gwenodd Pijin arnyn nhw.

"Beth am rai dy fam?"

"Cwffio," meddai Pijin, ac yna edrych i ffwrdd, codi ei 'sgwyddau. "Ond nid efo fi," ychwanegodd yn bwdlyd.

"Pwy sy'n gwneud siŵr bod Pijin yn mynd i'r ysgol?"

"Mam," medda Pijin. "Mam."

A'r holl amser roedd mam Pijin yn siglo yn ôl ac ymlaen, yn ôl ac ymlaen.

Mae ei fam yn dal i siglo y tro yma, pan maen nhw'n dod ar hyd y llwybr i fynd a Pijin i ffwrdd. Dau blismon a dynes sydd yma'r tro hwn.

O du ôl i'r gwe pry cop sydd fel llenni dros y ffenest mae Pijin yn gwylio'r plismyn yn dod allan o'r car sy'n sgwariau i gyd, yn cerdded ar hyd y llwybr, yn siarad i mewn i'r meicroffonau bach ar eu brestiau. Maen nhw'n gwisgo esgidiau trymion a gwasgodau trwchus. Maen nhw'n gwisgo dillad duon a darnau efo sgwariau ar eu llewys, sgwariau du a gwyn fel bwrdd gwyddbwyll.

"Do, 'da ni wedi cael hyd i'r tŷ," meddai un i mewn i'r meicroffon bach. "Mi fyddwn ni allan mewn rhyw hanner awr, mi adewa i chi wbod be sy'n digwydd. Yndi, mae Linda efo ni, neith hi neud y siarad."

Does ar Pijin mo'u hofn nhw. Y ddynes ydi'r un tydi o ddim yn licio, tydi o ddim yn licio'r merched sy'n dod yn llawn cwestiynau. Mae o'n eistedd i lawr yn ei gadair O yn y stafell fyw, yn y gornel dywyllaf.

Does neb yn ateb pan maen nhw'n cnocio, felly mae un o'r swyddogion yn gwthio'r drws blêr. Pan maen nhw'n dod ar hyd y coridor tywyll tuag ato mae o fel troi tudalen olaf stori wael.

I fewn yma, dim ond eistedd yn y tywllwch mae Pijin. Mae'n eistedd yn y gadair freichiau sydd â'i deunydd wedi treulio ac sydd gyferbyn â'i fam, a hithau'n siglo yn ei chadair ei hun. Mae Pijin yn aros. Yn aros iddyn nhw ei wneud yr holl beth yn wir.

"Esgusodwch fi," meddai'r ddynes, yn nerfus wrth y drws. A tydi mam Pijin yn gwneud dim ond siglo yn ôl ac ymlaen ar y gadair wichlyd gan afael yn ei hwyneb lle y gwnaeth O ei tharo.

"Helô, Mari? Helô . . . Pijin?" Mae'r ddynes yn nerfus, yn barchus ac allan o'i chynefin yn y stafell damp. Tydi Pijin na'i fam yn symud. Mae Pijin yn eistedd yn y tywyllwch, ar y gadair freichiau â'i goesau wedi'u croesi. Mae ei ên yn gorffwys yn ei law. Mae o'n rhythu ar y ffenest er bod y llenni tywyll wedi cau. Mae o'n wag.

Mae'r ddynes yn craffu i mewn. Efallai ei bod hi'n gallu dirnad siâp y bachgen yn eistedd yn y gadair, efallai ei bod hi'n gallu gweld eurgylch gwan gwallt gwyn ei fam yn siglo yn ôl ac ymlaen. Prin mae o'n gallu gweld amlinelliad gwên y ddynes. Mae hi'n gwenu fel mae pobl yn gwenu ar lawysgrifen anealladwy plentyn, stryffaglu, stryffaglu i ddeall, stryffaglu i annog.

"Esgusoda fi, Mari," meddai hi, yn trio tacteg arall a'i llais ychydig yn uchel a sŵn straen ynddo.

"Paid â siarad efo hi, Mam." Mae llais caled, caeth Pijin yn saethu ar draws yr ystafell.

Anadliad sydyn. Ac yna, "Mari, wyt ti'n cofio be neuthon ni drafod?" Mae llais y ddynes yn tincial yn amhriodol yn yr ystafell.

Mae pen gwyn mam Pijin yn symud yn ôl ac ymlaen, yn ôl ac ymlaen. Mae yna ddistawrwydd. Distawrwydd heblaw am wich gyson a sŵn bach o'r gornel: Pijin sy'n piffian chwerthin. Codi un bys arnyn nhw i gyd ydi'r chwerthin.

Mae un o'r plismyn yn camu ymlaen.

"Mae gen i ofn bod rhaid i ni fynd a fo o'ma, madam. Sgynnon ni ddim dewis o dan yr amgylchiada. Mae o *at risk* 'da chi'n gweld. Gen i ofn . . . " a rhoi'r golau 'mlaen.

Mae'r golau'n taro'n erbyn y cadeiriau brown, y soffa frown, y blwch llwch llawn, pen gwyn Mari, ysgwyddau main Pijin, y carped budr ac yn ei erbyn O.

Mae O'n gorwedd yno, a'i wyneb i lawr. Mae yna anaf yng nhefn Ei ben, anaf bychan du a choch. Mae yna ychydig o waed ar y llawr. Mae'r golau o'r bwlb noeth yn creu siapiau yn y gwaed browngoch. Mae Pijin yn gwylio'r siapiau, yn llawn diddordeb ynddyn nhw.

Mae'r golau hefyd yn taro yn erbyn wyneb poenus y ddynes, sy'n crebachu fel pecyn plastig â'r aer wedi'i sugno allan. A rŵan, am bod yna olau, mi welan nhw rywbeth newydd yn Pijin. Wneith o 'mo'i guddio fo.

Balchder.

"Fi nath o," medda Pijin gan bwyntio ato Fo. "Fi. Fi. *Fi.*"

Mae'r geiriau yn setlo yn ei stumog, fel rhywbeth tawdd yn troi'n garreg.

18

Nid capel ydi o. Eglwys ydi hi. Catholig. Pabydd oedd o medda Efa, ond alla i ddim dychmygu'r Iesu â'i rannu a'r pysgod a'r bara a'r golchi traed pobol erill yn cael dim byd i neud efo Fo, mewn capal, eglwys na nunlla. Ond beth bynnag maen nhw'n cael y cynhebrwng mewn eglwys Gatholig yn y dre ger y môr lle roedd Gwyn yn byw. 'Da ni'n cerdded yno o'r arhosfan bws, a 'da ni'n gweld car mawr du yn mynd i mewn i'r maes parcio wrth ymyl yr eglwys. 'Da ni'n gwisgo du eto, fel ar gyfer Nain.

"Dyna nhw," medda Efa pan ma'r car mawr du yn dod. "'Da ni'n hwyr," medda hi, a gafael yn fy llaw. 'Da ni'n cerdded ar frys ar hyd y llwybr ac i mewn i'r eglwys. Ffenestri del ac ogla hud a lledrith a llunia'n deud straeon y bobol o'r Beibl ydi'r eglwys.

Dim ond un deg pump o bobol sydd yn y cynhebrwng. Fi. Efa. Mam Pijin. Mae hi'n edrych 'chydig cliriach nag arfar. Llai aneglur. Ond mae ei llygid mor ar goll ag erioed. Ac mae 'na rai dynion o'i waith O. Dynion efo 'sgwydda mawr a dwylo trwm, dynion mwy na Fo ac yn edrych yn arw. Maen nhw'n dod i fewn efo Fo. Yn ei gario Fo. Maen nhw'n dal y bocs trwm ac yn edrych fel 'sa nhw isio dechra ffeit.

"Blydi cywilydd," medda un ohonyn nhw wrth iddo fo fynd heibio mam Pijin yn eistedd yn y blaen ar ei phen ei hun. Mae hi'n crebachu fel swyn, yn llyncu ei hun, fel malwan yn mynd i mewn i'w chragan. Mae posib ei gweld hi. Wedyn does dim posib ei gweld hi. Mi wnes i feddwl am funud, pan gwelis i hi gynta, ei bod hi'n edrych yn well, yn fwy yma, ond rŵan mae hi'n aneglur eto, fel 'tasa rhywun wedi rhoi rhwbiwr dros amlinell bensel, a dim i'w ddeud ganddi.

Pijin ydi'r rheswm am y Blydi Cywilydd. Pijin sydd wedi cael ei gymryd i swyddfa'r heddlu. Ei mab hi. Pan dwi'n edrych arni hi am hir dwi'n dechra teimlo'n oer a fel 'sa 'na rwbath yn bod arna i. 'Nghalon i falla. 'Mol i. Hynny falla.

Ar wahân i hynny does 'na neb yno heblaw fi, Efa, ac yn y ffrynt yn eistedd mewn cadair efo olwynion arni, Cher. Mae hi'n eistedd yno o flaen hogan yn ei harddega sy'n ei gwthio o gwmpas.

"Pwy ydi honna?" dwi'n ofyn i Efa.

"Chwaer Cher falla," medda Efa.

Fedrith hynny ddim bod yn iawn, na fedrith? Does gan Cher ddim chwaer. Dim ond Pijin a'i fam a'r tŷ cam.

"Mae hi'n edrych yn well," medda Efa. "Mi ddyla ti fynd i ddeud helô," medda hi. Ond pan dwi'n edrych ar Cher dwi'n teimlo'n sâl felly dwi'n sefyll wrth ymyl Efa ac yn edrych ar yr arch lle mae O, yn y bocs pren 'na sydd wedi cau fatha dwrn. Dwi'n ei ddychmygu Fo y tu mewn, yn gwgu.

Adrian, maen nhw'n ei alw Fo. *Adrian*. Mae ei enw Fo ar flaen y llyfryn bach neuthon nhw roi i ni ar y ffordd i mewn. *In Loving Memory of Adrian Macauley*. Mae hi'n od gweld *Loving*, yn agos i'w enw Fo.

Pan mae'r gwasanaeth yn dechra mae'r offeiriad yn sôn am ei fywyd O fel 'sa Fo wedi bod yn hogyn unwaith. Fel 'sa Fo fatha ni, fi a Pijin. Ond doedd O ddim. Alla Fo ddim fod wedi bod.

"Adrian grew up in Liverpool," medda'r offeiriad.

Lerpwl. Lle mae'n tad ni'n byw rŵan. Â finna'n sefyll yn fama efo Efa dwi'n meddwl am Dad. Be fysa Dad yn ei feddwl o hyn i gyd? Ond mae Dad yn wallgo. Mwya tebyg ei fod o'n methu meddwl. Tydi o ddim yn bod go iawn. Fatha pobol mewn breuddwyd. Neu angylion. Neu mam Pijin.

Yn ôl yr offeiriad roedd gan Adrian Macauley bedwar brawd a chwaer.

Mae gen i bechod dros y chwaer. Tydi hi ddim yma. Tydi'r brodyr ddim yma chwaith. Dwi'n siŵr 'u bod nhw'n tynnu ar y chwaer ac yn troi ei braich mewn *Chinese burn* ac yn fwy cas nag ydi Pijin efo Cher hyd yn oed. Dwi'n siŵr ei fod O'n gas. Roedd o'n gas. Roedd o'n gas. *Roedd o'n haeddu pob dim ddigwyddodd*. Ond mae'r syniad yna'n rhy fawr a rhy annifyr. *Syrfio fo'n iawn*. Ond fedra i ddim meddwl hynna chwaith. Ddim go iawn.

"Fy argraff i," medda'r offeiriad yn Saesneg, "yw ei fod yn fachgen llawn hwyl."

Mae'r offeiriad yn siarad am yr Adrian 'ma a'r gemau roedd o'n ei chwarae yn blentyn. Pysgota. Tidli wincs a bocsio. Mae hynny'n gneud synnwyr. Bocsio. Doedd Adrian rioed yn blentyn. Dwi'n gwbod doedd o ddim. Y Fo oedd o.

"Let's not beat about the bush," meddai'r offeiriad, "Adrian could knock out a man twice his size." Mae'r dynion mawr yn chwerthin. Tydi mam Pijin ddim yn chwerthin, dim ond eistedd yna, ar ei phen ei hun ac yn fach ac yn ddel ac yn Blydi Cywilydd. Dwi'n edrych arni hi ac yn teimlo sut nad ydi Pijin yno, lle dyla fo fod, yn eistedd wrth ei hymyl. Mae Efa wedi deud nad oes dim isio imi sôn am y peth. "Tydi o ddim yn cael dwâd," medda hi. Fatha 'sa fo'n gneud. Fatha 'sa fo isio clywed am yr Adrian 'ma.

Dwi'n sefyll yn yr eglwys, yn edrych ar yr arch efo Fo y tu mewn iddi hi, ac yn meddwl mai Adrian oedd o. Mai y Fo oedd y "massakiller", y "sicko-psycho" trwy'r adag, a finna heb ddallt. Wnaeth Pijin ddim deud 'tha fi. A doeddwn i ddim yn gwbod nes i mi ei weld O yn eu stafell fyw nhw y diwrnod hwnnw, efo Pijin. Yn brifo Pijin. Fy ffrind i.

Mae'r emynau iddo Fo'n dawel iawn am mai dim ond un deg pump o bobol sydd yna. Mae rhai ohonyn nhw yr un rhai â'r caneuon rydan ni'n 'u gwbod yn capal, ond bod nhw'n Saesneg yn yr eglwys 'ma. Dim ond yr offeiriad sy'n canu go iawn. Mae o'n canu'n braf ac yn grwn i mewn i'w feicroffon, ac mae o fel 'sa fo'n coelio go iawn yn y gân ac yn 'Nuw!' ac yno Fo. Ac yna mae'r offeiriad, sydd mewn gwisg hir fatha dewin, a sgarff rownd ei wddw a gwynab arbennig difrifol, yn ysgwyd cymyla o ogleuon sbeisi dros yr arch lle mae O, fel 'sa Fo'n rhywbeth ddylai gael ei drin yn glên, fel 'sa Fo'n rhywbeth arbennig, fel 'sa Fo'n rhywbeth meddal nid dim ond corff mae rhaid ei falu er mwyn byw.

"Be mae'r offeiriad yn neud?" dwi'n sibrwd wrth Efa.

"Mae o'n bendithio Adrian," medda hi.

"Be 'di hwnna?" medda fi gan bwyntio at y peth metal mae'r offeiriad yn ei ysgwyd.

"Thuser i losgi'r arogldarth."

"I be?"

"I neud y person marw'n arbennig a sanctaidd."

"Y Fo?" Dwi'n ei ddeud o'n rhy uchel ac mae pobol yn troi.

"Sh, Iola!" medda hi. Ac mae'r offeiriad yn dal ati i ysgwyd y sbeis a'r mwg o amgylch yr arch, fel 'sa Fo'n rhwbath mae'n rhaid bod yn glên efo fo, a gneud swyn ar ei ran.

Dwi'n meddwl fod hynny'n hurt. Bendithio *Adrian*.

Bendithio Pijin, dyna ddyla bo nhw'i gyd yn ei neud, bendithio fy ffrind, nid y dyn marw 'ma yn ei focs. Mae meddwl am hynny'n beth mor flin a thywyll nes 'mod i'n teimlo'n sâl. Dwi'n meddwl am y tylla yn y corff sydd yn y bocs. Yn syth trwy'i gorff, a'r gwaed. Ac yna dwi'n methu anadlu oherwydd y canu a'r offeiriad a'r eglwys a Cher, ac oherwydd 'di Pijin ddim yma. Mae o fel 'swn i a'r eglwys yn llawn tylla a bod 'nanadl yn gollwng allan ohona i. Dwi'n llawn tylla ac mae Efa'n gafal yna i, mae hi'n gafal yn fy sgwydda ac mae hi wedi fy nhynnu tu allan.

"Sori, Iola," medda hi, gan fy nal at ei chorff cynnes a finna'n ysgwyd a thrio anadlu. "Roedd hyn yn syniad gwael. Ddylwn i ddim fod wedi gneud i ti ddŵad."

Mae hi'n gafael yna i, yn sefyll y tu allan i'r eglwys. Mae hi'n gafael yna i nes 'mod i wedi peidio crynu. 'Da ni'n mynd i gael siocled poeth yn y National Milk Bar a dwi'n cael Flake efo fy un i ac mae Efa mor glên efo fi dwi isio iddi 'ngharu i fel hyn am byth a 'ngharu fel 'sa ni rioed wedi deud celwydd wrth y naill a'r llall fel y celwydd sy'n gorwedd yn y bocs yn yr Eglwys Gatholig. Dwi isio Efa 'ngharu fi ddigon i wneud yn iawn am Dad, am Nain, a rŵan am Pijin, rŵan am Pijin hefyd. Dwi isio iddi hi 'ngharu i gymaint fel ei fod o'n llenwi pob twll, yr holl fylcha 'na lle mae 'na gariad i fod a does 'na ddim. Ac ar ôl y siocled poeth dwi'n crio. Ddim crio amdano Fo a'i gynhebrwng efo'i swynion hud a lledrith cogio bach a'r un dyn yn canu i'r meicroffon. Dwi'n crio am Pijin. Dwi'n crio cymaint am Pijin mae o fel rhwygo papur.

19

"Wmbo. Ddim 'y mhroblem i. 'Im byd i neud efo fi go iawn."

Mae'r ystafell yn wyn, yn dawel, yn galed, yn oer. Mae Pijin yn eistedd ar gadair ledr fawr. Yr hyn maen nhw'n ei alw'n *executive chair*, ac mae hi yno ar gyfer pobl mewn oed. Mae 'na gadair lai yn yr ystafell, un ar gyfer y plant, ond mae Pijin wedi anwybyddu Seicolegydd yr Heddlu, ac mae o'n eistedd yn y gadair fawr, ac felly mae o'n edrych yn syth ati hi, lygad yn llygad. Hefyd mae 'na deganau ar y llawr i'r plant, "I wneud hi'n haws i'r plant siarad," meddai hi'n Saesneg, a'i gwên fel alwminiwm. Ond tydi Pijin ddim am wneud dim byd efo hynny chwaith. Mae o'n eistedd ar y gadair, yn yr ystafell fach wen. Mae o'n eistedd yn berffaith lonydd, yn ei hwynebu hi. Mae hithau'n eistedd, yn ei chrys gwyn a'i throwsus du, gyda'i chlipfwrdd a'i gwallt wedi ei glymu'n ôl. Mae yna gamera fideo yn yr ystafell a golau bychan i ddangos ei fod yn ffilmio. Mae o'n ffilmio trwy'r adeg. Mae yna fotwm argyfwng hefyd.

Mae'n bosib gweld ei fod o'n ei gwneud hi'n anghyffforddus. Mae ei choesau a'i breichiau yn croesi ac yn datgroesi, croesi a datgroesi eto ac eto trwy'r adeg, fel petai hi yw'r un sydd o flaen ei gwell. Dyma sut y bydd tystiolaeth Pijin yn cael ei roi. O'r ystafell hon, wedi ei gloi i ffwrdd. Gall Pijin fynd i'r achos os dewisith o, ond bydd ei dystiolaeth trwy ffilm.

"Digon teg," meddai hi pan mae o'n gwrthod ateb. Mae hi'n gwenu cogio bach. "Mae hynna ddigon teg."

Mae hi'n deud y digon teg olaf fel petasai hi'n deud ar eich marciau, barod, ewch! Ond tydi Pijin ddim yn dechrau, dim ond gwgu.

"Beth am dy dad?" meddai'r ddynes gan ddal ati efo'i chroesholi holi'n dwll. Pwy ydi hon i holi am ei dad? Tydi Dad Pijin ddim yn bodoli.

Mae Pijin yn gwgu mwy, ac yn dweud dim. Mae o'n taflu un o'r peli bach plastig lliwgar sydd yn rhan o'r bocs teganau o'i law chwith i'w law dde, ac yna yn ôl eto, o'r naill law i'r llall, o'r naill law i'r llall. Mae Pijin yn trio, yn trio rheoli'r ystafell, ei llusgo'n ôl i fod o dan reolaeth. Mae Pijin yn dynwared yr hyn y byddai O wedi'i wneud, rheoli trwy daflu'r bêl fechan o un llaw i'r llall, un llaw i'r llall. Mae calon Pijin yn curo'n galed.

"Oceee," meddai hi gan dynnu'r oceeee allan fel gwm cnoi. "Be am dy lystad 'ta? Sut oeddach chi'ch dau yn dod ymlaen?"

Ac mae Pijin yn casáu hyn, yn casáu sut mae "chi'ch dau" yn swnio. "Mae o wedi mynd!" Ac yna'n fwy pwyllog, "Tydi o ddim o gwmpas bellach beth bynnag," ac mae o'n gadael i'r bêl syrthio i'r llawr ac yn ei gwylio hi'n arafu oherwydd trwch y carped ac yn dod i orffwys yn erbyn y wal, wedi'i chornelu.

"Hmmm," meddai hi. "Dwi'n gweld. Ond oeddach chi'n ffrindiau?" ac mae hi'n gwyro yn ei blaen, ryw fymryn. Mae'n bosib ei weld o ar ei chroen, y pigiadau mân o drio deall hyn, o ddatod y cyfrinachau. Mae'r pigiadau'n crwydro fel morgrug ar hyd ei breichiau.

Mae Pijin yn edrych i fyny, yn llonydd am eiliad, ac yna "Na! Doeddan ni ddim yn 'ffrindiau', iawn?" A dicter dyn ydi o, amhosib ei gwmpasu gan ei lais plentyn.

"Os nad wyt ti isio siarad am y peth, Pijin, mae hynny'n iawn, ocê? Mae hynna'n iawn am heddiw."

Mae hi'n ysgwyd ei phen, yn aildrefnu ei phapurau. Mae hi'n edrych arno fo, yn glên bron iawn. Bron iawn yn famol. Ond mae'r stafell yn wyn. A tydi hi ddim yn fam. Nid ei fam o ydi hi.

"Ia, 'da chi'n iawn." Mae Pijin yn gorffwys ei dalcen yn ei law. "Dwi ddim isio siarad am y peth," meddai gan bletio'i wefusau.

"Ocê, iawn, mi wnawn ni hyn rywbryd eto Pijin, ocê?" Mae hi'n edrych arno fo am hir, a'i haeliau wedi'u tynnu i lawr yn isel.

Ond tydi Pijin ddim isio gwneud hyn byth eto. Tydi o ddim isio eistedd yn yr ystafell hon efo'r teganau gwirion, yr eirth yn hanner gwenu, y peli gloyw perffaith hyll, y doliau a'r ceir a'r pethau eraill mae oedolion angen i blant eu cael, felly mae o'n dweud yn sydyn, "Mi ro'n i'n ei gasáu *O*," ac yna, "*Fo* nath ddifetha pob dim. Roedd o'n fastad efo Mam ac yn fastad efo fi."

"Pwy ydi '*O*'?" Mae hi'n edrych ar goll, yn edrych ar ei chlipfwrdd, fel petai hi wedi colli ei lle ar y dudalen.

"*Y Fo,*" mae Pijin yn gwyro yn ei flaen, gyda'i lythrennau italig ei hun y tro hwn, yn ymestyn am ei chlipfwrdd ac yn taro ei fys ddwywaith tua hanner y ffordd i fyny'r dudalen.

Llys.

Tad.

Mae hi'n cochi ac yn sgwennu rhywbeth, ond mae Pijin yn bachu ei nodiadau.

– *difficult relationship – possibly repeated violence? – Psychological mistreatment?*

"Pijin. Rho hwnna'n nôl!" meddai hi. Mae posib clywed y straen yn ei llais. Ofn? Mae chwys yn ymddangos ar ei gwefus uchaf wrth iddo ddal y nodiadau a'u ddarllen gyda diddordeb wrth i'r disgrifiad ohono dyfu ar draws y dudalen, ei llawysgrifen yn rhoi cig ar yr asgwrn, yn disgrifio ei dwll colomen i'r dim. Ond mae o'n rhoi'r nodiadau'n ôl iddi hi, yn ddiamynedd i fynd. I ddianc.

"Felly, fi nath. Waeth mi ddeud 'tha chi ddim. Fi nath o."

"Be?"

"Wel, tŷ Gwyn i ddechra!" Mae o'n ysgwyd ei ben, yn chwerthin bron iawn.

"Pwy ydi Gwyn?" Unwaith eto mae hi ar goll, unwaith eto mae hi'n edrych ar ei phapurau am ateb, yn crychu ei thalcen.

Mae Pijin yn edrych arni hi, ac yn codi ei aeliau.

"Ydach chi'n gwbod unrhywbeth?" mae o'n holi, fel petasai ganddo fo ddiddordeb. Mae o'n gwenu. Mae o'n mwynhau hyn, ar wahân i'r teimlad, y teimlad na fydd y sbort ddim gwerth y boen.

Mae hi'n chwilio trwy'r papurau, chwilio'n wyllt am nodyn, am gofnod, am enw wedi'i danlinellu.

"Fo ydi'r dyn hufen iâ," meddai Pijin gan gynorthwyo efo gwên. "Mi 'nes i roi ei dŷ fo ar dân."

Heblaw am hynna efallai y byddai Pijin wedi cael dedfryd ysgafn, hyd yn oed efo'r corff yn gorwedd ar y llawr a thyllau yno fo. Dedfryd ysgafn oherwydd bod ganddo fo, Pijin, gleisiau, ac y byddai ei fam wedi rhoi tystiolaeth mai amddiffyn ei hun oedd o, a bod hyd yn oed ei ffrindiau O yn gwybod mai cythraul brwnt oedd *Adrian*. Ond roedd llosgi'r tŷ. Llosgi tŷ Gwyn. Roedd hynny'n rhoi'r hogyn mewn cae gwahanol. Roedd o'n faleisus. Roedd o'n beryglus. Roedd rhaid ei garcharu am gyfnod go lew. Ei ailaddysgu. Ei boeri allan yn newydd sbon.

20

Tydw i ac Efa ddim yn siarad llawer am y peth. Tydi hi ddim yn holi llawer arna i. Dwi ddim hyd yn oed yn gofyn iddi a ydi hi'n falch bod Pijin wedi mynd. Tydi hi ddim yn meddwl fod o ddim byd i neud efo fi, felly tydi hi ddim hyd yn oed yn gofyn. Yr holl betha maen nhw'n drafod yn yr ysgol, ac yn capal ac yn y papura, tydyn nhw ddim byd i neud efo ni. Dim ond bywyd Pijin ydi o. Ei fywyd o. Felly mae Efa'n dal ati i weithio yn y Cartref, ac ymarfer ioga, a thrio gneud iawn efo fi, am y celwydda mae hi wedi'u deud. Ond mae 'na gymaint o fwlch rhwng be 'da ni'n wbod a be 'da ni'n ei ddeud rŵan. 'Dio'm bwys faint 'da ni'n hel mwytha, fedra ni ddim cau'r bwlch. Dwi'n meddwl amdano fo trwy'r amser, am Pijin. Rhywun i gredu yno fo. Dwi'n meddwl am y tro ola y gwelis i o. Y tro ola roedd gen i ffrind go iawn, rhywun agos. Mor agos â dau fys wedi'u croesi.

Ro'n i wedi bod yn cuddio yn y lôn gefn rhwng y tai pan ddaeth y dynion i fyny'r ffordd i fynd â Pijin i ffwrdd, y dynion a'r ddynas. Felly, pan oedd y dynion wrth ddrws Pijin, i gyd yn eu hiwnifforms, roeddwn i'n gallu gweld Pijin yn edrych trwy'r ffenast, ac mi ro'n i'n gwbod na fysan nhw'n gadael iddo fo aros yno, ddim yn y tŷ budr ar ei ben ei hun efo'i fam oedd wedi mynd ar goll rhywsut, yn arbennig ar ôl be oedd o wedi'i neud. Ac roedd y dynion yn mynd i mewn, yn gwthio trwy'r drws sydd wedi malu, heibio'r llanast yn y cyntedd. O du ôl i'r gwrych mi o'n i'n poeni am Pijin, am lle 'sa fo'n mynd rŵan. Rhyw ofn tyfn, parhaol oedd o, fatha llyncu clap o rew sydd byth yn toddi. Ac yna, toc wedyn mae Pijin yn dod allan ac yn mynd i mewn i'r car rhwng y ddau ddyn, ac mae'r car yn gyrru i ffwrdd i lawr yr allt, ac wedyn doedd yna ddim ond y fi a'r tŷ a'r allt.

Trwy'r penwythnos 'dwi ddim yn gwbod' oedd hi. Dwi ddim yn gwbod. Dwi ddim yn gwbod dim byd. Yna roedd hi'n ddydd Llun a glaw ac athrawon tal a'r ysgol, a galw enwa fel cyllyll fatha arfer. Heblaw bod pobol yn deud petha am Pijin rŵan. Mae o wedi lladd ei dad, meddan nhw. Mi oeddwn i isio sgrechian arnyn nhw ynglŷn â'r peth. Am hynny. Am ei fod yn gelwydd. Nid tad Pijin oedd O.

Yn yr ysgol, yn y dosbarth newydd allan yn y cefn, mewn rhyw fath o garafán, â Ms Thomas yn bloeddio ar y plant trwy'r dydd gyda'i llais sgrechlyd, mi oeddwn i'n cadw 'mhen i lawr. Ddeudais i ddim byd. Mi wnes i gadw fy nghair iddo fo a wnes i ddim deud dim byd. Roeddwn i'n gafael yn fy mhensal yn dynn yn fy llaw. Wrth i'r bensal symud ar draws y papur mi oedd o fel sŵn smwddio cyfnasa gwynion. Roedd o'n sŵn da. Rheolaidd.

A dyna sut nath o ddechra. Y darllen a'r sgwennu 'ma. Pijin yn mynd, dyna sut nath fy llyfra ysgol lenwi efo ysgrifen daclus. Ymddangosodd tics ac ebychnodau ar waelod fy ngwaith cartref – abracadabra! Mi gafodd Efa sioc yn y noson rieni, yn gweld fy sgwennu yn llenwi tudalenna, fatha hogan dda, fatha Cher cyn y ddamwain.

Mi oeddwn i'n eistedd yn y dosbarth yn ddistaw, â thwrw'r plant erill, y chwerthin a'r geiria dan eu gwynt, yn aneglur o 'nghwmpas i, ac yn plycio hyd fy ymylon fel pe bawn i'n mynd i ddiflannu. Roedd yr athrawes yn siarad fel teledu ti ddim yn gwrando arno fo. Amser chwara mi ro'n i'n eistedd yn y gornal, ar y stepan, fy mhenglinia wrth fy ngên a 'ngwallt gola'n disgyn drostyn nhw ac o amgylch fy ngwynab. Efo un llaw mi oeddwn i'n codi carrag oddi ar yr iard ac yn crafu'r concrid, yn edrych trwy fy ngwallt, yn tynnu llunia adar a chalonna a thai.

Ar ôl y cynhebrwng, mae Cher yn dod yn ôl. Mae hi'n dod yn ôl i fy nosbarth i yn hytrach na'r dosbarth o fy mlaen, ac mae ganddi hi'r het wirion 'na, du a meddal, i amddiffyn ei phen.

"Hi," medda Cher, a dod i eistedd wrth fy ochr. Mae ei gwynab yn wag.

"Helô," medda fi, a symud chydig i wneud lle iddi hi. 'Da ni ddim yn gwenu. 'Da ni fatha pobol ddiarth yn cyfarfod.

"Iola," medda Ms Thomas, "dangos i Cher lle 'da ni wedi cyrraedd."

Felly dwi'n gafael yn y llyfr mae hi wedi'i roi i Cher, yr un 'da ni i gyd yn 'i ddarllan efo'n gilydd, a dwi'n cael hyd i'r dudalen iddi hi. 23. Ac mae Cher yn deud "Thank you" yn ara deg ac mae Ms Thomas yn dal ati i ddarllen fel 'sa 'na ddim byd yn wahanol.

Mae'r genod yn troi i edrych ar Cher yn ei het wirion ac, ar ôl troi'n ôl, yn chwerthin tu ôl i'w dwylo. Tydi Cher ddim yn sylwi. Mae hi'n esgus darllen. Dwi'n ei gwylio hi. Mae ei bys hi'n symud ar draws y dudalen ond tydi'i llygid hi ddim yn ei ddilyn. Mae hi'n dal ati felly tan amser cinio. Pan mae'r gloch yn mynd dwi ddim yn aros iddi hi siarad efo fi, dwi'n gadael y dosbarth yn syth.

Dwi'n eistedd ar fy stepan yn crafu'r concrid efo 'ngharrag pan mae Cher yn gosod ei hun wrth fy ochr. Mae 'nghorff i gyd yn troi'n goncrid. Mi wneith hi ofyn i mi. Mi wneith hi ofyn imi am Pijin. Am ei thad.

Ond tydi hi ddim. Y cwbl mae hi'n ei ddeud ydi "Hi", a dim byd arall. Ac wedyn mae hi'n eistedd yna. Yn edrych yn syth yn ei blaen. Mae Efa'n iawn. Tydi Cher ddim 'run peth ar ôl y ddamwain.

Y cwbl 'da ni'n ddeud rhan fwya o ddyddia ydi "Hi." Tydi hi ddim yn siarad llawer. Ac ers hynny, felly 'da ni wedi bod. Un mis ar ôl y llall, tan yr haf, ac un mis ar ôl y llall trwy'r flwyddyn. Mae amser yn mynd heibio. Mae amser yn mynd heibio fel edrych ar gaeau o ffenest trên.

21

"You're a big reader aren't you, lad?" meddai Alan wrth Pijin.

Y cwbl mae Pijin yn ei wneud ydi rhythu arno a deud dim byd. Mae Alan yn edrych arno fo *fel'na*. Ond tydi o ddim bwys gan Pijin; y cwbl mae o'n ei wneud ydi rhoi ei lyfr o dan ei gesail a cherdded allan o'r Uned Addysg i'r Ganolfan.

"What d'you get?" holodd Neil wrth iddo fynd heibio Pijin. "Fairytale?"

Mae Pijin yn ei anwybyddu ac yn dal ati i gerdded ar hyd y coridor i'w ystafell.

Yn eu hystafell mae Salim yn cysgu fel arfer. Mae Pijin yn gorwedd ar ei wely ac yn agor y llyfr. Mae 'na lawer o luniau o'r gofod sy'n edrych fel ffotograffau er nad dyna ydyn nhw. Maen nhw wedi cael eu gwneud gan gyfrifiadur. Maen nhw'n dlws, y lluniau o'r gofod. Mae yna uwch nofa a nifylau, a'r peth mwya *awesome* amdanyn nhw ydi eu bod nhw'n bell i ffwrdd. Mae Pijin yn hoffi'r gair yna, 'awesome'. Ddim yn y ffordd mae'r plant yn fama yn ei ddefnyddio, ddim efo ebychnod ar ei ôl. 'Awesome!' Na. Ond 'awesome' wedi'i ddeud yn ddistaw ac yn llawn ofn. Yn fawr, bron yn ddychrynllyd, ond yn hardd. *Awesome*. Fel y nifylau yn y llyfr. Mor bell i ffwrdd fel nad oes posib ei ddychmygu, y pellter, ac mor fawr fel nad wyt ti'n bwysig o gwbl. Yn y llyfrau am y gofod mae yna gymaint o bethau na ellir eu gweld na'u deall efo dy lygaid a dy feddwl dy hun.

Mae Pijin yn troi'r tudalennau, ac mae o fel pe na bai'r ganolfan sydd o'i amgylch yn bod, fel pe na bai yn rhywle rhwng concrid a waliau a tho, fel pe na bai oriau i ffwrdd o'r mynyddoedd a'r dref, fel pe na bai yn Lloegr. Mae fel pe bai'r awyr uwch ei ben yn agored ac yn llawn dop o sêr, gyda llewyrch goleuadau, galaethau yn troi'n gyflym fel olwynion cocos, ac uwchnofa sy'n ffrwydro gyda phob lliw sydd yn ei ddychymyg.

Pan mae o'n deffro mae ei wyneb yn erbyn tudalen llyfn y llyfr. Mae sŵn y gloch yn canu, y sŵn sy'n golygu gwersi a dysgu a gweld y lleill.

"Salim," meddai Pijin. "Wake up."

Mae Salim yn griddfan ac yn troi drosodd. Mae Salim yn hŷn na Pijin, ac yn fwy hefyd. Ond mae o'n addfwyn ac yn dawel, a tydi o ddim llawer o bwys ganddo fo nad ydi Pijin isio siarad llawer. Mae Pijin wedi rhoi'r gorau i hynny, wedi rhoi'r gorau i osod y geiriau mewn rhesi a'u trefnu mewn patrymau sy'n gwneud synnwyr. Celwydd ydi o. A beth bynnag, petai o'n siarad yn fama, siarad go iawn, fyddai neb yn deall. Mae Salim yr un peth. Mae Pijin wedi gwrando arno fo, ar y ffôn, yn siarad efo'i fam. Mae'r sgwrs yn mynd i fyny ac i lawr, ac mae'n gyflym. Wrdw ydi o, medda Salim. Felly falla bod Salim yn teimlo fel Pijin. Teimlo bod ei geg wedi'i gloi fel y drysau.

"Hi, Taffy!" Mae Big Neil yn galw ar Pijin wrth i Pijin a Salim gerdded tuag at yr Uned Addysg. Mae hyn oherwydd ei fod o'n Gymro, er nad ydi Pijin wedi clywed y gair o'r blaen, Taffy, a tydi o ddim yn teimlo dim byd. Tydi o ddim yn teimlo fel Cymro. Pijin ydi o, dim ond Pijin.

Yn fama mae hi'n bwysig o lle ti'n dod. Mae o'n od sut mae o mor bwysig, o ystyried fod pawb yn byw 'run bywyd yma, yn bwyta'r un bwyd, yn codi'r un amser, a'u goleuadau'n cael eu diffodd ar union yr un eiliad.

"Fucking Taffy," meddai Big Neil eto wrth iddyn nhw fynd i mewn i'r Uned Addysg. "I heard your lot're all related. Mum and dad, brother and sister are they? You can tell by the look on you. Ugh! And that language is so ugly it makes me want to puke. Say that sound again. The one that sounds like you're going to be sick."

Mae Pijin yn edrych ar Neil ac yn ei ddweud: "Ch"

"Say a word with it in."

"Cachwr," meddai Pijin.

"What's that mean?"

"Arsehole," meddai Pijin gan ddal ei hun i ddisgwyl y gic yn ei stumog.

Mae Salim wedi tynnu Neil i ffwrdd o fewn eiliadau, ac mae'r warden yn sgwario, ar fin ymyrryd.

"Alright S," meddai Neil wrth Salim gan gamu'n nôl. "Keep your knickers on."

Mae'n dda cael Salim ar dy ochr.

Mae Pijin yn amneidio wrth y warden fod popeth yn iawn ac mae'r warden yn gadael llonydd i bethau. Tydi o ddim isio helynt chwaith.

Maen nhw'n mynd i lle mae Alan yn aros amdanynt. Yr agosa i'r cefn wyt ti'n eistedd y caleta wyt ti. Lle mae Pijin a Salim yn eistedd, yn agos i'r blaen, mae'r ddesg wedi cael ei sgriffio fel ei bod yn llawn o enwau. Cymaint o enwau fel na all Pijin eu darllen. Be ydi pwrpas y llythrennau? Tydi'r ddesg yn ddim byd ond sŵn.

Mae Neil yn gwthio heibio Pijin ac yn sychu rhywbeth gludiog ar ei wyneb wrth fynd. Yr olew maen nhw'n ei roi ar golynnau drysau yma ydi o, du a budr; mae o'n mynd ar ddwylo pawb o hyd. Mae Pijin yn ei sychu oddi ar ei foch. Mae'n edrych i lawr ar yr enwau, yr enwau eraill, yr holl blant sydd wedi eistedd wrth y ddesg yma. Yr holl blant oedd, fel yntau, yn rhy feddal i eistedd yn y cefn. Danny. Mark. A dyna fo, yr enw mae Pijin yn mwynhau edrych arno. Neil.

Ta waeth, mae Pijin yn edrych ymlaen at hyn. Daear-yddiaeth. Grymoedd anferth yw daearyddiaeth a bod yn rhan o rywbeth mwy.

Ond mae Neil yn siarad trwy'r cyfan yng nghefn y dosbarth fel na all o wrando na meddwl. Weithiau mae Neil yn taflu pethau at Pijin, hyd yn oed pan mae'r athro'n edrych. Rhwbiwr, pensel, hen ddarn o gwm cnoi.

"Neil," meddai Alan. Ac yna "Neil," eto.

Tydi o ddim bwys gan Pijin. Mae Alan yn rhoi taflen waith i bawb, ac ar y daflen waith mae yna blatiau tectonig yn symud yn ôl ac ymlaen ac yn codi ofn ar gyfandiroedd cyfan. Ar ddiwedd y wers mae Alan yn gofyn am y taflenni gwaith yn ôl. Mae Pijin yn plygu ei daflen waith yn ofalus o dan y bwrdd, yn barod i fynd yn ôl i'w ystafell. Mae'r storïau wedi dod i ben, yr hyn sy'n diddori Pijin rŵan ydi FFEITHIAU.

Ystyriwch Y FFAITH gyntaf. Iola laddodd y Fo. Mae 'na waith meddwl am hynny. Wnaeth hi ai peidio? Onid Pijin aeth i nôl y gwn, ac onid Pijin wnaeth i'r peth ddigwydd beth bynnag? Ac onid Pijin sy'n falch a hapus am y peth, a hithau'n mynd ymlaen â'i bywyd? Mae 'na wahaniaeth rhwng ffaith a'r hyn sy'n wir 'ndoes? Dyna pam na all o ddychmygu rhai o'r pethau yn y llyfrau gofod. Tydi hynna i gyd ddim yn wir iddo fo. Does dim posib gwybod y ffeithiau yna go iawn. Fedri di ddim gwybod go iawn bod y gofod yn grwm, neu bod y golau sydd i'w weld yn yr awyr pan fo seren yn disgleirio wedi diflannu: mae'r seren wedi mynd ac mae'r golau'n filoedd o flynyddoedd oed. Mi *oedd* yn filoedd o flynyddoedd oed. Tydi'r seren ddim. Fe *oedd* y seren. Mae o fel dweud mai hi wnaeth. Fedri di ddim ei brofi efo dy lygaid a dy glustiau dy hun, felly a oes ots? Yn rhywle mae o'n dal i wybod. Hi wnaeth o, ddim fo. Ond o edrych ar ei fywyd, mae'n gwneud synnwyr mai Pijin lithrodd y glicied ar y gwn a'i gael yn barod i'w danio. Mae digon o bobl yn meddwl hynny iddi fod felly. A beth bynnag, onid ydi o,

Pijin, wedi newid pethau o'r diwedd? Nid hi. Y fo. Fo oedd o, felly mae pob dim yn fama werth o. Rhaid i chi gael y ffeithiau'n dwt, er mwyn gwybod beth i'w wneud.

Mae Pijin yn trio meddwl beth i'w wneud pan mae o'n eistedd yn ei ystafell efo Salim, y Ganolfan o'u hamgylch a ffens o gwmpas honno. Mae o'n trio meddwl. Ond waeth sut mae o'n meddwl am y peth tydi o ddim yn newid y ffaith fod Big Neil, Salim a phawb arall yn gaeth yn fama efo'i gilydd. Pob un wedi'i gau yn y Ganolfan efo'i gilydd. Wedi'u gwasgu i mewn fel gormod o ddannedd mewn ceg wedi'i chau.

22

Os dwi'n cau'r drws dwi'n gallu rhoi'r radio'n uchel a fydd Efa ddim yn clywad, neu efallai y bydd hi'n clywad ond wneith hi ddim cwyno a gweiddi fyny'r grisia 'nglŷn â'r miwsig mae hi'n alw'n sothach a rwtsh a hynna i gyd. Atlantic 252 a Wet Wet Wet ydi o eto, a dwi'n symud o gwmpas y stafell yn meddwl am Llion, a neithiwr.

Llion, efo'i wallt du a'i groen gwyn, wnaeth fy nghusanu y tu ôl i'r wal ar ôl y disgo. Doedd o heb ddawnsio'r rhai ara deg efo fi, ond wedyn, pan oeddan ni gyd ar y stryd yn chwara'n wirion yn chwerthin a thynnu coes a rhai o'r hogia efo cania cwrw a rhai'n smocio. Adag honno wnaeth o roi arwydd i mi. Arwydd efo'i ben, yn ei symud o un ochr i'r llall, rhyw fath o amneidio tuag at y wal. Ac wedyn roedd rhaid mynd y tu ôl i'r wal a'i gusanu, ac mi oedd ei dafod o'n wlyb fel 'sliwan, ond roedd ei wefusa'n feddal ac mi oedd o'n braf bod yn agos ato fo. Roedd ei ddwylo fo fyny fy sgert, a wnes i ddim ei rwystro nes ei fod tu mewn i fy nicyrs. Roedd ei ddwylo fo'n sych ac yn aflonydd.

"Stopia 'ŵan," medda fi, a chwerthin, ac am 'chydig eiliada wnaeth o ddim stopio ond wedyn mi wnaeth.

Mae'r gân ar y radio yn chwyddo eto, yn llawn o gariad a diwedd hapus i'r stori a dwi'n symud yn y stafell ac yn teimlo'r gwanwyn yn dod. Falla neith Llion ofyn i mi fynd allan yn iawn rŵan a finna wedi'i gusanu fo. Neu falla ddim. Mae'r gerddoriaeth ar y radio'n newid. Cân rap rŵan, o America, blin ac am gariad. Efo'r gân yma dwi'n meddwl sut y bydda i'n teimlo os na wneith o ofyn i mi fi fynd allan efo fo. Yn flin ac yn drist yr un adeg. Wedi 'ngwrthod. Mae'n deimlad poenus, ond bron yn braf hefyd, a ti'n gwbod y byddi di'n dod yn ôl ato fo, fel pigo craman ar friw.

Dwi'n gwbod bod Cher yn dod fyny'r grisia cyn i Efa weiddi i ddeud 'tha fi. Dwi'n clywad sŵn cyfarwydd traed araf a thrwm Cher. Ac yna mae Efa'n gweiddi:

"Iola. Mae Cher yn dod i fyny!" Mae llais Efa'n dena a noeth, fel hen dant gitâr wedi breuo. Dwi'n gallu clywad Cher yn dod i fyny'r grisiau bob tro beth bynnag, does dim rhaid i Efa ei gyhoeddi, ond dwi'n falch ei bod hi, Efa, wedi gneud, oherwydd ei fod o'n siarad efo'n gilydd, a 'da ni ddim yn gneud llawer o hynny rŵan, ac mi wnaeth Efa ddeud fy enw. "Iola". Ac mae hynny'n siarad efo fi. Yn uniongyrchol.

Mae Cher yn cnocio ar ddrws y llofft. Mae'n rhaid cnocio bob tro. Mae pawb angen 'preifatrwydd'.

Pan dwi'n agor y drws mae Cher yn sefyll yno, yn anadlu'n drwm ar ôl dod i fyny'r grisiau, ar ôl cario ei chorff ei hun, sy'n drwsgwl a mawr. Mae Cher yn sefyll yno â'i gwynab yn edrych yn araf, fel mae o wedi neud bob diwrnod *ers*.

"Come in. Listen!" dwi'n 'i ddeud wrthi hi.

Mae'r gân sydd ar y radio'n llawn drymiau a llais uchel sydd fel cyfrifadur, ac yn dda ac yn gneud i dy galon guro.

Mae Cher yn gwrando heb symud am 'chydig. Weithia mae hi fel ci rŵan, Cher. Yn ufudd.

"Yes," medda hi. "That's good that is," a dal i sefyll yn gwrando hyd nes bod y gân wedi troi'n ddyn a dynas ar y radio yn siarad a deud jôcs. Dwi'n eu troi nhw i lawr, yn ddistawach.

"What happened to you last night anyway?" dwi'n holi. Doeddwn i heb ei gweld hi ar ôl i mi fynd tu ôl i'r wal efo Llion. Roedd rhaid i mi gerddad adra ar fy mhen fy hun, ar hyd y llwybr o'r dre, ac mi oedd o'n drist ac yn unig ac yn dywyll, a ro'n i'n methu peidio meddwl am betha.

Mae Cher yn gwgu.

"I saw you with Llion, so I went." Mae llais Cher yn fflat. Mae hi'n genfigennus. Mae'n hawdd deud ei bod hi'n genfigennus.

Dwi'n chwerthin mymryn. Falla gneith Cher ofyn i mi rŵan, gofyn am Llion. Ond tydi hi ddim. Tydi Cher ddim yn gofyn. Fatha 'sa fo'n ddim byd, be ddigwyddodd efo Llion. Fatha 'sa fo ddim yn golygu dim byd. Ond y teimlad 'ma, o Llion yn yr ychydig eiliada pan nath o ddim stopio, hyd yn oed ar ôl i mi ofyn iddo fo. Ac mi oedd o'n annifyr. A be os tasa fo ddim yn golygu dim byd?

Diystyr. Mae'r gair mawr gwag yna yn dod i fy mhen. Diystyr.

Mae Cher a finna'n cychwyn allan i fynd lawr dre i drio dillad. Mae'n rhaid i ni gerdded heibio tŷ Cher, tŷ Pijin, lle mae ei fam o dal y tu mewn. Pryd bynnag dwi'n edrych i mewn i'r tŷ mae ei fam o yno, yn dal i wnïo, ac o amgylch y ffenestri mae'r holl ffrogia mae hi wedi 'u gneud, yn crogi. Mae hi wastad yn dywyll yn y tŷ, fel hen atgof. Dwi byth yn mynd i mewn bellach. Mae sièd Pijin fel llun wedi plygu, yn pylu yn yr ardd, a phan ti'n edrych trwy'r ffenast mae posib gweld nad oes dim byd wedi symud a bod un o gylchgrona Pijin yn dal yn agorad ar y dudalen roedd o ar ganol ei ddarllen pan aeth o. Mae 'na lwch dros y cylchgrawn. Tydi mam Pijin ddim yn licio iddi hi symud dim byd medda Cher.

Dwi ddim yn edrych heddiw ond dwi'n gwbod ei bod hi y tu mewn. Dwi'n gweld Cher yn taflu cipolwg nerfus wrth i ni fynd heibio'r tŷ, ond dwi'n gwbod yn well na deud dim byd. Gawson ni'r sgwrs honno, 'chydig wythnosa'n ôl, a doedd hi ddim yn sgwrs dda.

Eistedd ar y wal wrth y parc oeddan ni. Fi'n crafu fy enw ar y wal efo carreg. Cher dim ond yn eistedd.

"Pigeon's mam said you were there," medda Cher. "She said she saw you outside, you were there when it happened."

Mari Davies ydi enw mam Pijin, ond does 'na neb yn ei galw hi'n hynna. Mae 'Mari' yn swnio fel 'sa hi wedi bod yn rhan o'r dre rhywbryd, ond fuo hi 'rioed. Roedd Mam Pijin, Mari Davies, yn rhywun roedd rhaid i bobol ei hanwybyddu. Bechod, roedd pobol yn ei ddeud, am Mari Davies.

"No, I wasn't."

Ro'n i'n teimlo'n flin, mi nes i ddal ati i grafu efo'r garreg. Gwneud yr 'o' oeddwn i. Roedd yr 'I' braidd yn gam, yn gwyro i un ochr, italig, fel 'sa'r enw yn mynd i fod yn un arall, ddim yr un go iawn.

"She says you were." Mae Cher yn troi i fy ngwynebu.

"She's confused. His mam's just confused."

Mae Cher yn dechra cerddad eto. Dau neu dri cham, ac yna.

"Why would she say it, if it wasn't true?"

"I dunno, Cher. She's crazy."

"I dunno," medda Cher, ac edrych yn od arna i. Mae Cher a mam Pijin yn agos. Mae Cher yn siarad amdani trw'r adag. Mam Pijin nath wella Cher. Mynd i'w gweld hi bob dydd. Mae o fel 'sa hi'n fam i Cher, nid i Pijin.

"What are you saying?" dwi'n ei ddeud o fel taswn i'n brathu. Mi fedra i deimlo fy holl gorff yn crynu fel tant, a'r sŵn 'na yn fy nghlustia, y sŵn lladd.

Mi nes i ddechra crio, ac mi nath hynny ddod a phetha i ben. Mi nes i ddechra crio ac yna gwthio Cher drosodd, gwthio ei chorff mawr ar y tarmác. Pan wnes i gyrraedd y gornel mi drois i edrych, ac mi oedd Cher yn dal i eistedd yno, yn edrych i lawr arni hi'i hun yn ei ffrog binc. Doedd hi heb fod 'run peth ers y ddamwain. Dyna be mae pawb yn 'i ddeud. "'Rioed 'di bod 'run un." Ac ysgwyd eu pennau wrth ei ddeud. Ysgwyd eu pennau.

Ar ôl y sgwrs honno soniodd Cher ddim am y peth. Ond bob tro dwi'n cerddad heibio tŷ Pijin mae o yno. Mae o i gyd yno, a does dim posib ei anwybyddu. Mae o fatha rhwbath yn cosi y tu mewn i dy ben, a'r teimlad 'na o amgylch dy 'senna eto, hyd yn oed ar ôl i'r holl ddyddia fynd heibio, blynyddoedd bron iawn, mae 'na ddal deimlad, fel dal dy wynt, fel y cig cyw iâr roedd Dad yn arfer ei roi yn y pecynnau yn y ffatri, fod popeth wedi ei ddal i mewn a heb aer.

Mi eith. Mi eith y teimlad rhyw ddiwrnod, fel mae tywydd drwg wastad yn mynd. Mi eith. Oherwydd pan ti'n gneud rhwbath drwg pan ti'n blentyn tydi'r gosb ddim yn para. A beth bynnag, Pijin oedd o.

Dwi'n glir am hynna rŵan. Pijin oedd o. Fo wnaeth. Ac mae hynny *yn* wir. Oherwydd roedd pob dim yn barod ganddo fo ac roedd o wedi nôl y gwn, a'i gasineb o wnaeth o, doedd o ddim llawer o ddim byd i neud efo fi. A dyna pam mae'n rhaid i 'mywyd i gario 'mlaen, a pham bod rhaid i'w fywyd o stopio, am rŵan. Oherwydd fo wnaeth o. Pob dim heblaw ei ladd O.

Ond mae hynna'n beth mor drwm i'w gario efo fi heibio'i dŷ o, a heibio'i fam sydd ar ei phen ei hun ac yn wallgo yn y tŷ. Mae o'n drwm. 'Dio'm bwys faint dwi'n ei feddwl o, mai fo ydi o, fi piau'r teimlad trwm 'ma, a dwi ar fy mhen fy hun efo fo.

23

Roedd o'n werth y cyfan gan ei fod yn teimlo mor falch. Mae'n bosib ei fod o'i werth o, hyd yn oed nes ymlaen y diwrnod hwnnw, pan aeth Salim allan i siarad ar y ffôn efo'i fam, a phan ddaeth Neil i mewn i'r stafell, i'r gell agored roedd Pijin a Salim yn ei rhannu, cerdded i mewn fel 'sa fo berchen y lle, a dau hogyn arall y tu ôl iddo fo. Pan neidion nhw ar Pijin, a phan roedd eu waldio fel storm a'u dyrnau fel dŵr yn berwi a'r curo yn ei glustiau ac yn erbyn ei ysgwyddau, ei gefn, ei asennau, efallai ei fod o werth y cyfan hyd yn oed bryd hynny? Oherwydd ei fod o, o leiaf, wedi ei gael O.

Ond roedd bod yma bron fel bod adref, neu waeth, oherwydd pan oeddat ti'n gweiddi yno, gweiddi ar rywun i ddod, am Mam, am Iola, o leia efallai y byddai rhywun yn clywed, ac yn deall. Yma, doedd 'na neb. Doedd y geiriau oedd yn ei greu o, yn creu Pijin, yn dda i ddim. Roedd ei eiriau yn gwneud synau ac yn gwneud siapiau nad oedd neb yn eu gweld. Neb yn clywed. Neb yn gwrando.

Roedd o i'w weld yn llygaid y wardeniaid wrth iddyn nhw droi i ffwrdd oddi wrth Pijin: "Roedd hi'n well gadael i'r hogia'i drin o, hwnna". Roedd angen cnocio 'chydig o synnwyr i'w ben o. Beth bynnag, doedd y bechgyn byth yn gwneud difrod parhaol. Roeddan nhw'n gwbod pryd i stopio.

Oherwydd bod Alan wedi gofyn mi aethon nhw a fo i weld seicolegydd. *Are you alright Pigeon?* Ydi popeth yn iawn? Ond doedd dim posib meddwl am y geiriau iawn am hyn i gyd, ddim yn Saesneg, felly doedd dim posib siarad, roedd o fel cael llond ceg o fara sych. Doedd dim posib siarad.

Oedd o'n deall bod ei fam yn wael? Y gair 'na *de-te-rio-ra-tion*. Oedd o'n deall? Oedd o'n gwybod beth oedd o wedi'i wneud? Oedd o'n deall y termau ddefnyddiwyd yn y llys? *Self-defence, unpremeditated, psychological trauma.* Roedd rhain i gyd yn eiriau ddefnyddiwyd i ddisgrifio Pijin a'r hyn roedd o wedi'i wneud.

Oedd, mi oedd o'n eu deall. Fe ddysgodd rhai o'r geiriau. Gallai Pijin eu diffinio os oedd rhaid. *Res-pon-si-bi-li-ty* yn un roedd o'n ei wybod. Cyf-rif-ol-deb. Roedd o'n gwybod yr ateb i wyt ti'n teimlo'n gyfrifol? Ydw. Wyt ti'n difaru? Ydw. Ond celwydd oedd hynny.

Ac yna'r cwestiynau eraill. Be oedd o isio'i neud pan oedd o'n hŷn? Mi oedd o isio adeiladu waliau. Waliau? Ia. Waliau cerrig? Ia. Waliau cerrig uchel, syth. Mi oedd o isio adeiladu waliau rhwng pethau. Pethau? Llefydd. Pobl. Roedd o'n gallu dweud hynny. Roedd o'n gallu ateb mewn geiriau nad oedd yn dod yn agos at ei du mewn, nid yn agos at y sièd, at y tŷ cam, yr Allt, a ddim yn agos at ddeud am y dyrnau a'r drws oedd yn cau bob nos ac yn gadael y stafell wedi'i mygu ac yn beryglus.

Doedd dim posib cael gafael ar ei hyd na'i led o, Pijin. Doedd o ddim yn siarad yn uniongyrchol efo chi. Allech chi ddim ymddiried ynddo fo. Roedd 'na rywbeth nad oedd yn iawn. Ac mi roedden nhw'n sibrwd yn ei glust, "There's something wrong with you." Ac mi roedd o'n gwybod hynny. Roedd o'n gwybod bod hyn oherwydd y geiriau y tu mewn iddo fo, yn ei rwystro. Yn ei rwystro rhag siarad fel roedd angen siarad yma. Mi weithiodd yn galed, i ddiffodd ei eiriau ei hun, un wrth un, nes bod y sibrydion yn peidio a'r atebion a'r bygythiadau Saesneg sydyn, rhugl yn disgyn o'i geg yntau, fel pe bai o'n un ohonyn nhw.

Amser ymweld oedd y gorau. Roedd mam Salim yn dod

i'w weld bob diwrnod yn ystod yr wythnos felly roedd Pijin yn cael yr ystafell iddo fo'i hun. Doedd ei fam o byth yn dod. Roedd hi'n rhy bell, ac yn anodd iddi hi ar y bws. Roedd o'n dal i yrru llythyrau ati hi, a rŵan roedd ei weithiwr achos wedi bod mewn cysylltiad â hi. Roedd hi'n gwneud yn well. Roedd hi'n gwneud yn well rŵan medden nhw. Roedd hynny'n dda. Efallai y byddai hi'n gallu ei glywed a siarad efo fo pan ddoi o adra.

Un tro mi aeth Salim a Pijin efo fo i weld ei fam. Mi gerddon nhw mewn i'r ystafell ymweld. Doedd Pijin heb fod yno o'r blaen. Roedd y lle'n llawn byrddau a chadeiriau, a phobl yn eistedd mewn grwpiau bychan. Gallai Pijin weld Neil yno hefyd yn siarad efo dyn â'i wallt yn jèl i gyd. Roedd gan Neil fywyd go iawn hefyd. Roedd Pijin yn falch o hyn. Roedd gan Neil fywyd go iawn hefyd. Dim ond darn ohono fo oedd hyn i gyd. Dros dro, meddyliodd. *Tem-po-ra-ry.*

"This way," meddai Salim. "That's her over there."

Roedd mam Salim yn gwisgo dillad fel dynas Arabaidd ar y teledu. Cododd ar ei thraed a gwenu ar Salim. Cusanodd ei fochau fel 'sa mam yn neud. Siaradodd efo fo fel mam mewn Wrdw cyflym pefriog.

"Mum, this is my friend, Pigeon," meddai Salim yn swil.

Doedd Pijin ddim yn gwybod beth i'w wneud. Roedd o isio iddi hi ei hoffi. Estynnodd ei law. Dyna oedd oedolion yn ei wneud yn de?

Camodd hithau tuag ato, a'i gusanu ar ei foch fel y gwnaeth i Salim. Roedd ei hwyneb yn feddal ac yn garedig, ac wrth iddi ei gusanu gafaelai yn ei ysgwyddau.

"Thank you," meddai hi gan wenu, â'i llygaid fel haf. "Thank you for being a friend to Salim."

Gallai Pijin deimlo ei hun yn dechrau crio. Gallai deimlo'r cryndod yn teithio i fyny o'i draed i'w gluniau ac i fyny'i gefn. Allai o ddim gwneud hyn.

Rhedodd Pijin allan o'r ystafell.

"Pigeon!" Gallai glywed Salim yn gweiddi ar ei ôl. Camodd y wardeniaid o'r ffordd i adael iddo fynd heibio. Rhedodd Pijin yn ôl i'r stafell a thaflu ei hun ar y gwely. Brathodd ei law i rwystro'r dagrau. Fiw iddyn nhw ei weld yn crio. Fiw iddyn nhw.

Ar ôl hynny penderfynodd Pijin mae'r amseroedd ymweld oedd y gorau, oherwydd gallai ddarllen ei lyfrau a bod ar ei ben ei hun yn yr ystafell. Ond roedd o wedi gorffen y llyfr am y gofod rŵan. Caeodd y llyfr, cau y ffurfafen agored.

Cynigiwyd ymweliad cartref iddo.

"You could go home for a weekend," meddai'r ddynes. Y Seicolegydd.

"Why?" gofynnodd.

"To see your mum."

"She doesn't care," meddai.

"It's not that she doesn't care," meddai'r ddynes 'ma nad oedd yn gwybod dim byd am ddim byd. "She's just been ill."

Sâl? Ai dyna oedden nhw'n ei alw fo pan oeddet ti'n gadael dy hun ddiflannu? Oedd o i fod i drin ei fam fel 'tasa hi'n glaf a fynta'n gyfrifol amdani, neu fel tasa hi'n blentyn iddo fo? Ai dyna oedden nhw isio?

"No thanks," meddai. "I'll just stick around here."

Roedd Alan, yn yr Adran Addysg, wedi cymryd yn ei ben y gallai helpu Pijin. Roedd hynny'n gwneud pethau'n waeth. Teimlai'r Alan 'na y byddai cymorth gyda darllen ac ysgrifennu yn ddigon, yn gwneud i broblemau Pijin ddiflannu.

"We need to get your English going," meddai wrth Salim

a Pijin. "I want you to leave here speaking and writing it like pros."

Roedd wyneb Salim yn ddifynegiant, gwgu wnaeth Pijin. Doedd hyn ond un ffordd arall o ddeud nad oedd o'n iawn. Ar yr Allt roedd iaith yn rhywbeth a oedd ganddo. Roedd o'n dda efo iaith. Ei throi. Ei stumio. Fel ei bod hi'n dweud be oeddat ti'n fwriadu ei ddweud, fel bod pobl eraill yn credu yr hyn yr oeddet ti'n ei ddweud. Yn fama roedd hynna i gyd wedi'i golli. Dim ond cysgod. Acen pan oedd Pijin yn siarad Saesneg. Amherffeithrwydd.

Cymerodd Pijin arno na fedrai ddarllen geiriau Saesneg Alan, a bu bron i Alan roi'r gorau iddi hi, wedi ei orchfygu gan ddarllen araf, poenus Pijin.

"C'mon, lad," meddai unwaith gan edrych ar Pijin. "You can do better than that."

Medraf, yn Gymraeg, meddyliodd Pijin. Mi fedra i yn fy ffycin iaith fy hun.

Ond o dipyn i beth mi ddysgodd Pijin bod Saesneg yn arf, ac y gallai fod yn darian. Roedd angen iddi hi fod mewn cyflwr perffaith, ac roedd angen ei thriciau hi, er mwyn dy amddiffyn dy hun. Roedd dy iaith dy hun yn rhan o dy gorff, fel ysgwydd neu glun, a phan roeddat ti'n cael dy anafu doedd yna ddim amddiffyniad. Pan oedd y plant adra ar yr Allt yn ffraeo yn Gymraeg ffeit heb fenyg oedd hi. Ond Saesneg. Efo Saesneg be oedd rhaid ei wneud oedd adeiladu arfwisg, a sefyll yno y tu ôl i dy darian i saethu pobl. Claddodd Pijin ei iaith ei hun yn ddyfnach ac yn ddyfnach y tu ôl i'r arfwisg honno. Hyd nes y daeth y curo a'r waldio i ben.

Roedd Salim yn methu. Roeddan nhw'n mynd amdano fo. Dro ar ôl tro. Hyd nes y symudwyd Salim oddi yno. Chafodd Pijin 'rioed wybod be ddigwyddodd iddo fo. Wedi cael ei anfon adra, meddai'r hogia. Ond lle oedd adra i Salim? Doedd dim posib gwybod go iawn.

Ac yna dyna'r misoedd olaf hir ar ei ben ei hun, gyda
dim ond bachgen tawel gwelw o'r enw John yn gwmni. Ac
nid Salim oedd o. Roedd John yn welw a difrifol, yn fain
a phrin yn y golwg. Claddodd Pijin ei hiraeth am Salim o
dan gymaint ag y medrai o eiriau Saesneg newydd. Rŵan,
yn addysg, roedd Pijin yn eistedd yng nghefn y dosbarth.
Roedd John yn eistedd yn y blaen. Felly roedd rhaid peidio
siarad efo John. Roedd rhaid gadael iddo fo ddysgu.

Roedd Pijin yn rhywun erbyn hyn. Roedd pobl yn cilio
wrth iddo gerdded lawr y coridor. Enw oedd o i gyd. Roedd
Pijin yn lledaenu straeon amdano fo'i hun. Roedd o'n galed,
roedd o'n gryf. Roedd o wedi lladd dyn mewn oed. Ac, fel
efo'r rhan fwyaf o bethau, doedd neb yn hollol siŵr a oedd
hynny'n wir ai peidio.

Roedd Alan yn dal i obeithio am Pijin. Ac, yn y dirgel,
roedd Pijin yn dal ati i ddysgu, yn sleifio llyfrau o un lle i'r
llall, o dan ei ddillad, o dan ei ddillad gwely, yn eu hysbeilio
am fydoedd lle nad oedd hyn i gyd yn digwydd.

Wnaeth Alan ddim sôn am y peth.

Byddai'n sibrwd, "Enjoy it?" pan ddychwelai Pijin lyfr,
gan ei wylio'n ei dynnu'n slei o'i guddfan o dan ei siwmper
a'i lygaid nerfus yn gofalu nad oedd yr un o'r lleill wedi
gweld.

"Nah," fyddai ateb Pijin. Ond byddai'n gwenu. A byddai
Alan yn gwenu hefyd. Roedd yr hogyn Pijin 'na'n iawn. Beth
bynnag roedd y lleill yn ddeud, roedd yr hogyn yn iawn.

Alan oedd yr un ddwedodd wrtho fo.

"You're due out next month," meddai, gan edrych i fyw
llygaid Pijin.

Ddwedodd Pijin ddim byd. Cymerodd gam yn ôl.
Amhosib. Teimlai'n amhosib. Roedd rhan fwya o'r
hogiau yma yn gwbod pryd oedd eu dyddiad, ond roedd

o wedi anghofio. Doedd yna neb i ddweud wrtho fo. Dim ymwelwyr i'w atgoffa o Adref.

"We need to make a plan for it," meddai Alan. "Get you set up with a plan so it goes well for you back home."

Ond dim ond rhythu ar Alan wnaeth Pijin. Roedd hi'n amser gadael. Teimlai Pijin yn fach, yn llwyd, yn ddi-nod. Roedd o wedi dychryn, ei geg yn llawn o ormodedd o ddistawrwydd myglyd.

Yn ôl Alan mynd adref a 'mond dal ati efo'r gwersi a phob dim a "chadw allan o helynt" fyddai hi. Be oedd hynny'n ei olygu? Helynt oedd y tŷ, yr Allt, ei fam, Iola, popeth oedd yn ei ben a phopeth oedd yn ymlwybro'n araf, ddydd wrth ddydd, at flaen ei dafod.

24

Mae'r ddwy ohonon ni'n anwybyddu'r tŷ cam wrth gerdded lawr dre. Mae Cher yn mwydro am yr arholiada.

Mae hi'n gofyn imi'n ara deg, "Iola, did you study yet?"

Mae Saesneg Cher fel cân araf. Mae o'n mynd i fyny ac i lawr, ac mae rhai o'r llythrenna wedi eu 'mestyn allan yn hir. Wnaeth hi ddim dysgu Cymraeg yn y diwedd, Cher, dim ond chydig o eiria ac maen nhw'n swnio allan o diwn yn ei cheg hi. Cyn y ddamwain roedd Cher wedi bod yn dysgu heb feddwl, fel pob un o'r plant sy'n symud yma, ond ar ôl y ddamwain doedd y geiria ddim yn sticio.

Ar gyfer yr arholiada mae Cher yn ei olygu. Ydw i wedi dechra adolygu?

"Nah," medda fi. Ond mae Cher yn edrych arna i'n araf a slei, sy'n golygu nad ydi hi'n fy nghoelio i.

Papur a beiros a sgwennu a meddwl am yr ysgol fuo hi ers i Pijin adael. Gwaith calad, dyna cwbwl 'di o wedi bod, trwy un flwyddyn ysgol, ac yna un arall, ac i'r ysgol uwchradd. Mae hynny oherwydd eu bod nhw'n meddwl mae'n rhaid dy fod ti'n dda os ydi dy farciau di'n dda. Fy marciau i ydi'r rhai ucha, neu'r ail o'r ucha. Mae'n bosib cadw'n saff efo marciau da. Dwi'n cadw fy marciau yn uchel.

Tydi Cher ddim. Roedd ei sgwennu hi fel plentyn bach pan ddaeth hi'n ôl i ddechra. Mi neuthon nhw ofyn imi ei helpu hi efo'i darllen. Neuthon ni ddim gneud llawer o ddarllen ond mae Cher yn glyfrach ac yn fwy doniol na 'sa rhywun yn feddwl os geith hi amser, felly 'da ni'n ffrindia rŵan. Beth bynnag, tan y misoedd diwetha, doedd gan y genod erill ddim llawer o ddiddordab yna i, oherwydd dwi ddim yn gneud chwaraeon a does gen i ddim dillad neis a than flwyddyn diwetha mi oeddwn i'n fach. Dwi wedi tyfu leni ac wedi cael y trowsus newydd 'na ac mae rhai o'r hogia'n edrych arna i, mae posib gweld hynny. Mae ganddyn nhw ddiddordeb, yr hogia. Digon o ddiddordeb i fynd y tu ôl i'r wal o leia. Felly rŵan mae'r genod yn yr ysgol efo diddordab hefyd, ac fe fydd hi'n amsar peryg. Amsar peryg o edrych yn ôl ac ymlaen ac o eiria sy'n creithio ar draws dy gefn ar hyd coridorau'r ysgol ac ar hyd strydoedd y dre a rheini'n tywyllu a'r awyr yn troi'n ddu efo ffraeo dau chwech am swllt y genod. Mae'r genod i gyd felna. 'Da ni gyd felna. Mae mynd yn ddynas yn embaras. Ti'n 'i deimlo fo. Y cywilydd. Ac felly mae'n rhaid ymosod gyntaf.

Ond does 'na ddim o hynny efo Cher. Dyna ydi'r peth am Cher. Ers y ddamwain mae'n bosib dibynnu arni hi. Mae 'na waelod iddi hi. Does 'na ddim byd bywiog yn dechrau datod ynddi hi efo'r trydan peryglus hwnnw sy'n llenwi cyrff y merched erill i gyd. *Benyweidd-dra*. Dyna mae Efa'n ei alw. Benyweidd-dra. Gair cynnes.

Ond dwi'n dal i deimlo'n oer wrth fynd heibio tŷ Pijin. Dwi'n ei deimlo fo eto, teimlad y diwrnod hwnnw.

'Da ni'n cerddad lawr dre a 'da ni bron wrth y siop. Ti ddim isio i neb dy weld yn mynd i mewn am mai siop elusen ydi hi. "Mae Iola Williams yn gwisgo dillad pobol 'di marw," fysa hi. "Iola ail-law!" a hynna i gyd. Felly dwi a Cher yn cerdded ar hyd y Stryd Fawr, heibio Capel Nasareth, sydd wedi cau erbyn hyn a'r ffenestri wedi'u bordio, ac arwydd yn deud Ar Werth. Maen nhw'n deud y prynith rhywun o a'i droi'n fflatia, er mae'n anodd dychmygu. Sut fedran nhw neud y capal yna yn lle i rywun fyw? Mi ddyla bod o wedi para am byth, hyd yn oed os nad oeddan ni'n mynd. Lle oedd yn bodoli oedd o, ac a ddylai fod wedi bodoli am byth.

Ond mae o wedi dod i ben. Mae'r capal wedi dod i ben. Fel person marw mawr yn gorwadd ar slab.

Ac wedyn mae Spar. Y Fferyllfa ac yna siop y British Heart Foundation.

'Da ni'n edrych yn sydyn i fyny ac i lawr y stryd. Does 'na neb 'da ni'n nabod, mae hi rhy gynnar i'r plant fod yn eistedd ar y fainc ar y stryd. Amsar da. 'Da ni'n mynd i mewn yn gyflym.

Y tu mewn i'r siop mae 'na ddillad a Luned y tu ôl i'r cowntar. 'Da ni'n gofyn i Luned a gawn ni drio rhai o'r dillad. Mae hi'n hen fel capal, Luned, gwallt llwyd a chroen fel gwynt ar y môr. Ond mae hi'n dal i weithio yn fama bob dydd Sadwrn, a tydi hi ddim yn meindio Cher a finna yn trio petha er na fyddwn ni'n prynu dim byd.

"Cewch siŵr," medda hi gan nodio a gwenu. "Cewch siŵr."

Mae hi'n gwenu arna i ond yn edrych ar Cher 'chydig bach yn wahanol. Maen nhw'n gneud hynny. Ers y ddamwain, am ei bod hi'n siarad yn ara deg ac yn rhythu ar bobol. Rŵan pan mae hi'n ei neud o dwi'n rhoi cic neu bwniad iddi hi ac mae hi'n deud "Sorry" ac yn chwerthin.

Mae'n rhaid i chi edrych ac edrych trwy'r dillad. Mae'r rhan fwyaf yn betha 'sa chi byth yn wisgo, neu yn betha rhy fawr. Ond mae'n bosib gweld rhywbeth iawn os edrychwch chi'n ofalus. Trio petha ydi hi heddiw. Does ganddon ni ddim pres beth bynnag. Dwi'n cael hyd i sgert i Cher. Mae gan Cher goesa da o hyd, yn y gwaelod, o'r pen-glin i lawr. Uwchben y pen-glin maen nhw'n rhy dew. Mae cael corff perffaith yn golygu cael pob manylyn yn iawn. Dy siâp yn mynd i mewn ac allan yn yr holl lefydd iawn, dy groen i gyd yn llyfn, y pantiau a'r darnau sy'n chwyddo yn

berffaith. Mae Cher yn gwenu pan mae hi'n gweld y sgert.
Mi fydd hi'r maint iawn. Mi 'drychith yn dda. Tydi Cher
byth yn edrych cystal â phan fydd hi'n trio dillad yn y siop;
siwmperi mawr a hen legins blêr ydi'r unig bethau mae hi'n
wisgo, a phymps. Ac mae ei gwallt hi'n flêr, a tydi hi byth yn
ei roi i fyny dim ond mewn un gynffon hir sy'n edrych yn
union fel cynffon seimllyd merlan. Mae Cher yn dewis top
a throwsus i mi. Maen nhw'n iawn, a'r rheol ydi bod rhaid i
ni drio beth bynnag mae'r llall yn ei ddewis, hyd yn oed os
ydi o'n afiach.

'Da ni'n mynd i mewn i'r ystafell newid efo'n gilydd. 'Da ni
wedi bod yn gneud hyn bob dydd Sadwrn ers hydoedd, ond
yr ychydig droeon diwetha mae o wedi teimlo'n wahanol.
Mae 'na fwy o siâp i fy nghorff i erbyn hyn, BENYWAIDD,
ac mae fy mrestia i'n drymach, ac wrth fy ochr i yn y drych
mae Cher yn edrych yn dew ac yn siâp hogan o hyd. Dwi'n
gwisgo'r top a'r trowsus yn sydyn, ac yna'n sylweddoli fod
Cher yn sefyll, yn rhythu.

"What?" dwi'n ofyn.

"Sorry," medda Cher. "Sorry."

Ond tydw i ddim yn teimlo'n iawn yn y stafell newid efo
Cher, a falla mai hwn fydd y tro ola i ni neud hyn, oherwydd
roedd 'na rwbath ddim yn iawn yn y ffordd roedd Cher yn
rhythu. Roedd 'na rwbath ddim yn iawn. Tydi Cher ddim
yn gofyn imi be dwi'n feddwl o'r sgert, prin mae Cher yn
edrych ar ei hun yn y drych ac yna mae hi'n tynnu'r sgert,
yn gwisgo'i legins, ac yn mynd allan yn sydyn.

Ychydig wythnosa wedyn dwi a Cher yn eistedd ar y soffa.

"Efa's got a boyfriend," medda fi wrthi hi. Dwi'n methu
rhwystro fy llais rhag bod yn llawn syndod. Dwi'n methu
rhwystro fy llais rhag swnio fel petai gan Efa ddim hawl. A

beth bynnag, sut gafodd hi'r amser rhwng y Cartref a phob dim?

"Iola," roedd Efa wedi'i ddeud y bore hwnnw, "tyd i ista lawr yn fama, Iola."

Am funud mi feddyliais ei bod hi, Efa, yn gwbod. Fel hyn fysa fo, mi fyswn i'n eistedd wrth ei hochor ac mi fysa Efa'n deud. Mi fysa hi'n deud dwi'n gwbod mai chdi 'nath, Iola. A sut fysa hynny'n teimlo? Fysa fo'n teimlo'n ddrwg, neu'n dda? Falla bysa fo. Falla na fysa fo mor drwm 'tasa hi'n ei rannu fo.

Ond ddim dyna oedd o.

"Iola, dwi'n gweld rhywun."

"Be? Pwy?"

"Dafydd 'di enw fo."

"Dafydd?"

"Ia."

Dwi'n rhythu ar fy chwaer. Dyn? Efa? A be am "Tydi'r byd 'ma ddim yn deg i ferched, cariad," a phetha felly? Be am Taid? Be am Dad?

"Ddo i â fo draw reit fuan," medda Efa. "Er mwyn i ti gael ei gyfarfod o."

"She's been seeing that guy for ages," medda Cher rŵan, yn ei ffordd wastad, gan ddechra'n ara deg ac anadlu ar hyd yr hyn mae hi am ei ddeud, fel ei fod yn dod allan i gyd efo'i gilydd fel rhyw fath o gân araf.

"How d'ou know?"

Mae yna fwlch tra mae Cher yn dechra siarad, cael hyd i'r geiria, fel casglu mwyar duon sy'n rhy aeddfed.

"I've seen them together."

"Where?"

"Downtown."

"When?"

"When I went to the shop," mae Cher yn oedi, ac yna'n ychwanegu, "on my own."

Y diwrnod ar ôl iddi hi edrych arna i yn y stafell newid oedd hynny.

Doedd hi heb ofyn i mi fynd. Roedd o'n rhywbeth oedd rhyngddon ni, yr edrychiad hir 'na roddodd hi ar fy nghorff a 'nghoesa i y diwrnod hwnnw. Roedd o wedi mynd yn sownd rhwng y ddwy ohonon ni, a doedd o ddim yn mynd o'na. Roedd Cher wedi prynu'r sgert honno. Dyna sut o'n i'n gwbod ei bod hi wedi bod. Hwnnw oedd y tro cyntaf i'r un ohonon ni wario ceiniog yn siop Luned.

Mae Efa'n dod â fo draw. Mae o'n dod i'r tŷ ac yn camu dros y rhiniog ac mae'r golau yn y gegin yn wahanol. Y diwrnod cynta mae o'n dod mae Efa'n gneud cyri. Mae o'n dda. Dwi'n ei fyta fo, ac yn gwrando arnyn nhw'n siarad.

"Faint o amser gymrodd i ti hyfforddi?" mae Efa'n gofyn iddo fo.

Mae'n ymddangos mai athro ioga ydi Dafydd. Mae o'n well na hi am neud ioga, yn ôl Efa. Mae ei wynab yn llawn gwenau. Mae o'n edrych yn iach, fel petai newydd fod ar ei wylia, trwy'r flwyddyn. Mae gan Dafydd fysedd hir sy'n dawnsio o gwmpas fel dail, gwallt tywyll a chroen lliw mêl. Mae ei groen yn edrych fel heulwen, nid fel glaw.

Mae'r ddau'n eistedd ar y soffa, yn sgwrsio, yn fy anwybyddu i.

"O, 'chydig o flynyddoedd. Mi fydd 'na encil yn fuan, Efa," medda fo. "Pam na ddoi di arni?"

Mae Efa'n amneidio'i phen tuag ata i. Fi ydi'r rheswm fedrith hi ddim mynd.

"'Sa hi ddim yn gallu aros efo ffrind?"

Dwi'n edrych ar Dafydd. Mae o'n gwenu. Mae Efa'n edrych arna i, ac wedyn yn edrych arno fo. A falla bod hyn yn mynd i fod yn debyg i pan wnaeth O symud i mewn efo Pijin? Falla bydda i'n cael fy nhaflu allan. Ond mae Dafydd yn gwenu. Falla ddim.

Mae Cher yn dod i aros pan mae Efa i ffwrdd. Mae Efa'n deud bod hynny'n iawn.

"Ma'n well i ti gael cwmni," medda hi.

Ond mae bod efo Cher bron fel bod ar fy mhen fy hun. Dwi'n darllen cylchgrawn. Mae Cher yn pwyso yn erbyn y sinc. Daw'r gola i mewn trwy'r ffenast y tu ôl i Cher, yn wyrdd trwy'r dail gwlyb y tu allan a'r ffenast. Dim ond 'chydig bach o heulwen sy 'na, fel 'tasa fo'n disgleirio trwy ddŵr.

"Have you seen the way she looks at him?" medda Cher, yn flin bron iawn.

Tydi Cher ddim yn hoff o Dafydd. Mae hi'n deud ei bod hi wedi'i weld o'n smocio, er fedra i ddim dychmygu'r peth. Gwgu wnaeth Cher pan ddalltodd hi fod Dafydd wedi bod draw.

"I know," medda fi. Mae Efa'n mynd yn wirion i gyd pan mae Dafydd yma.

"I mean, he's horrible." Tydi Cher ddim yn gwirioni efo dynion beth bynnag.

"Leave it Cher, ok? Efa's happy, I'm happy."

"He's horrible," medda Cher eto.

"Why Cher? What's he done to you?"

Chwarae efo drws yr oergell mae Cher, ei agor a'i gau efo clec sugno. Mae hi'n dal erbyn hyn, yn dalach na fi, ond yn llydan hefyd.

"He's horrible. Just is."

Mae Cher yn cipio carton o sudd o'r oergell a mynd allan trwy'r drws gan fy ngadael i a fy nghylchgrawn, a'r holl ferched tlws sydd ynddo fo â'u croen llyfn fel papur newydd sbon. Erbyn hyn mae Cher yn symud yn gynt, yn siarad yn gynt, ac mae ganddi fwy o farn am betha. Tydi bod yn ei chwmni ddim yn teimlo mor ddiogel. Mae hi'n gneud petha ar ei liwt ei hun.

Ond mae o'n neis efo fi, Dafydd, yn neis go iawn. Ac mae o'n gafael yn dynn yn Efa ac mae hi'n chwerthin ac yn bihafio fel hogan fach. Mae hynny'n ddoniol, meddwl am Efa fel hogan fach. Dwi ddim yn meddwl fod Efa wedi bod yn un o'r blaen, ddim go iawn. Ddim efo'r Cartref a phob dim.

Ond tydi Cher dal ddim yn hoff o Dafydd. Ac mae ynta'n teimlo'r un peth tuag ati hi. Pan mae Dafydd yn cyrraedd, a'i gar yn llawn bocsys, mae'n edrych i lawr, yn gwenu ar Cher ac yn deud "Haia Cher", fel 'sa fo ddim ond yn esgus deud yr enw, fel 'tae o'n beth gwirion. Mae o'n ei nabod hi. Sut mae o yn ei nabod hi?

Mae petha'n ddrwg rhwng Cher a Dafydd. Tydi Cher byth bron yn siarad efo fo. Pan mae'r ddau o gwmpas, ac y maen nhw'r rhan fwya'r amser, mae Cher yn edrych yn flin. Gwynab du a'i hamrannau fel dau hŵd du dros ei llygaid. Mae Efa'n deud ei bod hi'n genfigennus, "Am fod gynnon ni ddyn yn tŷ ni rŵan, a does gan Cher ddim tad."

"I don't have a Dad either," medda fi wrth Cher. "He upped and left, and I'm not interested." Ond tydi o ddim yn newid petha, a tydi Cher ddim ond yn edrych yn ffwndrus.

A dwi ddim yn hollol siŵr pam dwi'n ei neud o, ond dwi'n gwylltio Cher, wrth roi fy sylw i gyd i Dafydd, mwytho ei ben a chlosio ato, tra bod Cher yn gwgu ar y soffa. Mae Dafydd yn gafael yna i ac yn fy nhynnu ar ei lin, fel taswn i

ALYS CONRAN

dal yn hogan fach, ac mae o'n tynnu arna i ynglŷn â 'nillad,
sy'n rhy fach i mi am 'mod i wedi tyfu. Mae Efa'n gwenu,
a dwi ac Efa'n chwerthin fel ers talwm. Ond mae Cher yn
difetha petha. Mae hi'n rhuthro allan ac Efa'n ei dilyn hi ac
yn deud "Cher?" wrth fynd trwy'r drws. Dim ond ar ôl i Efa
a Cher adael dwi'n codi, oherwydd mae bod ar lin Dafydd
heb Cher ac Efa yno yn teimlo'n od.

Rydw inna'n mynd ar ôl Cher wedyn, gan fynd heibio Efa
ar y stryd. Mae hi wedi troi'n ôl i fynd at Dafydd ar y soffa.
Pan dwi'n dal i fyny efo Cher ac yn gafael yn ei braich mae
hi'n troi'n sydyn arna i.

"Piss off, Iola!" medda hi. Ac adag honno dwi'n gweld ei
bod hi'n crio. A dwi'n teimlo'n ofnadwy. Doeddwn i ddim
wedi bwriadu. Doeddwn i ddim 'di meddwl gneud.

"Sorry," medda fi, ond mae o'n swnio rhy sydyn. Ac mae'n
ddrwg gen i, ond dwi ddim yn hollol siŵr am be. Am ba ran.

Dwi'n dal i sefyll yno, yn gafael ym mraich Cher, ac yna
mae Cher yn ei neud o. Mae hi'n gwyro yn ei blaen ac yn fy
nghusanu, ar fy ngwefusa. Mae gwefusa Cher yn lân ac yn
feddal.

Dwi'n tynnu oddi wrthi, fel 'taswn i wedi cyffwrdd rhyw-
beth poeth. A dwi a Cher yn sefyll yn wynebu'n gilydd.
Rydan ni'n sefyll felly am hir.

"Lets go down to the river, Cher," medda fi wedyn.

"Alright," medda Cher. A dyna fo. Does 'na ddim byd
wedi torri. Mae hi'n fy nilyn i lawr yr allt, fel ci strae.

"Will Pigeon be back soon?"
'Da ni wedi eistedd i lawr efo'n gilydd rŵan, fy mhen i
ar lin Cher a Cher yn anwesu 'ngwallt a llaw arall Cher o
amgylch fy mol, pan mae hi'n deud hynna'n sydyn. Mae o'n
beth da bod Pijin wedi mynd, fel 'mod i a Cher yn gallu bod

yn ffrindia, a gallu eistedd a hel mwytha a chyffwrdd wrth bwyso yn erbyn y goeden fawr ger yr afon.

Ond mae Cher yn dal ati i ofyn, "Will he be back soon?"

"No," medda fi. Dwi'n flin efo Cher eto, ac yn ei gwthio i ffwrdd.

Wneith Cher ddim gadael llonydd i betha. Mae hi isio gwbod am achos llys Pijin. Popeth am Pijin, fel 'taswn i'n gallu deud stori Pijin wrthi hi go iawn, neu fel 'taswn i'n gwbod unrhyw beth heblaw 'mod i'n gweld ei golli fo, a bod 'na ddim byd yn digwydd hebddo fo, a does 'na ddim byd yn bwysig, fel Cher.

"Let's go and see him," medda Cher, ac eto, "Let's go and see him."

"No," medda fi a chodi ar fy nhraed.

"Why?" mae Cher yn holi, ac mae ei llygaid hi'n fawr a brown a meddal, fel plu a chlustoga a wadin.

"We don't know where he is."

"He's in Liverpool," medda Cher.

Dwi'n sefyll yn stond. *Yn Lloegr?* Pijin?

"How d'you know?"

"I saw it on a letter. They wrote and said we could visit."

"Well you can't."

"Why not?"

"Cher! He killed your dad!"

Dwi'n deud hynny. Ac wedyn mae o'n fy mrifo i. Y teimlad fel panig ar hyd fy nghorff ac yn fy mrest. Dwi methu anadlu. Be sy'n bod? Be sy'n bod efo fi? Dwi'n gallu clywed twrw yn fy mhen, yn gallu clywed pobol yn gweiddi yn fy mhen. Mae o i gyd yn ofnadwy, yn fawr, yn dywyll. Ac yna dwi'n gwneud dim byd mwy na sefyll yno ar y gwair efo Cher eto. Mae Cher yn fy ngwylio. Dim ond fy ngwylio a fy ngwylio nes 'mod i'n nôl yn normal. Mae Cher yn codi carreg ac yn chwarae efo hi yn ei llaw.

"So?" medda hi.

"What do you mean, 'So'?"

"He was a bastard," medda hi wedyn. Ac yna mae hi'n chwerthin. Mae Cher yn chwerthin.

O dan y cyrls mae 'na bloryn ar dalcen Cher a dwi isio'i wasgu fo.

"He's gone anyways, Iola," medda hi. Ac mae ei llais hi'n glên. Fel 'tasa hi'n dallt. Ac mae o'n teimlo fel 'sa'r pwysedd 'di 'sgafnu 'chydig, fel y mymryn lleia o awel ar ddiwrnod trymaidd.

Ond does 'na ddim ffordd i gael gwarad ohono fo, o Pijin. Ddim am byth. Mi fydd o'n nôl. Ac mae rhan ohona i methu gwitiad, ac mi fysa'n well gan ran arall ohona i aros am byth.

25

Yn y ffenest wedi'i goleuo, yn llachar yn erbyn y tai a'r llechwedd, mae'r ferch. Mae hi'n sefyll yn ei hystafell wrth ochr y gwely, yn noeth heblaw am ei dillad isaf. Mae 'na gasgliad o ddillad yn gorwedd ar y cwilt. Mae hi'n gosod pob cyfuniad o drowsus ac esgidiau efo'i gilydd, yn camu'n ôl, yn ystyried. Mae'n camu at y radio a throi Atlantic 252 yn uwch. Mae'r sŵn yn atseinio trwy'r ffenest, Wet Wet Wet *eto.*

Mae'n sgipio yn ôl at y dillad, yn dal y tops i fyny yn erbyn ei hun yn y drych, yn rhoi ei phen ar un ochr, yn gwenu arni hi'i hun, yn symud ei gwefusau fymryn fel nad ydi'i dannedd mor amlwg. Gan fod hanner y penderfyniad wedi'i wneud mae hi'n gafael mewn cas colur bychan, yn penlinio ar y llawr ger y drych hir ac yn codi'r brws i greu amlinell ofalus grynedig i'w llygad. Gosoda haenau o fascara du ar ei blew amrant. Gyda'r sbwng bychan mae'n gosod lliw ar ei hamrannau. Daw cân serch ar y radio ac mae'n dechrau siglo'n freuddwydiol.

Â'r colur yn ei le, mae hi'n sefyll eto, yn dal yn amlwg yn y ffenest, awgrym o'i hasennau uwchben ei gwasg fregus, bra bychan yn cuddio y bron iawn frestiau. Mae'n tynnu'r *body-top* amdani, yn cau'r botymau rhwng ei choesau ac yn edrych arni hi'i hun.

Yna pirwét, un goes yn plygu wrth iddi droi, a blaen bawd ei throed yn darganfod y pant yn ochr pen-glin y goes arall.

Yn yr ardd sydd wedi tyfu'n wyllt, yn sefyll rhwng yr hen gerfluniau sy'n eiddew i gyd, â bag trwm ar ei ysgwydd, mae Pijin yn gwylio'r tŷ tywyll. Mae o bron a chwerthin, ac mae'n edrych eto, ei lygaid yn cael eu tynnu at olau'r ystafell wrth i Iola wisgo'i jîns a sefyll yn edrych yn feirniadol arni hi ei hun yn y drych.

Mae 'na sŵn traed ar y graean, ac mae Pijin yn craffu trwy'r tywyllwch ac yn gweld rhywun arall yno yn yr ardd, yn gwylio. Mae hwn yn sefyll y tu ôl i'r goeden. Dyn. Tal, ysgwyddau cryf yr olwg. Mae'r dyn yn rhy hen i fod yn gwylio Iola. Llawer rhy hen. Mae Pijin yn mynd y tu ôl iddo.

"Hey!" meddai, a phan mae'r dyn yn troi mae Pijin yn ei gicio yn ei geilliau.

Plyga'r dyn yn ei hanner, ac mae Pijin yn sgrialu allan o'r ardd ac i lawr y stryd. Mae'n rhedeg i fyny'r rhiw. I fyny'r rhiw i'r tŷ cam.

Tydi'r dyn ddim yn ei ddilyn, felly mae Pijin, a oedd yn rhedeg ar hyd y stryd dywyll, yn dechrau arafu. Mae'n arafu, yn stopio, yn troi. Dim ond stryd wag, goleuadau stryd, biniau, awyr ddu-las, tawel, dim ond sŵn isel teledu yn dod o un o'r tai ac awel anesmwyth yn sgubo dros bopeth.

Mae Pijin yn cerdded i fyny'r stryd hon, yn troi, i'r chwith, i'r dde, yn cerdded stryd arall ar i lawr a dyma rŵan ei lôn o, a rŵan ei ddrws. Mae Pijin yn cyrraedd y drws. Yn sefyll.

Roedd ei fam wedi llwyddo i gyrraedd ar gyfer y cyfweliad ymadael. Eisteddodd yno'n ddistaw wrth i Pijin ateb eu holl gwestiynau. Gwnaed penderfyniad, er nad oedd hi'n ymddangos fel petai hi yno'i gyd. Byddai'n gwneud y tro. Roedd o'n ddigon hen i ymdopi beth bynnag. Allai Pijin ddim dioddef edrych arni, ond gallai glywed mymryn o arogl y tŷ cam ar ei dillad.

Roedd hi fod i ddod i'w nôl ar y diwrnod ymadael, heddiw.

Doedden nhw ddim fod i arwyddo i'w ollwng fel arall. Ond roedd y gweithiwr cymdeithasol wedi ffonio. Roedd ei fam yn wael eto. Roedd hi'n methu dod. Ddylen nhw ddim ei anfon adref ati heb iddi hi arwyddo. Ond gwneud wnaethon nhw. Mi fyddai Pijin yn ddigon hen yn fuan beth bynnag, ac fe lwyddodd i'w perswadio, eu perswadio gyda'i Saesneg tynn, llyfn.

Wrth iddo adael y Ganolfan roedd wedi teimlo bod y byd yn araf blethu'n ôl at ei gilydd, ond roedd y plethiad yn anwastad a thameidiog, a rŵan, ac yntau'n sefyll ar y trothwy, roedd y byd wedi datod eto. Does yna ond pethau anelwig a Pijin a drws. Drws PVC ydi o erbyn hyn. Mae 'na wydr dwbl. Mae 'na gloch. Ond mae Pijin yn codi'i ddwrn at y drws. Mae'n petruso.

Pan mae'n curo gall deimlo'r stryd yn chwalu y tu ôl iddo. Mae ei gorff yn gynnes yn erbyn y stryd lugoer. Gall ei fam wneud iddo gyrraedd. Mae hynny'n bosib. Mae Pijin yn aros amdani ar y trothwy. Rhaid iddo beidio anadlu.

Pan mae hi'n agor y drws mae o'n edrych ar ei hwyneb yn iawn am y tro cyntaf. Mae hi dal yn hardd. A tydi hi dal ddim yn nôl yn iawn. Mae hi'n edrych arno fo, mewn distawrwydd.

Mae'n amser hir.

"Pijin," meddai hi o'r diwedd. Ac mae hi'n gwenu, mae hi'n gwenu mor addfwyn, fel heulwen araf trwy ddail. Ac mae ei gwên mor ddiniwed. Mor ddiniwed. Ac mae Pijin yn gwybod, fel y mae o wedi gwybod erioed, nad hi sydd ar fai. Nid ei bai hi yw dim o hyn.

"O, 'nghariad i," meddai hi. "O, 'nghariad i, 'nghariad i."

A rŵan ei geiriau hi sy'n mynd ar goll ar y ffordd i'w glustiau o, oherwydd all Pijin ddim ateb. Tydi Pijin ddim yn deud dim byd. Mae o'n camu heibio'i fam ac i mewn i'r tŷ. Mae'r ystafell fyw yn dywyll, ac yn llychlyd. Mae Pijin yn mynd i mewn ac yn agor y llenni. Mae'n cynnau'r golau.

Mae'r golau o'r hen fylb yn crynu am funud, ac yna'n marw. Yn ei ychydig eiliadau o ddisgleirdeb gwêl bod yr ystafell yn afiach o fudr. Mae 'na lwch dros bopeth.

"Mum!" meddai yn Saesneg. "You can't bloody live like this."

Mae'n cerdded yn syth i'r gegin, yn gafael yn y bin sbwriel, a'i gario yn ôl i'r ystafell fyw, dechrau gwthio'r holl hen ganiau a photeli sydd ar y llawr i mewn iddo fo. Mae hyd yn oed yn codi un o gylchgronau llychlyd Efa, heb ei gofio, a'i wthio i'r bin.

Rhytha ei fam arno. Mae hi'n sefyll, yn gafael yng nghefn y gadair a rhythu.

Tydi Pijin ddim yn rhoi'r gorau i lanhau hyd nes bod 'na ryw fath o drefn. Mae'n cael gafael ar fwlb golau a'i sgriwio i mewn. Mae'n cynnau'r golau. Penderfyna mai'r unig beth i'w wneud efo'r llenni yw eu tynnu i lawr. Mae gwyfynod wedi'u byta a'r haul wedi pylu eu lliw. I mewn i'r bin â hwythau hefyd. Mae Pijin yn dechrau curo clustogau'r soffa gan lenwi'r ystafell â llwch holl ddyddiau marwaidd y tŷ. Agora Pijin y ffenest. Mae awyr oer yn rhuthro i mewn, yn chwythu'r cof i ffwrdd. Yn chwythu ei siâp O i ffwrdd, yn gorwedd yn fanna, ar lawr, gwaed yn llifo o'i ben. Mae Pijin yn rhwygo'r carped oddi ar y llawr a mynd â hwnnw allan hefyd. Yna, mae'n brwsio'r teils coch. Eu brwsio a'u brwsio, a'i fam yn edrych, a rhoi mop arnyn nhw hefyd. Does yna ond hylif golchi llestri ar gyfer y mopio, ond mae o'n glanhau popeth i ffwrdd. Mae ei fam yn sefyll yn gafael yng nghefn y gadair nes ei fod wedi gorffen. Mae'n sychu o amgylch ei thraed, heb ofyn iddi symud.

"There you are, Mam," meddai pan mae o wedi gorffen. "You can sit down now."

Mae hi'n eistedd i lawr, yn araf, yn betrusgar. Edrycha i fyny arno, ac fe all y golau sy'n lledu'n araf ac yn wan ar draws ei hwyneb fod yn wên.

Wedyn mae Pijin yn mynd i fyny'r grisiau. Un ystafell i'w fam, un iddo fo. Mae'n mynd a bag bin du efo fo ac yn dechrau taflu popeth oedd yn eiddo iddo Fo neu Cher i mewn i'r bag. O fewn ychydig funudau mae o wedi llenwi dau fag du. Mae'n tynnu'r dillad oddi ar y gwelyau. Mae'n cario'r cyfnasau i lawr i'r gegin yn barod i'w golchi, gan gerdded trwy'r ystafell fyw ar ei ffordd.

"Hello."

Hogan ydi'r siâp. Mae hi'n sefyll yng nghanol yr ystafell fyw sydd wedi'i gwagio a'i goleuo. Mae hi ychydig yn fyrrach na Pijin, ond yn llawer lletach. Mae hi'n gwisgo ffrog binc. Mae'r ffrog yn disgyn dros ei bol.

Mae Pijin yn stopio, yn sefyll yn stond yn yr ystafell. Doedd o ddim wedi disgwyl y byddai 'na rywun arall. Dim ond fo. Dim ond ei fam.

"Pigeon!" meddai'r hogan.

Mae hi'n ei adnabod. Edrycha ar wyneb dwl yr hogan. Edrycha arni hi. Mae hi'n gyfarwydd. Mae o'n ei hadnabod. Mae o'n ei hadnabod yn dda.

Mae Pijin yn eistedd i lawr, yn rhythu ar yr hogan. *Hi* ydi hon?

"What're you doing here?" mae ei lais fel mur pan mae'n gofyn y cwestiwn. Mae ei fam wedi eistedd unwaith eto ac mae hi'n gwnïo fel petai dim byd wedi digwydd, dim Lerpwl, dim y lle 'na, dim Salim, na Neil, na dim ohono fo.

"Writing," meddai Cher, yn araf. Tydi ei llais hi ddim fel llais go iawn. Mae o fel edrych trwy sbectol rhy gryf ar yr hen Cher, ac mae hi'n swnio fel petai hi o dan ddŵr, fel petai ei llais hi'n dod trwy aer sydd mor drwchus â chawl. "Writing," meddai hi eto a phwyntio at lyfr nodiadau, yn agored ar y bwrdd. Mae'r llawysgrifen ar dudalennau agored y llyfr yn fawr ac yn hyll.

Mae Pijin yn edrych arni.

"What happened to you?" gofynna, ac edrych arni, i fyny

ac i lawr. I mewn yn fanno mae o wedi dysgu bod yn frwnt pan mae o'n teimlo'n ofnus.

Mae Cher yn codi ei hysgwyddau. Mae ei thalcen yn crychu. Mae o wedi'i gwneud yn anhapus.

"I had an accident. It was in the fair. It was a road accident." Dweud be mae hi'n ei wybod mae Cher, a'r hyn mae o yn ei wybod.

Tawelwch.

"What are you doing here?" gofynna. Mae ei lais yn drwm ac yn beryglus.

Mae hi'n codi ei hysgwyddau. Mae o wedi'i gwneud hi'n anhapus eto. Mae o'n gallu gweld yr hyn mae hi'n ei feddwl, yn symud ar draws ei hwyneb llydan: *pam na ddylwn i fod yma?* Mae hi'n meddwl yn syml. Dwl.

Ei dŷ o ydi hwn. Ei dŷ o ydi hwn.

Mae Pijin yn eistedd i lawr, ac wrth iddo eistedd, mae'r tŷ yn symud o'i amgylch, fel petai'n sefyll mewn osgo na all ei gynnal. Mae Cher yn eistedd i lawr hefyd. Mae hi'n ddistaw. Mae hi'n gwybod y drefn. Ni ddylai fod unrhyw eiriau. Ni ddylai fod unrhyw dwrw sydyn. Ni ddylai fod symudiadau sydyn. Dim barn na syniadau ar wahân i'w rai o. Dim ond yfo, Pijin, sydd, ei gadair, ei ddwylo gwynion, y sigarét mae o'n ei thanio rŵan, ac o'i amgylch o, y tŷ.

Ond mae Pijin yn wahanol iddo Fo. Mae Pijin yn crio rŵan. Maen nhw'n eistedd, y tri ohonyn nhw. Pijin yn crio. Mae ei fam yn rhoi ei llaw yn ysgafn ar ei ysgwydd, ac mae Cher yn ei wylio. Yr hogyn 'ma laddodd ei thad. Yr hogyn 'ma laddodd Fo o'r diwedd.

"It wasn't me, Mam," meddai.

"Be, cariad?"

"It wasn't me killed him," eto. Ydi'r geiriau hyd yn oed yn gweithio?

"O, Pijin," ydi'r cwbl mae hi'n ei ddweud. Ac mae o'n gallu dweud ei bod hi'n meddwl ei fod o'n sâl. Yn meddwl nad ydi o'n gwybod ei hun. Ddim yn gwybod be wnaeth o a be wnaeth o ddim.

"It was Iola, Mam. She came in and she did it."

Tydi ei fam ddim yn deud dim byd. Ond pan mae o'n codi ei ben ac yn edrych ar Cher mae hi'n gwenu.

"I'll make us some dinner," meddai hi. "I'll make us some beans."

26

Pan mae Efa'n atab y drws dwi'n ista ar y soffa gyferbyn. Dwi wedi bod yn darllan llyfr. Dwi hanner ffordd trwy fyd y llyfr. Mae 'na hogan yno fo, a phan mae hi'n cael ei brifo, dwi'n teimlo'r boen. Dwi'n edrych i fyny oddi wrth y tudalennau pan dwi'n clywed y cnocio bach twt. Chwech.

Y fo.

"O," medda Efa pan mae hi'n agor y drws a'i weld o'n sefyll yno. Mae Efa'n troi ata i. Ond y cwbwl dwi'n 'i neud ydi ista yno, yn edrych ar y drws ac ynta wedi'i ddal fel llun mewn ffrâm.

Noson dywyll yn niwedd Ebrill ydi hi y tu allan. Mae'r Pijin yma, sy'n sefyll ar stepan fy nrws i, yn wahanol ac yr un peth. Mae ei wyneb tebyg a gwahanol yn wyn yn erbyn awyr wlyb y nos. Mae Efa'n edrych oddi wrtha i at Pijin, ac oddi wrth Pijin ata i. Does neb yn deud gair am 'chydig eiliada.

Nid hogyn ydi o. Ddim bellach. Mae o'n rhywbeth sydd wedi dianc allan o focs, allan o lle mae o i fod. Mae llygaid Pijin a fy llygaid i'n cyfarfod yn yr awyr. Mae 'na rywbeth yn cael ei rannu yn yr edrychiad hwnnw sy'n fy ngneud i'n oer, ac yna mae o'n gneud wynab gwag eto, ar gyfer Efa.

"Hi," medda fo, yn Saesneg.

"Pijin?" medda Efa. Fel 'tasa angen iddi hi ofyn. Mae o'n wyneb 'sa chi'n nabod, a hyd yn oed petai o ddim yn edrych mor debyg i'r hogyn 'na, 'sa chi'n gwbod mai fo ydi o o'i wên.

Mae o'n gwenu. "Yep," medda fo.

Mae Efa'n dechra'i holi fo rŵan.

"Pryd ddest ti'n ôl? Sut wyt ti? Sut ma' dy fam?" ond mae ei atebion yn gwta ac mewn Saesneg.

"Friday. I'm fine. Mam's ok."

Mae o'n edrych arna i.

"How's it going?" mae o'n fy holi.

Dwi'n codi fy 'sgwydda. Sut fedra i atab hynny. Sut ydw i hyd yn oed yn siarad efo fo?

Ond mae Efa'n ei wadd i mewn. Mae o'n dod i mewn ac yn eistedd wrth fy ochr. Mae'r soffa'n cilio oddi wrtho. Mae Efa'n mynd i'r gegin, yn dechra siarad ar y ffôn efo Dafydd. Tydi o ddim bwys ganddi hi go iawn. Mae Pijin yn eistedd wrth fy ochr, yn gneud y soffa'n drwm, yn pwyso ar fy holl dŷ.

"I brought you something," medda Pijin, gan edrych arna i, edrych reit arna i. Mae o'n dechra ymbalfalu yn ei bocedi amdano. Mae'n ei dynnu o un o'i bocedi, ac yn ei estyn i mi gyda'i ddwylo od, cyfarwydd. Mae o wedi'i lapio mewn papur llwyd. Mae o'n ei roi i mi. Pan dwi'n edrych ar y papur, yn edrych ar y parsal bychan, dwi'n teimlo'n sâl. Ond dwi'n dechra'i agor, a 'nwylo'n teimlo fel 'sa nhw'n perthyn i rywun arall.

'Mond chwyddwydr ydi o, yn llychlyd ac ambell frycheuyn arno.

"It's yours," medda fo'n ddistaw.

Dwi'n rhythu arno fo. Dwi'n rhythu arno fo, ac yn fy mhen mae'r datganiad 'na, y datganiad 'na:

Ma' Gwyn yn od.

Llais hogyn wedi gwylltio ydi o, llais plentyn, dim ond plentyn bach.

Dwi'n edrych i fyny ar Pijin. Pijin. Mae 'na rwbath amdano fo sy'n fawr a bron fel dyn. A dwi'n gallu teimlo pob dim yn dechra eto, rŵan 'i fod o adra. Mae'r stori'n dechra symud, a dwi methu'i rhwystro hi.

"'Da ni am fynd lawr dre, Efa," dwi'n galw ar fy chwaer, ac nid fy ngheg i sy'n deud hynna. Tydi o ddim yn teimlo fel fi.

Mae Efa'n dod trwadd, yn nodio. Mae hi'n gadael i mi wneud unrhyw beth. Ond y tro yma mae Efa'n rhoi sws i mi, ac yn deud yn fy nglust, "Bydd yn ofalus, Iola," ond mae hi'n gadael i mi fynd beth bynnag. Mae Efa'n gadael i mi fynd i bob man, hyd yn oed lawr i'r lle bysus yn y dre, lle mae 'na smocio ac yfad a hogia sy'n methu cadw'u dwylo na'u meddylia i'w hunain.

Dim ond pan 'da ni ar y ffordd, ar ein pen ein hunain, a wynab gwyn Pijin yn sgleinio yng ngholau'r stryd, 'da ni'n deud mwy.

"So be 'nes ti'n Lerpwl?"

"In Liverpool? Nothing. We were shut in. I didn't do anything."

Pijin, yn Saesnag?

Dwi'n trio eto. "Ma'n rhaid nes ti rwbath."

"Nope, not much." Llyfr o dudalennau gwag ydi'r Pijin yma.

"O," medda fi.

Mae 'na ddistawrwydd hir. Dwi isio mynd adra, esgus nad ydi o wedi dod yn ôl.

"Ti'n aros yn nhŷ dy fam?" dwi'n gofyn iddo fo.

"Yep."

'Da ni'n cerdded i lawr yr allt yng ngwawr melyn lampa'r stryd.

Mae Pijin yn wahanol. Ac er ei fod o wedi galw draw, mae o fel 'sa fo'n chwilio am rwbath sydd ddim yma bellach. Rhwbath 'da ni wedi'i golli, fel modrwy Nain aeth ar goll yn y golch yr holl flynyddoedd yn ôl, ac na ddaeth i'r golwg byth, er i ni gyd regi i'r cymyla wrth chwilio amdani. *Mae'n rhaid ei bod hi yma. Mae'n rhaid ei bod hi yma.* Fel'na. Yr un teimlad o chwilio ofer, anobeithiol, ond yn waeth. Fel colli dy lygaid dy hun, neu dy glustia, neu dy galon. Dwi'n trio ddwywaith eto.

"Sut ma' dy fam?"

"She's alright."

"Ti 'di gweld Cher?"

"Yep, she's at my house."

Mae o'n sefyll ac yn troi ataf fi.

"Cher's staying in the shed now," medda fo. Mae o'n ei ddeud efo mymryn o wên, fel 'sa ni'n dal yn ffrindia, fel 'sa Cher yn elyn. Fel 'sa Cher yn dal yn ddel ac yn glyfar ac yn hogan y mae pawb yn hoff ohoni.

Dwi'n aros. Dwi'n teimlo fel chwydu wrth feddwl am y peth, fy ffrind Cher, yn y sièd damp, oer 'na. Nid ar ei chyfer hi mae hi. Mae hi ar gyfer rhywun gwyllt fel Pijin. Mae gair Efa amdano fo'n neidio i fy mhen. "*Feral*". Dyna oedd hi'n ei alw fo, "*Feral*". Fatha un o'r cathod du truenus oedd yn loetran wrth 'n drws ni, yn aros am 'chydig o fwyd ac am gariad. Cysur. Mae'n rhaid eu hel nhw i ffwrdd, neu maen nhw'n dod yn ôl ac yn ôl.

"Pijin," medda fi, yn Saesneg tro 'ma, "I've just remembered I'm meeting someone. I've got to go."

Mae Pijin yn edrych arna i, fel 'taswn i'n rhwbath mae o'n methu'i gredu.

"Wela i chdi eto rywbryd ta?" medda fi fatha arfar, i esgus bo' ni dal yn ffrindia.

"Yep, see you."

Dwi'n cerdded i ffwrdd yn gyflym, yn mynd i'r dde ac yn mynd i'r chwith rhwng y tai ac at fy nrws ffrynt fy hun. Tu ôl i mi mae Pijin yn sefyll yng ngola'r stryd, ei ddwylo yn ei bocedi, blaena'i sgidia wedi'u sgriffio, llygaid gwyrdd cath yn edrych ar fy ôl, yn llwglyd.

Mae Cher yn aros wrth ddrws cefn tŷ ni, mae hi'n sefyll yno, gallai fod wedi bod yn aros am oria.

"He's back," medda hi.

"I know," medda finna, yn ddiniwad i gyd.

"Pigeon. He came back yesterday."

"I know Cher."

Dwi'n edrych ar wyneb fy ffrind.

"Don't look so happy, Cher."

"No," mae Cher yn cyd-weld. "No," medda hi eto, ac edrych ar y llawr.

Mae 'na ddistawrwydd. Yna dwi'n deud, "He won't talk to me."

"You saw him?"

"Yep."

"When?"

"Just now. But he won't talk."

"What, not at all?" gofynna Cher, yn araf.

"Not properly. Not in Welsh."

Mae Cher yn edrych yn ffwndrus.

"So?"

"I dunno. It's weird."

"You and me talk English," medda Cher a chodi ei 'sgwyddau fel 'sa fo ddim yn bwysig.

Dwi'n edrych ar Cher, ac mae'r teimlad 'na. Y teimlad 'na ei fod o'n bwysig. Mae o yn bwysig, gwerth llond lle o eiriau ac ystyron ac atgofion o bwys.

"What's he been doing?" hola Cher.

"Dunno. Won't say."

"He's been somewhere bad, Iola," medda Cher yn ddif-rifol. "That's what it is. He doesn't want to think about it."

Weithia mae Cher yn glyfar eto. Weithia mae o fel 'sa hi'n mynd yn ôl i fod yn iawn.

"He's moved my stuff out to the shed," medda hi. Mae hi'n deud hynna efo gwên fawr. Fel 'sa fo'n beth da.

"Cher that's terrible," medda fi.

"Why?" medda hi.

"It's cold and damp in there. It's not a place for someone to sleep."

Mae hi'n edrych arna i fel 'taswn i'n drysu.

"I always wanted to be allowed in," medda hi, fel taswn

164

i yr un gwirion. "And now I am. I'm allowed the shed. And Pigeon has the house."

Cher druan. Mae hi mor ddwl weithia. Ac ar adega erill mae hi mor glyfar nes 'mod i'n meddwl ei bod hi'n gwbod pob dim.

'Da ni'n llusgo'n traed ar hyd y ffordd, yn dal ati fel 'sa 'na ddim byd wedi digwydd, fel 'sa 'na ddim byd wedi digwydd 'rioed, fel 'sa 'na ddim byd o'i le, ac fel 'sa gen i bob hawl i fy mywyd a fy marciau da yn yr ysgol, ac nad oedd gan Cher hawl ar ddim ac mai dyna pam mae hi wedi cael y sièd.

Mae 'na 'chydig o wythnosau hir, diaddurn yn mynd heibio cyn i Pijin ddod acw eto. Y tro nesa dwi'n ei weld o ydi ar ben-blwydd marwolaeth Gwenllian, Mam. Does 'na neb arall yn meddwl am y dyddiad bellach. Ddim hyd yn oed Efa. Yn arbennig ddim Efa, sydd ddim yn gadael i mi siarad am Gwenllian na Dad, ond dwi'n cofio'r dyddiad bob blwyddyn. Y seithfed o Fai. Dwi wedi'i ddysgu fo. Mae o'n deud ar y garrag yn y fynwent, felly wnes i ddysgu fo, a dwi'n ei gofio fo bob blwyddyn. Fel arfer dwi'n mynd yno, i'w gweld hi, er nad oes gen i lawar i'w ddeud wrthi hi. Nath hi ddim aros o gwmpas am hir, naddo? Nath hi ddim mo 'nghyfarfod i go iawn, naddo, a wnes i ddim ei chyfarfod hi. Sut mae posib bod â hiraeth am rywun nad oeddat ti'n ei nabod? Tydi o ddim yn gneud synnwyr. Ond mi ydw i. Dwi'n hiraethu gymaint amdani hi fel bod o fatha methu anadlu. Ddim 'run peth â Dad. Blin dwi efo Dad. Dewis gadal wnaeth o.

Dwi ar fin cychwyn i weld Gwenllian pan mae Pijin yn cyrraedd y drws. Dwi'n teimlo bod petha'n suddo mwya sydyn, mewn ffordd na fedra i eu rhwystro. Mae Efa a Dafydd allan a mwya sydyn mae'r tŷ'n teimlo'n wag hebddyn nhw. Mae Pijin yn dod i mewn y tro 'ma ac yn eistedd ar y soffa fel 'sa fo i fod yma, fel 'sa fo'n rhan o'r lle. Mae 'na ryw bwysa od ynglŷn â Pijin, ac mae popeth fel petaen nhw'n ildio iddo fo, yn symud 'chydig i wneud lle iddo fo. Y tro yma mae o fwy fel yr hen Pijin. Mae ganddo fo'i lyfr nodiada, ac mae o'n dechra gneud nodiada. Copïo'r hyn sydd yn y papur newydd mae Efa wedi'i adael yn agorad ar y bwrdd mae o. Mae o wedi gwneud hyn rioed. Mae o'n copïo rhywbeth, ac yna yn newid ei drefn. Ro'n i'n arfer meddwl mai 'chydig o hwyl oedd o. Rŵan mae o'n teimlo fel 'tasa Pijin isio cymryd popeth, dysgu amdano fo, a'i newid. Pam na all o byth adael i betha fod?

"Why d'you hang round with Cher?" Mae o'n dal i siarad Saesneg, ac yn dal ati i gopïo wrth siarad. Tydi o ddim hyd yn oed yn edrych i fyny.

"She's alright."

"She's a freak."

"Nac ydi tad. Cau hi," medda fi, yn ei hanner amddiffyn hi, ond ddim mewn ffordd gry a dewr. Ddim fel dyla ffrind neud.

"Anyways, she's a lesbo," medda fo, â chwerthiniad byr.

Pryd nath o ddechra defnyddio enwa diog? Scumbag. Lesbo. Gynt mi fydda fo'n creu stori, ac mi fyddai'r enw yn dod wedyn. Rŵan dim ond enwa oedd 'na. Enwa gwag mewn Saesneg ffals.

"Cau dy geg, Pijin!" medda fi wedyn, fel 'sa fo rioed 'di bod o'ma. Fel 'sa ni'n ffrindia sy'n gallu dadla'n saff. Mae o'n edrych arna i mewn ffordd dywyll ddu.

"Are *you* a lesbo?"

"Nac ydw." Dwi'n teimlo'r gwres yn fy ngwynab.

Mae o'n gwenu'n sydyn. "D'you fancy me then?"

"Na'dw." Mae fy ngwynab yn llosgi fwy byth.

"Bet you do really."

"Don't."

"I've gotta girlfriend, anyways."

"'Sgen ti ddim." Mae 'ngwynab i'n oeri'n rhy sydyn. Rhywbeth fel rhew yn fy stumog.

"Do so."

"Be 'di 'i henw hi ta?"

"Ceri."

"No-wê." Mae Ceri yn 'nosbarth i. Mae ganddi hi dits, ac agwedd.

"Yes way," ac mae o'n gwenu. "Anyway, can I borrow a book?"

Dwi wedi synnu. Felly dwi ddim yn atab am 'chydig eiliada, dim ond eistedd yno'n rhythu arno fo.

"Pa lyfr?" medda fi o'r diwedd.

"I dunno." Mae o'n edrych arna i, yn gwenu, ac yn deud, "One about a murder maybe?"

Mae'r geiria fel cenllysg. Dwi'n codi, ac yn cerdded allan, gan adael Pijin ar ei ben ei hun yn fy nhŷ i.

Dwi angen cerddad. Mae fy sgidia i'n galad a rheolaidd ar y ffordd ac mae'r ffordd yn solat. Dwi'n cerddad. Dwi'n cerddad i fyny'r stryd serth, i fyny'r Allt. O ben yr allt mae'n bosib gweld y mynyddoedd i gyd yn powlio i lawr tuag atoch chi, yn gymyla i gyd. Dwi'n cerddad ar i fyny am amser nad oes modd ei gyfrif, ac yna'n troi ac yn rowndio'r allt ac yn fy mlaen, heibio'r stad, ac ar hyd yr afon sydd yn llawn o'r gwanwyn ac wedi'i haddurno â phlanhigion gwyrdd sy'n tyfu'n gyflym ac yn las ac yn orlawn o fywyd. Dwi'n cerddad ar hyd y llwybr ger yr afon, ac yna ar hyd y llwybr arall, yr un sy'n arwain at y fynwent ger yr eglwys.

Y fynwent lle mae Gwenllïian wedi'i chladdu. Pum rhes i fyny a dwy res ar draws, fanno mae hi. Mae 'na flodau Mihangel wedi gwywo mewn potyn ger y bedd. Ai Efa ddaeth a nhw? Dwi'n sefyll yno, yn edrych ar y garreg. Gwenllian mae o'n 'i ddeud. Enw Mam. Gwenllian.

Ychydig dwi'n 'i wbod amdani hi. Dim ond bod Dad wedi ei charu hi, a'i bod hi wedi marw yn fuan ar ôl i mi gael fy ngeni, ac yna nad oedd o, yn amlwg, yn poeni gymaint amdanon ni, Efa a finna, oherwydd ei fod o wedi'n gadael ni adeg honno, efo Nain a'i rheolau a'i deud drefn.

Dwi'n meddwl, yn sefyll o flaen bedd y Gwenllian 'ma, ei fod o'n bechod na ches i ei nabod hi, oherwydd, efo enw fel'na, mae'n rhaid ei bod hi'n stori.

Dwi'n codi'r bloda marw, yn deud "Ta-ta Gwenllian" ac yn dechra cerddad adra at Efa.

Pan dwi'n cyrraedd adra dwi'n gweld bod Pijin wedi gadael nodyn i Efa a fi, nodyn blêr ar gefn papur newydd, yn dweud ei fod wedi benthyg llyfr, ond y bydd o'n dod â fo'n nôl. Ac nid Agatha Christie ydi o, na 'run arall o lyfrau mwrdwr Efa. Llyfr plant ydi o, yn llawn straeon hen ffasiwn, gan Hans Christian Andersen.

Mae Efa'n meddwl ei fod o'n ddoniol,

"Be yn y byd mae o isio efo hwnna?" medda hi.

Be fyddai Pijin 'i isio efo straeon plant?

27

Roedd o'n meddwl ei fod o isio rhywbeth gwyddonol. Rhyw-
beth oedd yn llawn o FFEITHIAU ac arbrofion ac esbonio
pethau yn union fel y maen nhw. Ac yna roedd o wedi
cyrraedd y darn o'r silff lle roedd pob meingefn yn lliwgar.
Llyfrau yn llawn lluniau, llyfrau ar gyfer plant. Tynnodd
un oddi ar y silff. Dyma'r math o beth y byddai Iola wedi'i
ddarllen pan oedd hi'n fach. Agorodd yr un yn ei law. Llyfr
mawr glas oedd o, eitha trwm. Llyfr i fam neu dad ei ddarllen
oedd o, mi fyddai'n rhy drwm i blentyn bach ei ddal ei hun.
Eisteddodd i lawr ar y soffa, soffa Iola. Wrth ei ochr roedd
tomen o ddillad yn aros i gael eu smwddio neu eu plygu
a'u cadw. Roedd ogla rhywbeth â llawer o finag yno fo yn
dod o'r gegin. Picl mwya tebyg. Roedd wastad rhywbeth ar y
gweill yn nhŷ Iola. Roedd Efa wastad yn gwneud rhywbeth,
llnau neu goginio neu oleuo canhwyllau, neu wrando ar
gerddoriaeth. Dim ond ei fam oedd yn ei dŷ o. Prin ei bod
hi'n symud trwy'r dydd. Roedden nhw'n gwylio teledu yn ei
dŷ o. Roedden nhw'n byta bwyd o bacedi a thunia. Yn nhŷ
Iola roedd yna wastad bethau'n digwydd, pobl yn gweithio
er mwyn i betha ddigwydd. Roedd o'n gwneud i betha symud
o gwmpas y tu mewn i chi. Roeddech chi fel y tŷ. Yn mynd
i lefydd. Yn digwydd. Eisteddodd Pijin ar y soffa wrth ymyl
y dillad oedd hanner ffordd trwy gael eu plygu, yn arogli'r
picl oedd hanner ffordd trwy gael ei wneud. Mi fyddai
Iola'n ôl yn munud. Efallai y byddai hi'n flin? Neu oedd hi
wedi dychryn? 'Sa'n well iddo fo ddewis llyfr a mynd, dod
yn ôl rhyw ddiwrnod eto. Pam ddeudodd o hynna wrthi hi?
Deud "about a murder". Pam nath o'i ddeud o?

Mae o'n eistedd efo'r llyfr mawr, ac mae o'n dechrau darllen. Ac mae llinellau cyntaf y stori fel ymweld â hen dŷ yn y gorffennol lle mae pethau'n wahanol a lle mae pobl yn golchi'u dillad ar ddydd Sadwrn ac yn pobi bara. Mae'n hen ffasiwn, y stori, ac mae blas fel bynsan sinamon arni, sbeislyd a melys ac wedi mynd allan o ffasiwn.

Oherwydd y geiriau. Nid geiriau ar ei gyfer o ydi'r rhain, geiriau ar gyfer rhywun arall. Geiriau ar gyfer rhywun sydd â throwsus twt wedi'i smwddio, bochau crynion, a mam sy'n gwisgo sgarff, sydd â gwefusau pinc a meddal, sydd yn ogleuo'n lân. "Un tro, amser maith yn ôl," meddai hi, ac mae hi'n gwenu. Mae Pijin yn cau'r llyfr.

Ond tydi o ddim yn dewis llyfr gwyddoniaeth, llyfr am ffeithiau. Yn hytrach mae o'n cymryd y llyfr straeon, yn gadael trwy'r drws cefn ac yn croesi'r gerddi a'r gwrychoedd a'r waliau nes ei fod wedi cyrraedd ei dŷ o.

O'r fan lle mae o'n sefyll ger y wal ochr mae o'n gallu gweld bod yna ddyn yn sefyll wrth y drws ffrynt.

Mae Pijin yn camu'n nôl, ac yn gwylio'r dyn yn cnocio'r drws, mae o'n mynd heibio ochr y tŷ i'r blaen, ac, wrth iddo gerdded tuag at y dyn mae'r drws yn agor ac mae ei fam yn sefyll yno. Tydi hi ddim yn gwisgo dillad iawn. Mae hi'n gwisgo coban. Ddylai bod hi ddim yn agor y drws i ddyn a hitha ond yn gwisgo coban. Mae hi rhy ddel. Mae o'n sefyll wrth y giât yn gwylio. Ond mae ei fam yn gweld Pijin ac, fel mae'r dyn yn plygu i lawr tuag ati mewn ffordd sy'n codi pwys arno fo, mae hi'n deud yn sydyn, "Fedra i ddim neud hyn rŵan. Tyd yn ôl fory."

Mae'r dyn yn dal i blygu tuag ati, fel 'tasa fo'n mynd i'w chusanu, ond wedyn tydi o ddim. Mae'n rhoi ei law ar ei chlun, ac yn cerdded i ffwrdd. Y llaw 'na, fel 'sa fo bia hi.

"Who are you?" gofynna Pijin, ond y cwbl mae'r dyn yn ei

wneud ydi edrych arno am eiliad a cherdded i ffwrdd. Tydi o ddim yn ateb. Tydi o ddim hyd yn oed yn ateb. Mae'r dyn yn edrych yn gyfarwydd. Sut mae Pijin yn ei nabod o? Sut?

"Is that your boyfriend?" hola Pijin wrth iddi hi gau'r drws ar ei ôl. Ond pan mae hi'n ei troi tuag ato mae hi'n welw, ac yn edrych yn llawn gofid a dagrau.

"Na," meddai hi ac ysgwyd ei phen.

"But he touched you."

"Do," meddai hi, "mi wna'th o."

Mae hi'n ei wynebu.

"Pijin, ar ôl iddo Fo fynd a gorfod edrych ar ôl Cher a phob dim. Roeddwn i angen y pres."

Mae o'n rhythu arni hi. Be mae hi'n drio'i ddeud?

"I needed his money," meddai hi. Ac yna mae hi'n eistedd i lawr yn glewt. "A'r lleill," meddai hi ac edrych ar y llawr.

Mae Pijin yn rhythu arni hi. Y lleill? Pres? Ac yna mae fel petai'r holl stafell yn nofio mewn golau gwyrdd cyfoglyd. Ei fam o, yn eistedd yn fanna, yn ei choban. Ei fam o'n sefyll rŵan, yn deud "Pijin!" a'r lipstic ar ei cheg yn gwneud siâp ei enw. Yna mae o'n gwthio heibio iddi ac allan o'r tŷ eto.

Dim ond pan mae o ar ben yr Allt, yn uchel uwchben y dre, yn edrych i lawr ar y tai a wasgarwyd yno a'r caeau a'r haenau o strydoedd, mae o'n gwybod. Y dyn oedd yn cyffwrdd ei fam oedd y dyn oedd yn edrych ar ffenest Iola.

A dyna pryd mae Pijin yn sylweddoli. Bydd rhaid iddo fo fod yr un sy'n rheoli pethau, yn fama, yn y dre 'ma sy'n llawn celwyddgwn a thwyllwyr a phobl sydd isio dy wasgu i'r llawr. Mi rwyt ti naill ai'n ennill neu'n colli. Ac mae ennill yn golygu cadw dy ddrysau a dy ffenestri ar gau i'r bobl anghywir. Mae ennill yn golygu bod yr un a ddaliodd y gwn, yr un a'i lladdodd O, yr un sy'n deud be 'di be, yr un sydd â goriad i'w ddrws ffrynt ei hun a sydd â'r grym i'w gadw ar gau.

28

Dwi'n cerddad adra o'r ysgol y ffordd hir, ar hyd y llwybr sy'n mynd i fyny'r cwm wrth ochr yr afon, heibio'r pylla lle mae'r plant o'r dre'n dod i nofio. Mae posib eu clywed rŵan, sŵn chwerthin a thasgu dŵr a dal eu gwynt wrth neidio i mewn. Mae'r dŵr yn rhewi, dim ond dechra Mai ydi hi.

Dwi'n cerddad heibio'r tro yn yr afon at y rhaeadr sydd fel paradwys yn y gwanwyn. Mae'r holl greigia gwyrdd a'r coed 'ma o amgylch, a phwll perffaith wrth droed y rhaeadr. Mae'r dŵr yn gwingo i lawr iddo fo. Dyna pryd dwi'n eu gweld nhw, Pijin a'i gariad yn eistedd wrth y rhaeadr. Mwya tebyg 'u bod nhw wedi bod yno trwy'r dydd. Tydi Pijin ddim yn un sy'n mynd i'r ysgol, a dwi ddim yn meddwl ei bod hi'n poeni rhyw lawer chwaith.

Mae Pijin yn gafael yn Ceri, ym mhob rhan ohoni, ac yn ei chusanu. Mae o'n afiach.

Dwi'n sefyll yn edrych. Dwi'n sefyll yn edrych ar eu cyrff yn symud nes ei fod o'n rhyddhau ei hun ac yn deud rhwbath wrth Ceri ac yn codi ar ei draed.

Dwi'n dechra cerddad i ffwrdd, ond yna'n troi eto pan dwi'n clywed llais Ceri'n mynd yn uwch.

"Ti'n idiot, os ti'n gneud hynna, Pijin. Mae o rhy uchal. It's not deep enough!"

Mae Pijin wedi tynnu'i drowsus a'i grys, ac wrth i Ceri a finna 'i wylio mae o'n dringo i ben ucha'r graig ac yn edrych i lawr ar y pwll. Dim ond tri sy'n neidio o fanna. Tri o hogia'r dre.

Dwi ddim yn hapus. Dwi ddim yn licio pan maen nhw'n

ei neud o. Mae'r pwll yn bell islaw, a tydi o ddim mor ddyfn â hynny. Nath 'na hogyn frifo yno llynadd. Dim ond ei fraich. *Lwcus*, medda Efa.

Dwi'n edrych ar Pijin, yn sefyll yno'n ei drôns, a'i gorff gwyn tena â'r golau gwan sy'n dod trwy'r coed yn creu patryma arno fo. Mae 'nwylo i'n boeth a chwyslyd a dwi'n teimlo'n sâl, y salwch cyfarwydd sy'n dod pan mae Pijin yn cael ei hun mewn helynt. Dwi ddim isio fo neidio. Dwi ddim.

Dwi'n gweiddi, heb feddwl gneud, "Stopia, Pijin! Stopia!" ac mae o'n edrych arna i. Mae o'n edrych arna i, ac mae o'n neidio.

Ond mae o'n iawn, Pijin, mae o'n nofio yn y pwll ar ôl neidio oddi ar y graig. Mae o'n oer, ac mae o'n gweiddi oherwydd yr oerni, ac yna ar ôl iddo fo arfer 'chydig mae o'n chwerthin arna i a Ceri, y ddwy ohonon ni â'n dwylo dros ein cegau mewn ofn. Mae o'n nofio ac yn gneud tin dros ben yn y dŵr, ac mae o'n edrych yn wahanol, i lawr fanna yn y pwll. Mae o'n edrych yn hapus. A dwi'n meddwl am y cwestiwn nath y plismyn ofyn i mi yn y stafell oer 'na ar ôl iddo fo i gyd ddigwydd, pan oeddan nhw'n trio gweithio allan be ddigwyddodd.

"Wyt ti'n meddwl bod Pijin yn anhapus?" neuthon nhw ofyn.

'Nes i rioed atab.

Roedd o'n hapus pan oeddan ni'n arfer mynd i fyny i'r hen chwareli, yn crwydo'r tyllau a'r tomenni llechi, lle, 'tasa ti'n llithro, 'sa ti'n gallu disgyn yr holl ffordd i waelod y doman a glanio ar y gwaelod yn ddarna mân. Roedd o'n hapus pan oeddan ni'n arfer mynd i ben y bryn sydd agosa at y dre hefyd, rhedeg i fyny, un o flaen y llall, heibio'r gwarthag a thros y gamfa, ac i fyny'r ochr serth ac ar hyd y grib anwastad nes ein bod ni ar y copa, a'n gwynt yn ein dwrn, ac yn rhy oer yn y gwynt, ond mi oedd o werth o.

Oherwydd o fanno roedd posib edrych i lawr ar bob dim fel 'tasa fo'n flanced wedi crychu'n flêr, a'r holl gaeau a'r awyr a hyd yn oed y cymylau weithiau, yn is na ni, ac yno islaw roedd posib gweld tŷ ni, a thŷ Pijin, lle roedd O'n byw, ac mi fysa Pijin yn poeri ato fo. Poeri at y tŷ cam a hyll oedd i fod yn gartref iddo fo. Ac wedyn 'sa ni'n chwerthin, Pijin a fi, 'sa ni'n chwerthin. Ac mi fyswn i'n trio poeri cyn belled â Pijin. Ond doeddwn i byth yn llwyddo.

Roedd Pijin yn hapus 'radag honno, a rŵan, yn nofio yn y pwll, mae o'n hapus hefyd.

Eistedd ar y graig yn gwylio Pijin mae Ceri. Tydi hi ddim yn deud dim byd. Mae Pijin yn anwybyddu Ceri ac yn dal ati i nofio mewn cylchoedd yn y pwll am hydoedd, er mae'n rhaid ei fod o'n rhewi, ac mae o'n fy anwybyddu innau hefyd, yn sefyll i fyny'n fama yn ei wylio. 'Mond aros o gwmpas mae Ceri.

Ar ôl dipyn mae Pijin yn dringo allan o'r dŵr, ac yn ysgwyd fel ci, ac yn mynd yn ôl at Ceri, am ei fod o isio gwasgu'i thits hi, a mwya tebyg am ei fod o'n oer a glas a gwyn a'i bod hi'n gynnas ac yn feddal i gyd. A dyna pryd dwi'n gadael, gadael y ddau ohonyn nhw wrthi.

"Bye, Iola!" mae o'n 'i weiddi, wrth i mi fynd o'r golwg. Mae ei lais yn lledu y tu ôl i mi, yn glir ac yn rhy real.

Dwi ddim yn atab, 'swn i'n licio 'sa fo'n ei ddeud o yn Gymraeg, 'swn i'n licio 'sa fo'n siarad yn iawn efo fi eto, siarad go iawn fel 'sa dim o hyn wedi digwydd. Ond mae o wedi digwydd. Mae o wedi digwydd iddo fo. Mae be wnes i wedi digwydd iddo fo. Mae o wedi creu bywyd go iawn ohono fo. Wedi ei wynebu, ac yn ei fyw beth bynnag. Felly mae o'n gallu neidio i mewn i'r pwll a byw, yn hytrach na mynd i'r ysgol a dim ond lladd amser fel fi. Mae rhan ohona i'n meddwl. Fi wnaeth. Rhan ohona i sy'n meddwl hynny. Ac yna mae 'na ran arall. Y fo wnaeth.

Efalla nad ydi o'n gallu siarad bellach hyd yn oed 'tasa fo'n trio? Mi ges i'r freuddwyd honno eto neithiwr. Pijin, heb geg. Gyda dim ond croen lle dylai ceg fod.

29

Mae'n beth od, y drws nesa i'r dre lwyd mae 'na lefydd sy fel
hud a lledrith. Mae 'na fynyddoedd fel dyrnau yn codi o'r
tir, eu copaon creigiog mor amrwd a hegar â migyrnau dyn
brwnt. Mae 'na afonydd. Yn yr afonydd mae'r glaw i gyd yn
cronni fel terfysg. Fel gwartheg wedi rhusio. Ac yna mae 'na
lefydd llonydd, tawel fel y pwll.

All Pijin ddim cofio neb yn gafael amdano o'r blaen. Mae
breichiau Ceri fel bath cynnes, ac mae hi'n feddal. Mae o
isio Ceri. Mae o'i hisio hi fel mae plentyn isio. Ond mae o
hefyd 'i hisio hi fel mae dyn isio.

Oherwydd bod ei geiriau mor galed, tydyn nhw ddim yn
siarad llawer. Be sy ganddyn nhw i'w ddeud wrth y naill
a'r llall? Ond mae ei breichiau a'i chorff fel gwely cynnes,
cyfforddus, ac mae o isio bod wrth ei hymyl hi, isio cael ei
gyffwrdd. Mae o'i hisio hi ormod. Mewn gormod o ffyrdd.
Mae o'i hisio hi. Does dim bwys ganddo fo pwy ydi hi. Mae
o'i hangen hi i lenwi'r bylchau adawyd rhwng pethau.

"Coming down the arcades?" mae hi'n ofyn. Llais wedi
diflasu ydi'i llais hi. Llais plentyn mawr ydi o, plentyn sy'n
bored yn eistedd wrth yr afon, plentyn na fyddai'n deall sut
mae Pijin yn teimlo.

"Maybe after," meddai o.

Ei thad hi sydd bia'r *arcades*. Weithiau maen nhw'n cael
chwarae ar rai o'r peiriannau am ddim, ond mae hi'n dywyll
yno, ac yn gaeedig, ac mae ei thad hi yno felly tydi Pijin
ddim yn gallu cyffwrdd Ceri, ac wedyn tydi hi'n ddim byd
ac mae o'n meddwl bob tro pam ei fod o yno o gwbl?

"After what?"

Mae o'n ddistaw am funud, ar ôl be?

"After this!" medda fo gan dynnu ei grys a sefyll ar y graig uwchben y dŵr llonydd. Mae o fatha 'sa pob dim yn mynd i ddod i ben wrth neidio. Dyna pam neidio. Os wneith o fethu, neu neidio rhy ddyfn . . .

Ac yna mae hi yno, Iola, yn ei wylio. Yn sefyll yn ei wylio fo. Ydi hi'n ei ddilyn? Fel o'r blaen. Ydi hi'n ei ddilyn fel o'r blaen? Ond pan mae o'n edrych arni hi mae o'n glir ar ei hwyneb hi, wrth iddi ei wylio, tydi hi ddim isio iddo fo neidio.

Pan mae o'n cyrraedd adra o'r afon mae mynd i mewn i'r tŷ fel mynd dan ddaear i ogof lle nad oes golau. Mae Cher allan yn y sièd. Dim ond ei fam sydd yna rŵan. Mae hi'n eistedd yn y stafell fyw yn crio. Mae'n rhaid fod rhywun wedi bod yma. Mae Pijin yn ei deimlo. Y gynddaredd. Mae rhywun wedi bod yn ei dŷ o. Dyn arall. Mae Pijin yn ei deimlo eto, y teimlad 'na, o fethu anadlu. Pan mae o'n symud yn nes i'w chysuro, mae o'n gweld bod ei garddyrnau'n goch, ac mae hi'n cyffwrdd ei gwddw drosodd a throsodd. Mae o'n codi ei gwallt oddi ar ei gwar ac yn gweld y cochni yn fanno hefyd. Mae o'n trio agor y ffenestri, ond tydi hynny ddim help. Mae'r tŷ dal yn dywyll, mae yno dal ogla pobl wedi'u caethiwo. Mae o'n ogleuo fel llwch a phan mae o'n eistedd wrth ochr ei fam, yn ei gwylio'n siglo, yn gwrando arni'n hanner canu emyn ac yna hwiangerdd mae 'na deimlad trwm.

Ac yna mae o'n cofio am y llyfr. Mae o'n ei dynnu o'r drôr. "Un tro," meddai o, "amser maith yn ôl." Mae'r geiriau yn ei geg fel rhywbeth wedi'u benthyg. Be mae hynny'n feddwl? Un tro? Amser maith yn ôl? Eistedda wrth ei hochr. Mae'n agor y llyfr, yn ei agor ar y dudalen gyntaf. "Un tro," meddai cyn dechrau, am mai dyna rwyt ti fod i'w ddeud. Mae Pijin yn trio cofio sut oedd petha, ers talwm, pan oedd o'n gallu creu stori, yn gallu creu rhywbeth da. Mae ei fam yn codi'i phen, wedi synnu. Mae hi'n gwenu ar Pijin, yn gwenu arno fo wrth iddo ddechrau adrodd stori iddi, stori lle bydd popeth yn iawn. Stori tylwyth teg. Stori cogio bach. Ond y cyfan mae Pijin yn ei wneud ydi dechrau darllen iddi hi.

"Ymhell bell o'r tir, ble mae'r dŵr mor las â bwtsias y gog ac mor glir a gwydr," mae'n cymryd ei wynt, mae'r geiriau yn yr ystafell yn swnio'n anodd a diarth, ond y maen nhw, maen nhw'n gadael y golau i mewn. "Yno," mae'n darllen eto, "ble na all yr un angor gyrraedd y gwaelod."

30

Mae Gwyn Gelataio yn "Dychwelyd i Addysg". Ar fore dydd Llun mae o'n codi yn y fflat bach llawn ôl cwsg mae o'n ei rentu uwchben y siop tsips ar y cei, yn gwthio un o'i goesau byrion i mewn i'w jîns, ac yna'r llall, yn eu tynnu nhw i fyny o amgylch ei ganol llydan ac, â chyrtsi fechan, yn cau ei falog.

"Aaa!" medda fo am ddim rheswm, heblaw arfer.

Yn y tân fe gollodd Gwyn ei gylchgronau, ei soffa, llond llofft o ddodrefn, sawl teclyn o'r gegin ac yn bwysicach na dim y llun o'i fam a'i beirniadaeth yn dynn o amgylch ei thalcen wrth i'r fflamau ei llyfu fel diafoliaid.

Yn wyrthiol, y bwrdd coffi wyneb gwydr a'r blodau plastig, wedi gwywo ychydig yn y gwres, oedd yr unig bethau oroesodd y tân, a rŵan dyma'r unig bethau oedd ar gael i'w atgoffa o'r breuddwydion oedd gan ei fam amdano. Daeth Gwyn allan o'r cwmwl *beige* â'r mwg yn glanhau ei ysgyfaint, yn rhydd am y tro cyntaf o uchelgais ail-law disgwyliadau ei fam. Diolch i haelioni'r cwmni yswiriant a'r iawndal a ddyfarnwyd gan y llys, arian annisgwyl a sylweddol, mwy nac y dychmygodd y gallai ei dderbyn, cafodd ei hun yn breuddwydio am fywyd newydd, ac yna, er mawr syndod iddo yn prancio trwy fyd llif-siartiau-pwyntiau-bwled-cam-wrth-gam cyngor gyrfâu, seminarau swyddi, dyddiau agored mewn colegau a dosbarthiadau nos, fel plentyn, yn llawn chwilfrydedd am y tro cyntaf yn ei fywyd.

Gan nad oedd o'n gwybod beth i'w astudio aeth trwy lond ffeil o gyrsiau TGAU, o Fathemateg i Saesneg, o Goginio i Ffrangeg (er gwaetha'r fantais oedd ganddo o fod yn Eidalwr bach yn astudio iaith Románs, methodd yr arholiad Ffrangeg ond, yn od iawn, fe wnaeth yn wych yn yr arholiad Coginio), ac yna, am na allai benderfynu, dilynodd gwrs mynediad rhan-amser mewn Celf, gan greu côn hufen iâ anferth allan o focsus carbord. Cyflwynwyd y gwaith er cof cariadus am ei fam, a oedd mae'n siŵr yn cwyno'n bwdlyd yn ei bedd, "Gwiiin, you are awasting your atime with this aaarrrt raaabish," tra bod y côn mawr carbord yn codi bys yn siriol arni hi.

Rhywbeth cathartig oedd y celf, felly pharhaodd o ddim yn hir. Daeth i'r golwg mai diléit Gwyn, y dyn hufen iâ, oedd pynciau a oedd hyd yn oed yn dywyllach na chelf. Gwaddol ei ddyddiau fel hen lanc diflas, a oedd angen ychydig o gynnwrf yn ei fywyd, oedd parhad o'i ddiddordeb yn y gwrtharwyr gwaedlyd y daethai ar eu traws mewn addasiadau ffilm o nofelau Easton Ellis, Harris a King. Felly mae'n bosib mai o'u herwydd hwy, yn hytrach nag ymdeimlad parhaol o fod yn ddioddefwr, y bu i'r Gwyn digynnwrf, yn sgrialu oddi wrth ei fethiant digamsyniol yn ei gwrs celf, ddewis, o'r diwedd, Seicoleg.

Trwy sesiynau tiwtora personol hir yn hwyr y nos, llwyddodd Megan, ei diwtor a oedd braidd yn rhy gorfforol, i wasgu lefel-A Seicoleg cymhedrol allan o Gwyn. Yn ystod y sesiynau hwyr hyn llwyddodd Megan hefyd i gael Gwyn i gwestiynu, o'r diwedd, ddigwyddiadau od y misoedd cynt, a oedd wedi arwain, nid yn unig at ei gyfnod gwych o fod yn ddigartref, ond hefyd, yn drychinebus, at anafiadau difrifol y ferch fach 'na.

"Ond *pam*?" holai Megan drosodd a throsodd. "Rhaid i ni ystyried pam? Pam pam pam? Pam wnaethon nhw'r hyn wnaethon nhw?" gan ysgwyd ei phen a gwyro tuag ato, ei blew amrant yn ysgwyd yn wyllt.

Cofiodd Gwyn eiriau'r hogan, eiliad cyn iddi hi ymosod arno, gan frathu a chicio, a'r geiriau hynny, neu yn hytrach y gair hwnnw "Murderer!", yn cael ei ailadrodd gan y cnafon bach wrth iddyn nhw falu ffenest y gegin. Roedd sillafau'r gair yn dal i chwarae yn ei ben fel *remix* gwael.

Os gadawodd Megan wedi ei bodloni (yn y ffordd mae brechdan wael wedi ei phrynu mewn garej yn bodloni rhywun), gadawyd Gwyn mewn panig. Nid oedd cwestiynu pethau (ei fam, trefn cyfiawnder, ei le yn y byd) wedi bod yn naturiol i Gwyn Gelataio erioed, ac roedd yr arfer newydd yn gadael pethau yn anghyfforddus a di-siâp, rywsut.

Yn syth ar ôl y tân, roedd Gwyn wedi bod mor brysur yn trefnu rhywle i fyw, wedi ei ddychryn gymaint gan y newid yn ei fywyd, ac wedi'i synnu gymaint gan ei fywyd rhywiol newydd, wrth i un wraig ganol oed ar ôl y llall, heb ei fam yn geidwad y porth, gynnig lle iddo ar ei soffa, ac yna yn ei gwely, fel ei fod wedi hwylio trwy'r broses o roi datganiad i'r heddlu a mynychu'r llys ieuenctid adeg tribiwnlys Pijin, a heb hyd yn oed aros yno i gael gwybod be oedd dedfryd yr hogyn. Gan fod Pijin yn gwadu bod dau blentyn wedi bod yn bresennol yn fflat disymud Mrs Gelataio y dydd Sul llawn mwg hwnnw, dileodd Gwyn y rhan honno o'i ddatganiad heb feddwl fawr am y peth, gan nad oedd ganddo lawer o ddiddordeb mewn cyfiawnder, gwneud yn iawn na dial. I ddweud y gwir teimlai ddyled i'r hogyn tenau efo'r llygaid gwyrdd a eisteddai yno ar y cyswllt fideo, mor fain a gwelw yng nghanol cerrig ateb yr oedolion llawn cyfiawnder.

Gan iddo fod yn blentyn unig wedi ei fygu gan ofal a dim lle yn ei fywyd ar gyfer chwarae, roedd profiadau newydd Gwyn – wrth iddo astudio mewn polytechnig hyll, gwneud dewisiadau, crwydro trwy ryddid straeon tylwyth teg, profi cyfeillgarwch, chwarae rhyw – yn rhoi cyfeirnodau newydd iddo. Hwyl oedd un ohonynt. Roedd Dychymyg hefyd wedi dechrau ffrwtian, ac roedd Dianc yn ogystal yn gogr-droi ar ymylon ei ymwybyddiaeth. Roedd y tri pheth yma'n rhoi gwedd wahanol ar yr hyn a wnaeth y plant, ar eu lleisiau gwichlyd, eu cynlluniau a'u cynllwynion. Felly, oherwydd hyn, wrth iddo eistedd ar y lle chwech y bore Llun hwn, cyn mynd i'r coleg, yn ailadrodd cyhuddiad y plentyn, y "Murderer. Llofrudd. Llofrudd." drosodd a throsodd yn ei ben, gwêl Gwyn o'r diwedd mai plentyn oedd yr hogyn-pijin-fandal-diawl. Mae'n ailystyried yr wynebau bach gwelw, y llygaid, y lleisiau'n sgrechian "Murderer! Llofrudd!" sydd wedi peri cymaint o nosweithiau di-gwsg iddo, ac am y tro cyntaf, mae Gwyn yn gweld gêm fach Pijin ac Iola fel stori tylwyth teg, fel chwedl, fel gwthio ceir bach ar draws carped trwchus, neu ymladd deinosoriaid dychmygol ar y soffa. Mae Gwyn yn gweld wyneb gwelw Pijin, ei lygaid gwyrdd ofnus, ac yn gweld hogyn wedi ei ddal mewn gwe o gogio bach sydd wedi mynd o chwith.

31

Mae hi'n hannar tymor, a does 'na ddim byd i'w neud heblaw edrych allan trwy'r ffenast a meddwl am hogia. Ond dwi ddim isio meddwl mwy am Llion. Dwi ddim isio meddwl amdano fo. Tydi Llion yn ddim byd ond dwylo sych ac isio, a dwi ddim isio rhoi. A rhywun arall sydd ddim yn malio ydi Llion beth bynnag. Dwi'n gwyro allan o ffenast y llofft, yn edrych i lawr ar y dre lwyd, a draw at y mynyddoedd lle mae'r cymylau'n symud fel petaen nhw am lowcio'r copaon caregog. Mae'r gwynt sy'n chwythu i lawr o'r bryniau yn oer a newydd ac fel y glustan dwi ei hangan.

"Iola! Cau'r ffenast 'na nei di? Mae 'na gorwynt allan yn fanna," mae Efa'n gweiddi o lawr grisia. Dwi'n dechra cau'r ffenast.

Aros. O'r ffenast yn fama dwi'n gallu gweld dyn yn cerddad ar hyd y ffordd sy'n tynnu fel cyhyr i fyny'r rhiw. Mae o'n cerddad ar ei ben ei hun ar y ffordd, a'r gwynt yn ei dynnu fel brwsh yn tynnu paent. Dwi'n gweld ei goesa bach byr a chorun ei ben moel, a does dim rhaid i mi weld ei wynab gyda'i gysgodion blewog i wbod mai Gwyn ydi o! Gwyn druan.

Ac yna, ar y ffordd wrth y polyn lamp, metr neu ddwy oddi wrth Gwyn, dwi'n gweld *Pijin* yn sefyll. A dwi isio gweiddi ar un ohonyn nhw, neu ar y ddau, *Watsha! Bydd yn ofalus! Myrdyryr! Llofrudd!* Dwi'n synnu 'mod i isio gweiddi hynna. Gwirion. Fel 'sa rhan ohona i yn dal i goelio.

Ond tydw i ddim. Felly dwi 'mond yn edrych allan trwy'r ffenast, a gwylio Gwyn yn cerddad at Pijin, gwylio wrth iddo estyn ei law, ei hestyn allan o'i flaen, fel 'sa fo'n mynd i roi rhwbath i Pijin, ac mae 'nghalon i bron â stopio wrth i mi edrych arnyn nhw'n sefyll yn fanna. A'r ddau ohonyn nhw fwy neu lai 'run taldra hefyd.

Ac yna dwi'n gweld be maen nhw'n ei neud: ysgwyd llaw, fel mae dynion yn ei neud, fel mae dynion yn ei neud pan maen nhw'n cyfarfod dynion. Yn iawn ac wedi tyfu fyny. Urddasol.

Dwi'n sylweddoli go iawn, wrth ei wylio. Roedd be neuthon ni iddo fo, efo'i fan hufen iâ a phob dim, yn ofnadwy. Yr hyn losgon ni oedd ei fywyd. Ac mae hynna'n rhwbath difrifol, rhwbath y byddai pobol sydd wedi tyfu i fyny'n ei neud i rywun, rhwbath y byddai gan hyd yn oed oedolion gywilydd ohono, rhwbath fyddai'n gneud iddyn nhw guddio am byth. Tydi o ddim yn golchil i ffwrdd. Mae o'n glynu. A dwi'n casáu Pijin, yn ei gasáu, yn sefyll i lawr yn fanna efo Gwyn yn cael sgwrs na fedra i ei chlywed na'i dychmygu, oherwydd mai fo oedd pob dim. Fo oedd pob dim, ond fy mai i ydi o mewn ffordd ddofn, bersonol, nad oes neb yn gwbod amdani, cyfrinach sy'n fy nghau fel blagur sy'n gwrthod agor.

Mae'r dyn ifanc sy'n sefyll yn ffrâm fy ffenest, yn ysgwyd llaw, wedi cyfaddef y cyfan. Mae Pijin wedi cael ei gosbi'n barod. Mae pawb yn gwbod am Pijin, a be wnaeth Pijin – i Gwyn ac i Cher – ac fe all Pijin wisgo'r hyn wnaeth o o'i le. Nid fo ydi o, dim ond rhywbeth mae o'n ei berchen ydi o, fel jîns neu grys neu sgidia. Mae o'n gallu'i wisgo fo yn hytrach na'i gadw yn ddu ac wedi'i gladdu. Felly mae o'n gallu edrych i lygad Gwyn, ysgwyd ei law, deud "Mae'n ddrwg gen i" fatha collwr da. Mae o'n gallu deud wrth bawb ei fod o wedi bod yn ddrwg, a'i fod o'n dda rŵan, a'i bod hi'n edifar ganddo fo a'i fod o wedi dysgu'i wers.

Gas gen i o.

Rhaid i mi fynd lawr fanna a deud wrth Gwyn mai fi nath. Fi nath o. Rhaid i mi orfodi Pijin i adael i mi ddeud.

Dwi'n gafael yn fy nghot ac yn agor drws y llofft.

Ond dwi'n petruso, oherwydd mae Efa a Dafydd lawr grisia. Dwi ddim isio iddyn nhw 'ngweld i'n crio. Dwi'n agor y drws i neud yn siŵr eu bod nhw dal yno.

"Be ti 'di bod yn neud?" mae Efa'n holi Dafydd, i lawr yn y stafell fyw. "Gen ti gleisia ar hyd dy freichia."

Mae hyn yn gwneud i mi stopio. Dwi'n sefyll ac yn gwrando. Mi oeddwn i wedi sylwi ar y cleisia hefyd ac wedi meddwl falla ei fod o wedi bod yn cwffio. Maen nhw'n fy atgoffa i o Pijin, flynyddoedd yn ôl. Dwi isio gwbod am y cleisia. Y stori i gyd. 'Sa nhw'n gallu bod yn newyddion drwg i Efa a fi, fel yr oedd O yn newyddion drwg.

"Ti'n gwbod," medda Dafydd. "Garddio."

"Garddio?!" medda Efa, ddim yn coelio gair. Tydi Efa ddim yn wirion.

"Ti wedi meddwl falla nad ydi Pijin a Iola'n meddwl am ei gilydd fel jyst ffrindia erbyn hyn?" medda Dafydd yn sydyn.

Dwi ddim yn symud, ond dwi'n gwthio'r drws yn agorad fymryn mwy. Trwy'r drws a thrwy ganllaw coedyn pin y grisia dwi'n gallu gweld Dafydd, yn eistedd yn ôl yn gyfforddus ar y soffa fel 'sa fo pia hi, ei lygaid yn dilyn pennawd tudalen flaen fel 'sa fo'n dilyn pry yn cerddad ar draws y papur. Mae'i slipars o yn hanner disgyn oddi ar ei draed a'i ddresing gown yn hanner agorad fel bod posib gweld y blew duon sy'n cerdded fel morgrug drosto fo ym mhob man. Mae hi'n od, cael dyn yn y tŷ. Dyn y tŷ, mae Efa'n ei alw fo. Efa oedd yn arfer bod yn ddyn y tŷ.

"Pam ti'n deud hynna?" Mae Efa'n plygu dros ei gwnïo, yn rhoi darn newydd o ddefnydd yn y cwilt, ac yn gweithio efo'i dwylo medrus i dynnu'r edau efo'r nodwydd i mewn ac allan, i mewn ac allan.

"'Mond meddwl." Mae Dafydd yn tewi yn y ffordd honno sydd gan bobol pan maen nhw'n trio penderfynu a ddylen nhw ddeud rhwbath. Neu falla ei fod o'n gwbod. Mae o fel 'tasa fo'n bod yn ddramatig.

"'Nes i ddal o'n sbio arni hi'r diwrnod o'r blaen," medda fo. Tydi o ddim hyd yn oed yn codi'i ben o'r papur. Mae o'n cymryd cegaid o'i goffi, ac yn gadael i be mae o wedi'i ddeud godi trwy'r stafell. Tu ôl i'r drws dwi'n teimlo'n sâl. Pijin yn edrych arna i? Mae o'n fy nilyn i. Wneith o byth 'y ngollwng i.

"Sbio arni hi?" Mae dwylo Efa'n llonydd am funud. Mae hi wedi troi oddi wrth Dafydd fel 'mod i'n gallu gweld ei gwynab ond all o ddim. Hyd yn oed o fama dwi'n gallu gweld ei haeliau'n symud, yn suddo ac yn creu'r pant 'na rhwng ei llygid.

"Ia, o'r ardd, yn sbio ar ei ffenast hi, y cwd bach." Mae'r hyn mae o'n ei ddeud yn gwbwl glir.

"Paid â'i alw fo'n hynna," medda Efa'n syth. Mae Efa wastad wedi bod yn hoff o Pijin. Tydi o ddim bwys be mae o wedi'i neud, mae hi'n hoff ohono fo. Pan mae rhywun yn deud rhwbath amdano fo mae ei llygaid hi'n meddalu, fel roeddan nhw'n arfer meddalu i mi.

Mae Dafydd yn ochneidio. "Beth bynnag, tydio ddim cweit yn iawn nac ydi. Ti isio i mi gael gair efo fo?"

"Na, gad lonydd iddyn nhw. Plant yn eu harddega ydyn nhw." Mae Efa'n gafael mewn darn arall o ddefnydd a'i osod wrth ochr y llall. Mae Dafydd yn edrych arni. Mae ganddo fo'r olwg 'ma ar ei wynab. Mae o isio rhwbath.

"Dwi'n gwbod, dwi'n gwbod, ond mae o'n slei 'sti. Dwad i fama a chymryd y llyfr 'na fel'na. A sbia be nath o. Troseddwr ydi o." Mae Dafydd wedi rhoi y papur newydd i lawr, mae ei lais o fel plentyn bach yn swnian.

"Tydi o ddim mor syml â hynna, Dafydd. Pijin druan. Mae o 'di cael diawl o amser." Mae aeliau Efa yn symud yn sydyn.

"Yn 'i haeddu fo mwya tebyg." Er mai o dan ei wynt mae Dafydd yn deud hynna mae o'r math o sibrwd dwi hyd yn oed yn gallu ei glywad.

"Dafydd!"

"Ia, ia, dwi'n gwbod."

"Dafydd."

"Ocê. Ocê. Er dwi dal ddim yn 'i drystio fo." Mae o'n sefyll i fyny a'i ddresing gown yn agor fel fy mod i'n edrych i ffwrdd.

"Gwydraid o win? Ti 'di rhoi'r gora i'r *detox*?" mae'n holi Efa.

"Nac ydw, ddim tan dydd Gwener." Mae pen Efa'n symyd i ddeud na. "A beth bynnag ti'n twyllo: deud wrth y dosbarth i gyd dy fod yn mynd i neud mis cyfa!"

"Dyfnder y weithred sy'n cyfrif, nid ei hyd." Mae Dafydd yn swnio'n rêl ffŵl a'i slipars yn clip clopian wrth iddo fynd i gyfeiriad y gegin.

Mae Efa, wedi ei gadael ar y soffa, yn rhowlio'i llygaid. Yna mae hi'n fy ngweld i'n gwrando o'r drws sy'n hanner agored ar ben y grisiau. Mae hi'n edrych i fyw fy llygaid. Am hir. Dwi ddim yn siŵr be mae hi'n ei feddwl. Dwi'n clywed sŵn gwin yn cael ei dywallt i wydryn ac mae Dafydd yn dod yn ei ôl a choes y gwydryn yn siglo rhwng ei fysedd hirion. Mae o'n eistedd a'i wyneb yn hanner cwyno. Tydi Efa ddim yn sôn gair amdana i'n gwrando. Mae hi'n fy anwybyddu, yn plygu i weithio ar ei chwilt clytwaith sy'n cynrychioli cariad, y teulu, heddwch a ballu. Dwi'n mynd yn ôl i fy stafell. Ac yn eistedd ar y gwely. Styc.

32

Roedd ychydig o euogrwydd ym mhenderfyniad Gwyn, ddoe, i chwilio am y bachgen. Edrychodd trwy lyfrau ffôn, gan drio'i orau i gofio cyfenw Pijin, ac o'r diwedd pan fethodd hynny, ymlwybrodd yn y glaw i fyny'r rhiw yr oedd wedi hen anghofio amdano i holi hen wragedd am yr hogyn bach llwyd â llygaid gwyrdd, yr un gafodd ei anfon i ffwrdd am ladd, a dilyn llwybr eu bysedd main ar hyd ac i lawr ac o amgylch y tai nes iddo gael ei gyfeirio'n syth at y tŷ igam-ogam, a chnocio ei ddrws newydd caled.

Synnwyd Gwyn gan y rhith prydferth o wraig a agorodd y drws. Rhythodd y ddau ar ei gilydd, Mari wedi hanner ei chuddio gan y drws, y ddau'n methu siarad. Gan gecian "Ydi Pijin yma?" yr unig ateb gafodd Gwyn oedd ysgwyd pen, felly ni allai wneud dim ond gadael nodyn i'r bachgen yn nwylo crynedig Mari, a hithau'n sefyll yn syfrdan yn y drws, wedi ei hamgylchynu gan eurgylch o wallt coch yn britho a drewdod breuddwydion coll.

Bu'r neges yn dynn yn ei dwrn tan nos, pan sylwodd Pijin, wrth frwsio gwallt ei fam, ar y darn papur cras yn ei llaw, ac agor ei fysedd fel agor rhedyn ifanc.

Rŵan, wrth iddo gerdded tuag at y bachgen, y bachgen sy'n denau ac yn dal a bron yn oedolyn, mae ar Gwyn angen hunanreolaeth eithriadol i fygu'r Eidalwr emosiynol y tu mewn iddo sydd isio hepgor yr ysgwyd llaw parchus ac yn hytrach afael yn dynn yn Pijin a rhoi cusan fawr wleb ar ei foch. Mae yna lwmp yng ngwddw Gwyn ac mae rhywbeth tebyg i obaith yn dechrau siapio ceg welw Pijin a meddalu ei lygaid blin-bron-yn-ddyn. Mae'r ddwy law yn cyfarfod

yn weddus, wrth i Iola wylio, wrth i oleuadau'r stryd oleuo'r
Allt yn wan, wrth i Efa greu ei chwilt lawr grisiau, ac wrth
i mam Pijin, lawr y ffordd, hymian sianti llongwr o dan y
ffrogiau sy'n crogi uwch ei phen yn nhywyllwch eu tŷ ansad,
tra o'u hamgylch mae'r dref yn eistedd i lawr o flaen tatws a
chig a llysiau a straeon y teledu.

"I'm sorry," meddai Pijin. Mae o'n codi ei ysgwyddau
fymryn wrth ddeud y gair bach. Mae o bron â gwenu. Mae
Gwyn yn gwenu. Mae'r gair yn ddoniol yn erbyn hyn i gyd.

"O," meddai Gwyn, a meddwl pam mae'r hogyn yn siarad
Saesneg? "Mae'n iawn. It didn't really matter."

"We burnt your house!" meddai Pijin. Mae o'n edrych ar
Gwyn fel petai hwnnw'n drysu.

Mae Gwyn yn nodio. Mae o'n gwenu eto.

"It wasn't such a bad thing," meddai'n ddiffuant. "I
needed a fresh start."

Mae Pijin yn edrych arno, ac yn chwerthin yn sych. "I
know what you mean," meddai.

"Anyway," meddai Gwyn, "I'm sorry you got sent away."

"I killed someone," meddai Pijin. Mae 'na rhyw fath o
falchder bregus pan mae o'n dweud hynna.

Mae Gwyn yn nodio. "From what I hear," meddai, "he
was a nasty piece of work."

Tydi Pijin yn deud dim.

"How long have you been home?"

"A couple of months," mae Pijin yn codi'i ysgwyddau eto.

"Are you at school then?"

"Nope."

"College?"

Mae Pijin yn ysgwyd ei ben.

"Have you got a job then? Oh, sorry," meddai Gwyn, yn
sylweddoli fod y bachgen mwyaf tebyg yn ddi-waith.

"Sort of," medda Pijin. "I sort of have a job."

"Oh good," meddai Gwyn. "Da iawn."

Mae'r ddau'n sefyll yno'n anghyfforddus.

"Can I tell you a secret?" gofynna Pijin.

Mae Gwyn yn nodio, yn nerfus braidd. Be mae'r bachgen yn drio'i neud?

"It wasn't me."

"What d'you mean?"

"I mean, I didn't do it."

"The fire?" Mae Gwyn yn gwybod nad ydi hynny'n wir. "I saw you," meddai, ac ysgwyd ei ben.

"Oh no. Not that," meddai Pijin, gan chwifio ei law, fel petasai hynny'n ddibwys. "I mean the murder."

Mae Gwyn yn edrych arno fo. Mae 'na goll ar y bachgen.

"Anyway," meddai Gwyn yn gyflym, "must be going." Beth oedd o wedi obeithio ei gyflawni beth bynnag?

"She did it," meddai Pijin yn sydyn.

Doedd dim angen i Gwyn ofyn pwy. Roedd o'n gwybod. Y plentyn gwelw 'na efo'r llygaid. Honno roedd o wedi dileu'r sôn amdani o'i ddatganiad. Celwydd bach trwy hepgor rhywbeth. Cerddodd Gwyn i ffwrdd, i lawr y ffordd mor gyflym ag y gallai ei goesau byr ei gario.

33

Falla mai ei weld o efo Gwyn oedd o. Neu o bosib y llyfr:
Hans Christian Andersen. Pijin? Y bwlch mawr 'na rhwng
y ddau. Fel dau hannar byd cyfan. Dwi ddim yn gwbod.
Neu falla mai'r naid 'na wnaeth o i mewn i'r pwll. Y teimlad
oer ges i, ddim isio fo neud. A'r ofn ofnadwy 'na wrth i mi
ei glywad o'n hollti'r dŵr. Neu falla *mai'r* hyn ddeudodd
Dafydd ydi o? Llais main Dafydd yn deud wrth Efa am Pijin.
Am Pijin yn fy ngwylio i. 'Sa fo'n gallu bod yn unrhyw un o'r
rhain. Ond dwi'n meddwl mai'r un peth ydyn nhw i gyd yn y
bôn: mae popeth yn ymwneud â Pijin. Fo sydd yng nghanol
pob dim. Ac er fod y ffaith ei fod o'n ôl yn clymu cwlwm
mor dynn yn fy mol fel nad ydwi'n gallu anadlu bron, mi
oedd arna i hiraeth amdano fo pan nad oedd o yma. Pan
nad oedd o yma, yn rhedeg ar hyd y strydoedd gwlyb, neu'n
casglu petha mewn pentyrra diddiwedd o atgofion, neu'n
deud straeon sy'n ffrwtian a phoeri, neu'n creu helynt. Mi
roedd yn chwith gen i hebddo fo. Fel braich neu goes. Neu
geg, 'tasa hi'n diflannu'n sydyn. Felly pan mae Cher yn galw
i ni fynd i siopa efo'n gilydd, dwi'n deud wrthi hi y gwela i
hi nes mlaen yn y chwaral, a dwi'n mynd i chwilio am Pijin.

Mae o'n llai nag oedd o, ei dŷ, yn ei gwman ar y stryd
rhwng y tai eraill, ac yn hyllach nag oedd o hefyd. A phan
dwi'n mynd at y drws, y drws PVC newydd, cyfan, dwi'n
teimlo'n sâl mwya sydyn, ac yn fy mhen mae 'na synau
yn atsain. Yn fy mhen dwi'n gallu clywed crio a gweiddi
a rhywun yn cael ei guro, dwi'n gallu clywed rhywun yn
gweiddi "Na!" a sŵn ergyd. Mae'n rhaid i mi eistedd i lawr
ar y rhiniog a gneud ymdrech i anadlu'n iawn. Nid dyma'r

tro cynta i mi glywed y petha yma. Fatha hunllef sy'n ailadrodd. Ailadrodd.

Gan nad ydi O yma bellach dwi'n mynd i'r tŷ go iawn, nid y sièd, a dwi'n cnocio. Tydi'r cnocio ddim yn swnio'n iawn. Mae 'na air yn dod i 'mhen. Un o eiria Saesneg Pijin. *In-ap-pro-pri-ate. Inappropriate.* Mae Pijin yn agor y drws, tydi o ddim hyd yn oed yn deud helô, mae o'n cerdded o fy mlaen i'r stafell fyw, yn disgwyl i mi ei ddilyn. Mae o fel 'taswn i wedi bod yma ddoe ddiwetha.

Dwi'n deud "Sut mae?" wrth ei fam yn y stafell fyw.

'Sa waeth i mi fod yn siarad efo fi fy hun ddim. Tydi ei fam o'n deud 'run gair wrtha i. Mae hi'n eistedd yn gwnïo yng nghornel y stafell dywyll. Dwi'n meddwl amdani hi, go iawn, am y tro cyntaf a deud gwir, yn edrych yn ofalus ar ei dwylo gwnïo, mor dena a gwelw, ac yn gweld eu bod nhw'n mynd yn ôl ac ymlaen ar hyd yr un darn o ddefnydd ac nad ydi'r hyn mae hi'n 'i neud yn gneud synnwyr. Mae hi wedi pwytho pob agoriad yn y ffrog yng nghau, cau'r gwddw, cau'r tylla i'r breichia, cau lle mae'r hem ar y gwaelod, fel nad oes posib i neb fynd i mewn i'r ffrog, na phosib i neb ddod allan ohoni.

Mae Pijin yn eistedd ochor arall i'r stafell. Mae Pijin yn cynnau sigarét. Dal i smocio?

Dwi'n teimlo rhyddhad fod Pijin yn dal i smocio. Mae o fel yr hen Pijin. Yr hen Pijin cyn yr hyn ddigwyddodd, cyn be wnaeth o, cyn be wnes i, cyn be wnaethon ni efo'n gilydd.

Mae mam Pijin yn rhoi'r gwaith gwnïo o'i llaw, ac yn dechra mwmian cân wrthi hi ei hun, yn eistedd yn y tywyllwch yn y gornal, yn siglo yn ôl a blaen. Mae 'na ddiod, wisgi neu frandi, yn llawn cymyla mewn gwydryn wrth ei hochor. Canu hwiangerdd mae hi.

si hei lwli lwli lws
si hei lwli lwli lws

Dwi'n ei nabod hi, roedd Nain yn ei chanu. Mae'n od meddwl am Nain yn canu hwiangerdd 'rioed. Dwi'n ei chofio hi'n ei chanu, yn dwt, ac mewn ffordd ddi-lol. Ond mae mam Pijin yn ei chanu'n wahanol. Dwi'n meddwl am betha trist pan dwi'n ei chlywad hi.

Mae Pijin yn mynd i nôl y radio o'r llofft er mwyn ei boddi hi efo sŵn arall. Mae sŵn statig yn llenwi'r stafell nes iddo ei thiwnio i gêm bêl-droed a bonllefau'r dorf yn codi a gostwng fel tonnau'r môr yn curo. Tydi o'n deud dim byd wrtha i. Mae o'n fy anwybyddu. Neu ydi o'n aros i mi ddeud rwbath? Mae ei fam yn fy anwybyddu i hefyd. Fel 'tasa hi ddim yno. Dwi'n eistedd i lawr ar y soffa fel 'taswn i'n ddim byd.

"Efa's boyfriend is a scumbag," medda Pijin yn sydyn.

"Na, 'di o ddim," medda fi'n sydyn, oherwydd Dafydd ydi dyn y tŷ. Fo ydi'n dyn ni.

"He is," medda Pijin

Pam mae o'n deud hyn? Mae 'na rwbath am y ffordd mae o'n ei ddeud o sy'n gneud i mi feddwl nad ydw i isio gwbod.

Mae Pijin yn mynd at y cwpwrdd yn y gornel, yn gafael yn y botel sgwâr ac yn llenwi gwydryn ei fam. Mae hi'n codi ei phen, ar goll braidd, yn stopio'n ei chân.

"Iola," medda Pijin wrth y distawrwydd, gan edrych arna i mwya sydyn. "D'you think it was my fault, what happened to Cher?"

Mae'r cwestiwn yn dwyn fy anadl. Dwi methu anadlu. Mae 'na ddistawrwydd hir. Pan dwi'n siarad mae fy llais yn amrwd ac isel.

"Na, Pijin. No way. Gwyn nath. Ti'n gwbod hynny."

"Gwyn?"

"Wel ei fai o oedd o beth bynnag, fod y fan wedi syrthio." Mae fy llais i'n swnio'n fach, ac yn wirion, fel llais plentyn.

Mae 'na ddistawrwydd am hir. Mae Pijin yn cymryd sigarét arall o'i bacad. Mae o'n mynd i'r gegin ac yn ei thanio oddi ar y stof. Mae o'n dod yn ôl ac yn sefyll wrth y drws.

"Who hurt Cher, Iola?"

"Dwn i'm . . . I dunno." Dwi'n codi fy 'sgwydda. Dwi ddim isio edrych arno fo.

Mae Pijin yn dod i eistedd i lawr ar y soffa wrth fy ochr, yn rhoi ei sigarét i losgi ar ei phen ei hun mewn blwch llwch ac yn estyn am fy ngarddwrn fel bod rhaid i mi droi ato fo.

"We did, Iola." Mae o'n ei ddeud mor ddistaw fel 'mod i'n gwbod mai dyna mae o'n ei gredu. Dwi'n ysgwyd fy mhen. Ond mae o'n dal ati. "We made the whole thing up, and then we hurt her, Iola. We did it cos we hated her, didn't we Iola? We did it."

Mae yna ddistawrwydd hir. Mae o'n gafael yn fy nau arddwrn erbyn hyn, nid gafal yn galad, yn eitha ysgafn, ond mae o'n gafal. Dwi'n methu deud dim byd am hir. Ond yna dwi'n gneud. Dwi'n darganfod llais o rywle, un sy'n dod o fy 'senna, yn lle mae'r holl bwysa.

"Na, Pijin, ti'n anghywir. Camgymeriad oedd o, mi gafodd Cher ei brifo am ei bod hi wedi gneud camgymeriad, dyna cwbwl, jest plant Pijin, *kids*."

Pan dwi'n deud y gair 'kids', gair Saesneg, gair oedolyn, mae o fatha 'taswn i'n chwara gwisgo i fyny efo dillad Efa eto. Dwi'n teimlo'n fach mwya sydyn. Plentyn ydw i. Dwi dal yn blentyn. Yn rhwla dwi dal yn blentyn.

"We almost killed her, Iola." Mae dwylo Pijin yn gafal yn dynnach. Tydi o ddim mewn rheolaeth. Mae ei ddwylo 'sgyrnog yn dal fy ngarddyrnau mor dynn nes ei fod yn brifo, ac mae'r gweiddi yn fy mhen eto, y llais yn gweiddi "Na!" a sŵn yr ergyd honno.

"Stopia Pijin, paid â deud hynna, plîs." Mae fy llais i mor wan, mor fychan yn erbyn y stafell.

"Cher might've died."

"Ond mae hi'n iawn. Mae Efa wedi deud y bydd hi'n iawn."

Mae yna ddistawrwydd hir. Dim ond cadair ei fam yn gwichian a synau'r radio yn codi a disgyn. A mwg y sigarét yn y blwch llwch yn diflannu'n araf.

Mae Pijin yn fy ngwthio i ffwrdd, yn codi, yn cerddad ar draws y stafell ac yn gollwng ei hun i'r gadair freichiau. Mae o'n edrych arna i am hir, ac yna dyna ei lais caled a thynn.

"And what about Him, Iola?" medda llais Pijin. "What happened to Him?"

Mae clywad yr enw yna mor estron, y pwyslais erchyll 'na. *Him.* Y *Fo*. Dwi ddim yn atab. Dwi ddim yn deud dim byd o gwbwl. Dwi isio deud 'Chdi nath, Pijin! Chdi nath!', ond fedra i ddim. Dwi ddim yn deud dim byd. 'Da ni'n dau yn gwbod. Dwi hyd yn oed yn gwbod be ddigwyddodd, dwi'n dal i allu'i glywad o yn fy mhen.

Mae Pijin yn eistedd yno ac yn deud dim byd o gwbwl. Ac yna mae o'n amneidio â'i law. Tyd draw i fama medda ei law o.

"Pam, Pijin?" Ond dwi'n meddwl 'mod i'n gwbod. Dwi'n meddwl 'mod i'n gwbod pam.

"Just come over, Iola. Come over here."

A dwi'n cerddad draw ato fo ac yn sefyll yno o'i flaen lle mae o'n eistedd yn y gadair. Mae o'n sefyll. Ac mae o'n rhoi ei law ar fy ngwar ac yn tynnu fy ngwynab ato fo, ac yna mae ei wefusa'n oer, ac yn galed a fatha rhai hogyn.

Mae o'n stopio. Mae o'n eistedd yn y gadair eto. Dwi'n sefyll uwch ei ben yn edrych i lawr. Ac yna mae sgwyddau Pijin yn mynd i fyny ac i lawr, i fyny ac i lawr fel 'sa fo methu anadlu, fel 'sa fo'n brifo pan mae o'n gneud, ac mae o fel 'sa'i holl gorff o'n llawn o rywbeth drwg, ac yna dwi'n sylweddoli mai dyma be sy'n digwydd i Pijin pan mae o'n crio. Mae o'n crio, mwy nag yr ydw i, mwy nag a wnes i 'rioed. Mae ei grio fo fatha hunllef, budr a blin a ddim yn perthyn i'r petha dwi'n wbod, a ddim yn gneud synnwyr.

"Pijin, stopia! Ddim ni oedd o Pijin. Rhwbath arall oedd o. Rhwbath arall oedd o."

Ond all o ddim 'nghlywad i. Dwi hyd yn oed yn methu clywad go iawn.

"Pijin!" medda fi, a'i ysgwyd o, i drio'i stopio fo grio. "Pijin!" Ond mae Pijin erbyn hyn yn belen yn y gadair freichia, wedi cyrlio mor dynn ar un ochr fel na fedra i ei ddatod o, fel na fedra i ei gael i edrych na siarad, ac mae'r stafell yn llawn statig o'r radio eto, yr holl fonllefau wedi dod i ben.

Mae'n rhaid i mi fynd. Mae'n rhaid i mi fynd adra. Dwi'n ei adael o yno. A'r cyfan dwi'n gallu ei glywad wrth i mi adael y tŷ ydi'r bonllefau ar y radio, ac uwchlaw hynny sŵn mam Pijin yn dal i ganu'r hwiangerdd rithiol 'na.

si hei lwli lwli lws
si hei lwli lwli lws

34

Ar ôl y crio roedd amser hir a gwag lle nad oedd Pijin yn meddwl a lle'r oedd o'n llonydd, llonydd, llonydd yn yr ystafell dywyll.

Yn araf datododd ei hun o'r cwlwm babi cyn ei eni yr oedd o ynddo fo ar y gadair. Eisteddodd, gosod ei ddau benelin ar ei liniau a chynnal ei ben yn ei ddwylo nes bod y meddyliau'n dychwelyd.

Doedd o ddim yn gwybod pam ei fod wedi'i ddeud o. Na pham wnaeth o hyd yn oed ei feddwl gynnau, pan oedd o efo Iola. Pam wnaeth o ei chyhuddo hi ohono fo? Doedd o ddim yn gwybod.

Doedd o ddim yn gwybod, ddim yn ymwybodol, o'r hyn ddigwyddodd yn y tŷ yr holl flynyddoedd yn ôl. Roedd o wedi'i ddileu neu wedi'i gau yn rhywle. Ond pan ddaeth hi draw, mi deimlodd y cwbl mwya sydyn, am ei bod hi yno, yn ei dŷ o, fel roedd hi wedi bod o'r blaen. Oherwydd iddi hi ddod at y drws, a chnocio, a dod i mewn.

Inappropriate.

Roedd o'n air yr oedd Pijin wedi'i ddysgu'r holl flyn-yddoedd yn ôl. *In-ap-pro-pri-ate.* Roedd o'n gwneud twrw yn ei glustiau rŵan, twrw oedd fel cosi, ac roedd o isio cael gwared ohono fo.

A rŵan gan ei bod hi wedi mynd, roedd y stafell yn ôl fel yr oedd hi o'r blaen. Wedi ei chau i mewn. Neu yn cau popeth allan. Roedd hi'n dywyll. Roedd hi'n wag ar wahân i'w fam a fo'n anadlu. Dim ond un peth go iawn oedd yn yr ystafell unwaith eto. Rhywbeth i ddal gafael ynddo. Rhywbeth a wnâi'r cyfan yn werth o. Roedd o wedi'i neud

o. Roedd o wedi cael gwared ohono Fo.

Cododd ar ei draed, aeth i'r drôr, tynnodd y llyfr glas allan a dechrau darllen. Roedd ei lais yn sych, fel petai'n llawn halen. Roedd ei geg yn rhy fudr i'r geiriau, ac yn rhy hen. Ond mi ddywedodd nhw, ac wrth iddo'u dweud efallai bod ei fam yn siglo'n llai gwyllt, efallai bod yr ystafell yn arafu, ac efallai nad oedd rhaid i'r golau oedd yn dod i mewn trwy'r ffenest wthio mor galed trwy'r awyr farw.

"Hoff beth y tywysogesau," dechreuodd, gan ddarllen yn araf ac yn glir ac yn berffaith o'r llyfr glas, "oedd gwrando ar eu nain yn sôn am y byd uwchben."

Edrychodd draw at ei fam. Roedd hi'n eistedd yn dawel. Oedd hi'n gwrando? Oedd o'n darllen iddi hi? Wyddai o ddim. Wyddai o ddim pam ei fod yn darllen. Roedd o'n darllen er mwyn yr ystafell dywyll, yr hen ddodrefn, y ffenestri budron. Roedd o'n darllen er mwyn ei droi i gyd tu chwith allan. Anadlodd yn ddyfn, a dal ati.

"Roedd ganddi straeon rif y gwlith i'w hadrodd . . ."

Roedd o'n hoffi hynna, *straeon rif y gwlith*.

Roedd yr hen reddf i storio geiriau, y cynnwrf, y gyfrinach, yn ei brocio eto. Bu bron iddo wenu.

"Roedd ganddi straeon rif y gwlith i'w hadrodd," meddai eto, "straeon am longau, am drefi, am bobl ac am yr anifeiliaid oedd yn byw ar y tir uwchben. Roedd y fôr-forwyn ieuengaf yn meddwl ei fod yn eithriadol," petrusodd dros y gair, "eith-riad-ol," meddai eto, "yn eithriadol a gwych fod gan y blodau i fyny yn y fan honno arogleuon, oherwydd doedd dim arogl ganddyn nhw ar waelod y môr. Hoffai hefyd glywed am y goedwig werdd, lle roedd y pysgod a nofiai rhwng y canghennau'n gallu canu'n swynol."

Oedodd Pijin. Oedodd i wylio'r golau a ddeuai drwy'r ffenest o'r haul ail-law. Fel y symudai trwy awyr drwchus yr ystafell, fel petai'n symud trwy ddŵr aneglur, trwy danc pysgod budr.

"Ond," meddai, gan ganolbwyntio ar y llythrennau duon, ar ei geg ei hun yn dweud y geiriau yn erbyn yr ystafell, "roedd eu nain wedi addo, 'Pan fyddi di'n bymtheg oed, adeg honno mi gei nofio i'r wyneb. Mi gei ddringo ar y graig ac eistedd yn gwylio'r llongau mawr yn hwylio heibio. Os wyt ti'n ddigon dewr mi gei nofio mor agos i'r lan fel y gweli di'r trefi a'r goedwig."

Tawodd. Roedd o'n bymtheg.

Meddyliodd am y peth. Stori am fod yn garcharor oedd hon. Stori am fod tu mewn. Yn y Ganolfan. Mewn tŷ. Mewn sièd. Tu mewn i stori. Caeodd y llyfr, ac eistedd yn gwylio'r golau gwyn yn cael ei hidlo i mewn i'r ystafell. Daeth y teimlad drosto eto. Roedd angen aer arno. Aer. Ble roedd o? Lle oedd wyneb hyn i gyd? Sut oeddech chi'n anadlu ynddo?

35

Mae Efa mor boenus amdana i pan dwi'n cyrraedd adra'n crynu ac yn llwyd fel ei bod hi, ar ôl treulio tipyn o amser yn trio darganfod be oedd yn bod, yn mynd mor bell â 'ngwadd i i fynd efo hi i'r dosbarth. Dwi'n deud ia yn syth, oherwydd ei fod o'n golygu gneud rhwbath efo Efa, a dwi angan, y munud hwn, bod yn agos ati hi eto gymaint â dwi angen anadlu.

Yn yr hen gapel mae'r ioga, lle mae'r merchad erill i gyd yn gwisgo fel hitha, mwclis a lliwia a sgarffia sy'n symud ac yn llifo oddi arnyn nhw fel dŵr. Mae Efa'n mynd ddwywaith yr wythnos bellach, ers iddi hi gyfarfod Dafydd, sy'n dysgu'r dosbarth. Maen nhw'n defnyddio'r festri ar gyfer ioga a gweithgareddau eraill, fatha bocsio a karate.

Mae Efa'n mynd a fi. Yr wythnos hon, mae Efa'n mynd a fi. Ac mae o bron yn gneud yn iawn am Pijin. Ond dwi rhy ddistaw a difrifol i blesio'r merchad ioga. Ac maen nhw'n genfigennus ohona i'n ifanc ac yn dal i allu plygu a 'mestyn fel cangan helyg ir tra'u bod nhw'n griddfan a gwichian fel darn o bren marw cyn iddo gael ei dorri. Pawb heblaw Efa. Mae Efa fel rhywbeth byw pan mae hi'n gneud ioga. Fi ydi ei chwaer. Efallai ein bod ni'n falch?

Ond dwi'n gallu 'u clywad nhw'n siarad amdana i pan maen nhw'n nôl y blancedi yn barod i 'ymlacio', lle 'dach chi'n gorwedd ar eich cefn ac yn gwrando ar Dafydd yn llenwi'ch corff â theimladau.

Mae Efa a Pam, ei ffrind sy'n siarad hanner Cymraeg a hanner Saesneg, yn cerdded yn ôl ar draws llawr y festri efo'r blancedi, un yr un, ac un i fi.

"Neith hi ddod rownd," medda Pam, ffrind Efa, fel taswn i ddim yno. "Maen nhw'n gneud yn y diwadd, take my Henry." Henry ydi mab Pam, fo sy'n cynnal y bocsio. "Do'n i ddim yn meddwl, ddim yn meddwl 'sa fo'n gneud mor dda, holl helynt oedd o yno fo, but now look at him!" Tydi Efa ddim yn dangos unrhyw emosiwn, er fod pawb yn gwbod am Henry. Tydi o ddim cweit yn sant.

Mae Dafydd yn ffidlan efo'r chwaraewyr CD, yn trio cael hyd i gerddoriaeth ymlaciol. Mae Pam yn setlo o dan ei blanced, yn cau ei llygid fel 'Iesu Grist!' ond 'chydig eiliada wedyn mae hi'n ailagor un llygad.

"Of course, drygs rhaid ti boeni am. Drygs yn bob man dyddia 'ma, a dealers. Ysgol fawr rŵan yndi? Ia, wel, drygs, they get them on them in the first couple of years, a dyna fo, hooked! Maen nhw'n cymryd nhw cyn 'rysgol medda nhw, helpu nhw efo'r exams, but then they get a split personality, fatha Hannibal Lector."

Mae Pam yn nodio wrthi hi'i hun.

Mae'r chwerthin yn gwthio allan trwy fy nhrwyn, ac mae'n rhaid i mi esgus pesychu. Biti, biti, biti na fysa Pijin yma. Biti na fysa ni yma yn y capal eto yn tynnu llunia mwstásh ar y merched gwirion 'ma, sydd â dim syniad pa mor ddifrifol ydi'n bywyda ni erbyn hyn.

Mae Dafydd yn edrych draw aton ni, a'i wên nefolaidd yn torri am funud, yn troi'n llinell syth.

"Dwi ddim yn poeni am gyffuria efo Iola," medda Efa, a'i dannedd wedi clensio.

"CANOLBWYNTIWCH AR YR ANADLU!" meddai Dafydd, a'i lais yn troelli ar i fyny.

Mae Pam yn rhochian anadlu'n sydyn trwy ei thrywyn ac yn deud o dan ei gwynt, "Dyna be ma' pawb yn ddeud, honestly! Neb yn meddwl am 'u plant nhw. Sbia ar Henry ni. He was into all sorts, and look at him now." Mae hi'n cau ei llygid, fel cath fodlon.

"Anadlu!" meddai Dafydd. "And breathe."

I mewn, ac allan, i mewn, ac allan, i mewn, ac allan, i mewn.

Mwy o amser yn meddwl am Pijin ydi ymlacio. *Mi wnaeth Pijin fy nghusanu.* Mi ddeudodd Pijin wtha i 'mod i wedi lladd dyn.

36

Mae 'na dwrw cnocio. Cnocio gwag. Twrw sy'n denu. Y drws ydi o. Ceri.

Mae hi'n curo ar y drws, felly mae'n rhaid iddo fo fynd allan. Tydi hi heb gyfarfod ei fam eto. Fyddai hynny ddim yn syniad da. Mae o'n gallu deud. Ni fyddai Ceri yn gallu dygymod â'r peth, siarad efo rhywun sydd ddim yn deall nac yn gwrando. Felly maen nhw'n mynd allan. Mae o'n gafael yn ei llaw. Mae ei llaw hi fel clai, yn feddal ac yno go iawn. Does ganddyn nhw ddim llawer i'w ddeud.

Yn ei feddwl mae'n o'n holi pam mae hi'n dod. Ganddi hi, mae o'n cael rhywun i'w gyffwrdd. Rhywun i'w isio fo. Rhywun meddal, ac fel mam, ac fel hogan. Ond y cwbl mae hi'n ei gael ydi o. Mae o'n denau ac yn wydn. Fel pryd gwael. Pam mae hi ei isio fo?

"My Dad says your Mam's sick."

Mae hi'n ei ddeud yn sydyn. Maen nhw'n mynd heibio'r ffens ger y parc. Maen nhw wedi peidio cerdded, wedi sefyll, oherwydd ei bod hi wedi deud hynna. Mae'n eitha tywyll, felly tydi o ddim yn gallu gweld ei hwyneb. Be mae hi isio iddo fo ei ddweud? Be mae hi isio iddo fo ei wneud? Mae o wedi llwyddo i'w chadw hi o'r tŷ tan rŵan, oddi wrth ei fam. Sut all o esbonio wrth Ceri be sy'n bod ar ei fam? Be ydi dechrau'r stori? Yn ei feddwl mae Pijin yn chwilio am y dechrau, mae o fel trio cael hyd i ddechrau rholyn o selotêp. Mae o'n edrych ond does 'na ddim golwg ohono fo. Y dechrau. Does dim addewid o ddechrau na diwedd yn unrhyw un o'r darnau garw o'r stori a ŵyr o. A beth bynnag, petasai o'n cychwyn datod hyn i gyd trwy siarad, pwy a

ALYS CONRAN

ŵyr pa stori y byddai o'n ei dweud wrth Ceri? Petai o›n dweud wrthi amdano›i hun pwy a ŵyr pa stori y byddai›n ei chynnig iddi.

Felly tydi o'n deud dim. Mae o'n gallu teimlo Ceri'n meddwl. Mae o'n gallu ei theimlo hi'n meddwl wrth ei ochr wrth iddyn nhw gerdded efo'i gilydd. Mae hi›n ei wneud o›n straeon, a tydi o ddim yn mynd i ganiatáu hynny. Tydi Pijin ddim am adael iddi hi droi ei stori o yn stori iddi hi. Mae o'n dal ei ddistawrwydd yn dynn amdano, ac er ei bod hi'n trio gofyn ambell beth iddo fo, fel "What're you doing on Saturday?", tydi o ddim yn ateb. Mae o'n gwarchod ei ddistawrwydd fel y dysgodd o'i wneud yn y Ganolfan, ac fel y dysgodd yn y sièd. Tydyn nhw ddim yn gafael llaw bellach, dim ond cerdded ar hyd y llwybr, heibio'r parc, i mewn i'r coed ac ar hyd ochr yr afon. Tydi Ceri ddim yn gwybod beth mae hi wedi'i wneud, ddim a deud gwir. Ond fe fydd hi'n gwybod ei fod o wedi torri. Maen nhw'n deud "Ta-ta," ar ben draw'r llwybr ac mae'r ddau yn mynd. Mae wyneb Ceri'n wag fel tudalen, a'i llygaid fel inc.

Adref, mae o'n eistedd eto efo'r llyfr. Mae o'n eistedd efo'r llyfr, ond tydi o ddim yn darllen.

Mae hi'n dywyll rŵan. Mae o'n edrych allan trwy'r ffenest i'r ardd ddu. Yn fanno mae siâp sgwâr ei sièd yn erbyn yr awyr sydd fel glo. Mae 'na 'chydig o sêr. Y blaned Gwener ydi honna, ac mae hi bron yn bosib gweld Sirius, Seren y Ci, y seren fwyaf disglair, a dyna'r cwbl.

Pa ochr o'r ffenest ydi'r tu mewn?

Daw'r syniad iddo yn sydyn. Ar ba ochr mae o? Syniad od. Am eiliad mae o ar goll, ddim yn gwbod ble mae o. Fel petasai pethau wedi'u datod, a bod ystyr pethau wedi'u gadael, yn rhydd. Dim ond y fo sy'n bodoli. A be ydi o? Does yna ddim geiriau yn ei ben yr eiliad honno, ddim hyd yn oed rhai Saesneg. Mae'n rhydd yn y gofod. Yna mae o yn yr ystafell fyw, yn eistedd wrth ochr ei fam â llyfr ar ei lin. Mae o'n dechrau darllen eto.

"Aml i noson byddai'n sefyll ger y ffenestr agored ac yn edrych i fyny trwy'r dyfroedd glas tywyll lle mae'r pysgod yn nofio. Gallai weld y lleuad a'r sêr; roedden nhw'n ymddangos yn llai llachar, ond yn fwy, i lawr yma o dan y môr."

Mae'r ystafell fel dŵr oer o'i amgylch. Mae'r ystafell o dan y dŵr, ond mae modd anadlu. Cymera anadl ddofn, a dechrau eto. "Weithiau byddai cysgod mawr yn mynd heibio fel cwmwl ac fe wyddai mai morfil neu long oedd yno, llong gyda chriw a theithwyr, yn hwylio ymhell uwch ei phen." Mae Pijin yn oedi ac yn edrych ar ei fam sy'n eistedd yn y gwyll yn y gornel, yn siglo. "Ni allai neb ar fwrdd y llong fod wedi ei dychmygu hi yn sefyll yn y dyfnder oddi tanynt ac yn ymestyn ei dwylo bach gwynion tuag at gilbren eu llong."

Daeth gair i'w ben, gair Cymraeg. Ni allai feddwl am y gair Saesneg, efallai nad oedd yna un.

Ac yna daeth gair arall. Un a gasglodd flynyddoedd yn ôl. Ei dorri allan o un o bapurau newydd Efa.

Dispossessed.

Dywedodd y gair. Dispossessed. Ac eto. Dispossessed. Y sièd oedd o. Y gwn oedd o. Y Ganolfan oedd o.

Roedd yna ddwy ran iddo fo, Pijin. Un rhan a oedd wedi gwneud, a oedd yn falch, a allai dderbyn y canlyniadau. Ac un rhan a oedd wedi gwylltio, wedi colli, yn galaru. Roedd yna air am y rhan honno ohono. Dispossessed.

Ddim bellach yn gwbod y geiriau oedd hynny. Llowcio am y geiriau oedd hynny, fel pysgodyn allan o ddŵr, neu fel aderyn o dan y tonnau.

37

Dwi angen siarad, gwnïo fy hun yn ôl at ei gilydd efo
geiria. Dwi'n gadal Efa y tu allan i'r capal ac yn mynd ar
hyd y llwybr wrth yr afon, ar hyd y ffordd a thrwy'r coed, i
gyfarfod Cher.

Mae Cher yn yr hen farics, yn aros. Mae hi'n eistedd mor
llonydd. Mi fyddai hi wedi aros am byth.

"Hi, Iola," medda hi. "What's up?" ac edrych arna i fel 'sa
hi'n trio darllen llyfr.

"Nothing."

"Shall we go up to the quarry then?" gofynna Cher.

'Da ni'n cerdded i fyny'r ffordd lychlyd at y chwarel, y
chwarel sy'n dal i weithio, lle mae 'na dal lorïau'n llwytho a
bacio a 'chydig o ddynion, y rhai sydd wedi cadw'u gwaith.
Mae 'na ffens fawr ac arwydd. PERYGL mae o'n ei ddeud
a KEEP OUT. 'Da ni'n pwyso dros y ffens ac yn gwylio'r
lorïau'n gyrru i fyny'r ffordd sy'n mynd at y tomenni llechi
ar dop y bryn. O fama mae'n bosib gweld i lawr i'r llyn
sydd wedi'i greu allan o un o'r tyllau chwaral. Mae'r dŵr yn
wyrddlas. Mae 'na rywbath fflworoleuol yn y dŵr. Mae 'na
goed marw yn gwthio allan ohono fo, yn wyn fel esgyrn.

"Iola," medda Cher. Mae'r ffordd mae hi'n ei ddeud yn
gneud i mi droi i edrych arni hi, a phan dwi'n gneud mae
Cher yn flêr a gwag fel hen ddillad. Mae Cher yn meddwl
am ddeud rhwbath arall. Mae ei cheg yn dechra ei ddeud
o drosodd a throsodd, anadlu i mewn ychydig bach cyn
dechrau siarad, ond wedyn mae hi'n rhwystro'i hun.

"What's up, Cher?" Mae gen i deimlad eto yn fy mol, yn
codi i fy ngwddw. Mae 'na rwbath yn bod efo Cher. Dwi'n

nabod y teimlad yma, o'r ffordd mae petha wedi bod efo Pijin ac efo Efa. Ac yna mae Cher yn ei ddeud o.

"I'm going away," medda hi.

Mae yna ddistawrwydd. Ac atalnod llawn. A'r atalnod llawn dwi'n ei glywed. Dim ond y diwedd.

Dwi'n edrych arni, dwi'n edrych ar fy ffrind.

"What d'you mean?" medda fi, er 'mod i'n gwbod.

"I'm going away," medda Cher eto.

"What're you on about? Where?"

"My sister. She lives in Manchester. I'm going to Manchester. I'm going to live with her."

"You don't have a sister."

Y cwbwl mae Cher yn ei neud ydi sefyll yno a nodio.

"What's her name?"

"Martha."

"Martha?"

"Yes."

Dwi'n eistedd i lawr.

"You can't go."

Ond yr unig beth mae Cher yn ei neud ydi nodio eto.

"Where does she live?"

"Manchester." Mae Cher yn ei ddeud eto, ac mae hi'n dechrau gwenu.

Yna dwi wedi codi. "Cher, you can't go." Fy llais i ydi o, yn gweiddi. "You can't Cher, you can't!"

Ond mae Cher yn crafu'r llawr efo pric, ac yn nodio'n araf.

Mae Cher yn mynd. Mae popeth yn cau i fyny tu mewn. Mae pob dim wedi cau ac yn brifo. Dwi fatha un o ffrogiau mam Pijin, a'r hem wedi ei chau i gyd fel nad oes posib i ddim byd ddod allan. O fy amgylch mae'r bryniau llwyd, yn wag ac yn unig, a'r cogio bach, y dychymyg, wedi ei gloi allan.

Mae fy nhu mewn yn brifo. Mae fy meddwl yn trio symud yn fy mhen, ac yn trio gneud rhwbath efo'r syniad. Cher. Yn gadael. Ond y cwbl sydd yna ydi y brifo hir, y chwarel, y llyn oddi tanan ni, y coed marw.

Dwi'n rhedeg. Dwi'n rhedeg i fyny'r llwybr trwy'r dail gwlyb a'r baw, Cher yn galw y tu ôl i mi. Cher yn rhedeg y tu ôl i mi. Tydi dagrau poeth sy'n mygu yn gneud dim i rwystro hyn, ddim unrhyw ran ohono fo.

Dim ond pan 'da ni'n cyrraedd y llannerch yn y coed ydw i a Cher yn arafu. Mae Cher yn fy nghyrraedd yn fanno, yn anadlu'n drwm a chaled. 'Da ni'n rhoi'r gora i redag. Plygwn er mwyn anadlu, ein dwylo ar ein pengliniau, ein cefnau'n grwm tuag at y cymylau, fel pan oeddwn i'n rhedeg efo Pijin, i gael hufen iâ, ers talwm, pan oeddwn i'n fodlon credu unrhyw beth.

Mae Cher yn rhoi ei breichiau o 'nghwmpas i. Mae ei breichiau'n gynnes. Maen nhw'n feddal. Mae corff Cher yn annwyl yn fy erbyn.

Mae Cher yn symud oddi wrtha i ac yn edrych yn syth arna i.

"I'm glad he's dead, Iola. Glad you did it."

Ydw i'n gwthio Cher i ffwrdd? Dwi ddim yn gwbod. Dwi'n rhedag.

Mae Cher yn fy nilyn adra. Mae hi'n fy nilyn o bell. Dwi'n gallu ei theimlo hi, a dwi'n gallu clywed sŵn ei thraed y tu ôl i mi yn y goedwig.

Mae hi'n tywyllu. Mae goleuadau'r stryd ymlaen erbyn i ni gyrraedd y stryd. Pan dwi'n troi, yno mae Cher, yn dal ati i fustachu y tu ôl i mi fel arfer. 'Da ni'n cerdded, un y tu ôl i'r llall, yr holl ffordd ar hyd y stryd â'i golau oren. Dwi'n flin. Dwi ddim isio colli Cher, ond dwi ddim isio aros amdani chwaith.

'Da ni'n cerdded ar hyd y stryd nesa, a'r un nesa, ac at fy nrws i, sy'n gilagored, fel arfer.

Dwi'n mynd trwy'r drws ac mae Cher yn fy nilyn. Tydi hi ddim yn deud dim byd, dim ond cerdded y tu ôl i mi, eistedd i lawr ar y soffa wrth ochr Dafydd a dechrau edrych ar y teledu. Dwi'n ei hanwybyddu hi. Mae Dafydd yn anwybyddu Cher hefyd, fel 'tasa hi'n chwannen, nid yn hogan.

Dwi'n ei chasáu hi. Ei chasáu hi am fynd. Heb Cher dim ond Pijin fydd 'na, ac mi fydda i fel afal wedi pydru, yn llawn cynrhon, fel nad oes 'na ddim byd, dim byd ar ôl tu mewn. A hynna i gyd, y teimlada sy'n gwthio a thynnu, yn brifo ac yn troi petha'n hyll i gyd, sy'n gneud i mi godi o'r gadair, cerdded draw at y soffa, a gneud yr hyn fydd yn achosi poen gwirioneddol i Cher.

Dwi'n rhoi cusan go iawn, cusan dynas, cusan ar ei wefusa i Dafydd.

Mae Cher wedi codi'n barod ac yn rhuthro am y drws, yn anadlu'n od wrth fynd. Mae o fel taswn i wedi dwyn holl anadl Cher efo'r gusan 'na.

Mae Dafydd yn sefyll a'i ddwylo'n gafael yn fy ngarddyrnau, fel y gwnaeth Pijin. Dwi heb ei weld o'n edrych fel hyn o'r blaen. Bron yn flin. Bron yn gwenu. Rhywbeth dwi ddim yn ei adnabod. Ac yna dwi'n gwbod. Gwbod na wneith o stopio, ddim Dafydd, ddim oherwydd dim byd.

Ond mae o'n gneud. Dim ond y llosgi sydyn yn fy ngarddyrnau sydd wedi cael eu dal yn dynn. Ei anadl. Sur. A'i sŵn afiach o wrth i ni frwydro yr ennyd yna. Dwi'n rhoi cic iddo yn ei fol, ac efallai mai hynna ydi o, oherwydd mae o'n codi a gadael y stafell. Mae'r stafell dal yn llawn o'i anadl hyd yn oed ar ôl iddo fo fynd. Ac wedyn dyna fo. Dim ond sws. Dim ond cusan sy'n malu popeth.

Ar lawr y stafell fyw, dau glustog oddi ar y soffa, wedi'i gwasgaru. Mae ogla peiriant bara Efa, yn gneud torth

sinamon. Ogla adra. Tydi sinamon ddim yn iawn. Tydi sin-
amon ddim yn iawn o gwbwl. Ac mi oedd Cher yn iawn am
Dafydd; roedd Pijin yn iawn eto, roedd Pijin yn iawn.

Dwi'n cerdded allan. Mae'r stryd yn wag, ac mae hi'n
dywyll, ac ar y stryd mae hi'n ddisglair gan sêr, fel mewn
lluniau o'r nefoedd. Dim ond sŵn y ceir yn y pellter, yn
deud R yn eglur. A dim ond cusan oedd hi. Dim ond sws.

Dwi tu allan i'r sièd.

"Cher."

Dwi'n sefyll y tu allan i'r sièd yn y tywyllwch.

"Cher."

"Cher."

Dwi'n ei galw hi, a dwi'n crio. Ac mae hi'n gwrthod dod
allan.

"I'm sorry. I'm sorry. Cher. Cher, help me."

"Why did you do that, Iola?" mae Cher yn holi o'r tu
mewn.

"I don't know, I don't know why. Cher it was me. I did it.
I did it," ac mae Cher yn edrych arna i, mae hi'n sefyll yn y
drws erbyn hyn, a'r cwbl dwi'n gallu ei ddeud ydi, "Cher it
was me. I killed Him. Cher it was me."

Ond yr unig beth mae Cher yn ei neud ydi ysgwyd ei
phen. Mae hi'n ysgwyd ei phen yn ara deg, fel mae Cher yn
ei wneud pan mae rhywbeth yn ormod iddi hi, pan nad ydi
hi'n gallu rhoi'r darnau yn ôl at ei gilydd, ac mae hi'n cau'r
drws.

Nes 'mlaen dwi'n gwbod bod Efa wedi cyrraedd adra pan
dwi'n clywed sŵn y drws ac yn clywed llais Dafydd yn
deud "Helô, cariad, helô," ac yna fo ac Efa'n ddistaw. Dwi'n

gwbod eu bod nhw'n cusanu, a dwn i ddim sut mae Efa'n 'i ddiodda fo.

Mi *allwn* i ddeud wrth Efa. "Nath Dafydd 'nghusanu i," ddylwn i ddeud. Ond fedra i ddim. Oherwydd mai fi oedd o. Fi oedd o o'r dechra. Nes mlaen mae Efa'n fy ngalw lawr i gael swpar, a dwi ddim yn mynd.

"Dwi'm yn teimlo'n rhy dda," dwi'n ddeud. A tydw i ddim. Mae o'n wir. Dwi ddim yn teimlo'n dda, a dwi'n mynd i 'ngwely, ac yna mae Efa'n dod i fyny, ac yn dod i mewn i'r llofft, yn eistedd ar y gwely, ac yn mwytho fy ngwallt. Mae hi'n fy nghyffwrdd am y tro cynta ers hydoedd, yn mwytho fy ngwallt, fy nhalcen, ac yn deud wrtha i orffwys.

Yn lle hynny dwi'n gorwedd yn gwrando arnyn nhw'n siarad ac yn chwerthin yn fy nhŷ i, lawr grisia. Fedra i ddim cysgu. Dwi'n edrych allan trwy'r ffenest, ar y dre sydd odisa tŷ ni. Mae'r dre'n edrych yn fawr ac yn fach yr un pryd. Bach a mawr, fel y tu mewn i falŵn. Pan ti tu mewn i falŵn dyna'r cwbl fedri di ei weld o un gorwel i'r llall, ond pan ti'n edrych arni hi o'r tu allan, tydi hi ddim yn edrych fel dim byd o gwbl.

A dwi'n flin mewn ffordd dywyll, yn mudferwi, yn flin fel spring wedi'i wasgu, yn flin efo pob dim, ond yn fwy na dim efo Efa.

Mi rydan ni wedi deud celwydd, Pijin a fi. Doeddwn i ddim yno medda ni, nid yn nhŷ Gwyn pan losgodd o, nid yn nhŷ Pijin y noson honno. Pijin wnaeth o i gyd ei hun. A fi? Wnes i ddim byd. Dim byd. A dyma fi yn dal ati fel 'sa 'na ddim byd yn bod, dwyn marciau ysgol Cher, fel nes i ddwyn bywyd Pijin. Dyma fi yn fama pan go iawn mae 'na bydew du tu mewn i mi, lle dwi'n ddrwg, yn ddrwg fel afal wedi pydru a'r cynrhon wedi ei fyta fel nad oes yna ddim ar ôl.

Dwi'n sylweddoli, fel cymylau'n gwahanu. Mae'n rhaid i mi adael.

38

Mi gymrodd sbelan i Pijin sylweddoli fod Cher wedi gadael. Wedi rhai dyddiau o beidio'i gweld mi aeth lawr i'r sièd yn yr ardd, ac roedd ei dillad a'i dillad gwely wedi mynd. Roedd Pijin wedi meddwl am redeg i ffwrdd o'r sièd 'na ddigon o weithiau, felly mi roedd o'n gwybod. Aeth i mewn, eistedd ar y gwely gwag, gorwedd ar ei gefn ac edrych ar y nenfwd, yr hen fobeil, yn ddigwmwl bellach, dim ond propelor yr awyren ac ambell ddarn o gortyn. Roedd o'n drymach rŵan, yr awyr. Roedd y lle'n wacach, yn oerach. 'Sa ti ddim wedi meddwl ei bod hi o bwys. Ond mi oedd hi.

Ar ôl Cher, mi oedd ei fam yn ddistaw ac yn drist, yn unig. Roedd hi'n eistedd, yn edrych allan trwy'r ffenest, yn mwmian wrthi hi ei hun, neu dim ond yn ysgwyd ei phen, yn ddistaw. Efallai ei bod hi, ei fam o, wedi caru Cher?

Roedd o wedi cyrraedd y diwedd, diwedd y stori yn y llyfr glas, a doedd hi'n dda i ddim. Doedd hi ddim yn gwneud synnwyr. Roedd 'na ddarn yn y canol lle dorson nhw dafod y fôr-forwyn i ffwrdd fel ei bod hi'n gallu mynd ar y tir, ac roedd hynny'n gwneud synnwyr, roedd o'n gallu uniaethu efo hynny. Ond yn y diwedd, roedd y stori'n llawn o'r syniad o fod yn dda, ac o gredu yn 'Nuw!', felly doedd hi ddim ar ei gyfer o. Ddim ar ei gyfer o. Roedd hi ar gyfer bachgen bach efo Mam go iawn, a Dad oedd yn bodoli, bachgen oedd â rhywun yn darllen y stori iddo fo mewn llais melfed, yn rhoi sws-nos-da iddo fo, ac yn ei adael i gysgu. Stori hen ffasiwn oedd hi, ar gyfer bachgen bach neis. Dyna lle roedd hi ar ddiwedd y stori. Y wers. Roedd rhaid i blant felna fod yn dda er mwyn eu rhieni meddai'r stori. Nid stori ar gyfer Pijin oedd hi. Nid stori ar ei gyfer o.

Roedd o'n hoffi'r syniad o fod o dan y môr, yma yn ei dŷ o, a byd arall rhithiol yn symud uwch ei ben ar yr wyneb. Ond y stori oedd yn dilyn hynny, o dywysogion a thywysogesau a phriodas a nefoedd ac angylion, a rhieni, a'u sws-nos-da. Roedd o'n casáu hynny. Yn ei gasáu.

Dyna oedd y drwg, roedd rhaid i stori gael diwedd, a doedd Pijin ddim yn gwneud hynny, diwedd twt. Ddim 'radeg honno. Wnaeth Pijin 'rioed mohonyn nhw. Troi a newid cyfeiriad wnâi o, gan osgoi cyrraedd y diwedd bob gafael.

Roedd ei fam 'run peth. Dyna un peth yr oedden nhw'n ei rannu, yn sicr. Doedd hithau byth yn cyrraedd y diwedd 'chwaith, dim ond mynd rownd a rownd yr un cylch, siglo, canu, gwnïo, siglo, canu, gwnïo. Doedd Pijin ddim yn siarad efo hi am ei fywyd bellach. Roedd o wedi darllen y stori yn y llyfr iddi hi, ond doedd hithau ddim fel petasai'n ei hoffi 'chwaith, oherwydd ar ôl y darn cyntaf fe ddechreuodd besychu, ac fe aeth y peswch yn waeth ac yn waeth wrth i'r stori fynd yn ei blaen, hyd nes bod rhaid iddo, yn y diwedd, fynd i nôl diod o ddŵr iddi hi. Roedd yna air Saesneg am hynny. *Distressed*. Gair ofnadwy. Gair oedd yn cael ei ddefnyddio mewn storïau am ferched tlws oedd yn cael eu galw'n *maidens*. Ond pan oedd o'n meddwl am ei fam roedd o'n air hyll a chreulon. *Distressed. Distressed.*

A dyna sut roedd Pijin yn teimlo rŵan hefyd. Mi oedd o'n teimlo felly.

Doedd Pijin ddim yn mynd i ysgol na choleg. Doedd gan Pijin ddim gwaith.

"All o ddim cael ei adael adra'n gneud dim byd," medda'r swyddog profiannaeth. Felly cafodd ei orfodi ganddynt i fynd ar gwrs. Diwrnod blasu oedd o, meddan nhw. Os oedd o'n ei fwynhau byddai posib mynd ar gwrs hirach. Roedden nhw wedi gwrando arno fo o'r diwedd. Cwrs am waliau oedd o. Waliau cerrig. Y waliau sy'n gwnïo'r caeau at ei gilydd ar hyd y llechweddi. Dywedwyd wrtho fod yn rhaid iddo fod yno erbyn naw bore dydd Llun. Roedd gan Pijin "Naw bore dydd Llun," yn ei ben; roedd o'n teimlo'n iawn.

Y diwrnod cyntaf, roedd yr athro'n hwyr. Roedd Pijin a'r hogiau eraill ar y cwrs yn sefyll yn disgwyl yn yr iard tu allan i'r ganolfan gymuned.

"Ffwcio'r shait yma," meddai un ohonyn nhw a chicio'r llawr. Roedd ganddo fo stydsan yn ei glust, yn meddwl ei fod o'n galed, ond doedd Pijin ddim yn meddwl hynny. Doedd neb yn fama yn ei ddychryn erbyn hyn, ddim ar ôl Neil yn y Ganolfan a phob dim.

"Di o'm yn ffwcin dŵad," medda'r boi eto.

Ond yna mi ddaeth 'na hen Land Rover ar hyd y ffordd, ac i mewn i'r iard, a dyn yn dechrau camu ohoni efo'i gi. Roedd gwallt y dyn yn wyn. Cerddodd yn gloff ar draws y maes parcio. Roedd o'n gwisgo ofarôls glas a sgidia mawr. Ci defaid oedd y ci. Du a gwyn ac yn sgleinio. Rhedodd y ci yn syth at yr hogia. Rhedodd at yr un efo'r stydsan ond, am fod hwnnw wedi'i wthio i ffwrdd, rhedodd at Pijin.

"Hei," medda Pijin yn dawel. "Hei," medda fo ac eto, "Hei," a mwytho'r ci tu ôl i'w glustia.

Daeth y dyn draw atyn nhw. Edrychodd ar Pijin.

"Elfyn," medda fo. "Nel 'di hi."

Roedd Nel yn eistedd wrth draed Pijin erbyn hyn. Roedd ei chorff yn pwyso yn erbyn ei goesau, ac roedd hi'n edrych i fyny arno fo. Gwenodd Pijin arni hi. Roedd hi'n ocê, Nel.

"Be 'di d'enw di ta 'machgen i?" holodd y dyn. Pam oedd o 'mond yn gofyn i Pijin? Pam oedd o'n siarad yn uniongyrchol efo Pijin ac nid y lleill?

"Pijin," meddai Pijin. Edrychodd i fyny ar y dyn. Roedd

llygaid Elfyn yn llwyd. Roedden nhw'n fach. O'u hamgylch roedd rhychau'n donnau. Roedd ei lygaid yn hanner gwenu, a golwg ynddynt fel petae'n gwybod pethau.

"Hwnna'n enw da, was."

"It's my real name."

"Ama dim," medda'r dyn gan wenu.

Ar ôl cael gwybod enwau pawb arall y cwbl ddwedodd y dyn oedd "Reit ta," a dechrau cerdded i gefn yr adeilad lle roedd 'na gae. Edrychodd yr hogia ar y naill a'r llall. Doedd o heb ddeud a oeddan nhw fod i'w ddilyn ai peidio. Edrychodd pawb ar ei gilydd a dechrau symud yn araf ar ôl y dyn.

Cerddodd Pijin ar draws y tarmác ar ôl y dyn a'i gi. Roedd 'na rwbath ynglŷn ag o. Doedd hwn ddim yn ymwneud â geiriau. Roedd hynny'n dda. Teimlai Pijin yn dda.

Yn y cae yn y cefn roedd 'na domen fawr o gerrig. Roedd y dyn yn chwilio trwy'r domen. Wnaeth o ddim hyd yn oed codi'i ben pan gyrhaeddodd y criw. Dim ond dal ati i chwilio. Weithiau byddai'n codi carreg, neu yn gwthio un yn rhydd oddi wrth y lleill â'i droed. Yna mi fyddai'n deud "Na . . . Na . . ." wrtho fo'i hun, ac yn rhoi'r garreg yn ôl ar lawr. Gwyliodd Pijin y dyn. Roedd hyn yn ddifyr.

Dechreuodd yr hogiau eraill siarad ymysg ei gilydd. Roedden nhw'n siarad fel petasai gan y dyn ddim byd i'w ddysgu iddyn nhw. Roedden nhw'n siarad am nos Sadwrn diwetha. Roedden nhw wedi bod yn y dre. Roedd 'na hogan oedd yn fodlon. Gwnaeth Pijin ei ora i beidio clywed yr hyn roedden nhw'n ei ddweud amdani. Roedd arno fo gywilydd ar ran y dyn ac ar eu rhan nhw, oherwydd nid dyma'r math o sgwrs y dylai rhywun ei chael yng ngwydd athro, nid hen athro fel y dyn yma. Ond roedd y dyn yn ymddwyn fel petai'r sgwrs ddim yn digwydd.

Roedd y dyn wedi cael hyd i gerrig oedd yn ei fodloni. Dechreuodd eu gosod mewn rhes ar y llawr, naill wrth ochr y llall. Roedd y gweddill wedi rhoi'r gorau'n llwyr i wylio, ac yn chwarae'n wirion, yn edrych ar lunia mewn cylchgrawn roedd un ohonyn nhw wedi'i ddod efo fo ym mhoced ei gôt. Daliodd Pijin i wylio'r dyn. Edrychodd Pijin ar y cerrig. Roedd pob un yn wahanol. Fel jig-so. Roedd rhai o'r siapiau i fod i fynd efo'i gilydd, eraill ddim. Edrychodd ar y cerrig, a dechreuodd weld ochrau a wynebau. Dechreuodd eu darllen mewn ffordd wahanol rŵan. Roedd Pijin yn teimlo'n dda.

Aeth hyn yn ei flaen am ryw hanner awr. Y dyn yn anwybyddu'r hogiau, yr hogiau'n anwybyddu'r dyn. Roedd y dyn wedi dechrau creu wal. Roedd posib gweld mai wal fyddai hi erbyn hyn. Roedd hi am fod yn ddwy wal denau yn pwyso yn erbyn ei gilydd i greu wal gerrig gref.

"Ddim bod yn ffyni 'de, mêt," meddai un o'r hogiau o'r diwedd, "ond o'n i'n meddwl dy fod ti fod i'n dysgu ni?"

Cododd y dyn ei ben. Hanner gwenu.

Ar ôl awr dim ond Pijin oedd yna, yn sefyll, yn gwylio. Roedd yr hogiau eraill wedi mynd i sefyll wrth ddrws y ganolfan lle roedd hi'n fwy cysgodol. Roedd rhaid iddyn nhw aros tan ddeuddeg i gadw'r gwasanaeth profiannaeth yn hapus.

Gwyliodd Pijin y dyn. Yn y dechrau doedd o ddim ond yn dewis y cerrig gwastad. Roedd rhaid cael y cerrig i ffitio at ei gilydd. Doedd y dyn ddim yn gwneud i unrhyw un ddysgu, ond os oedd rhywun am ddysgu, roedd posib iddo wneud.

Am ddeuddeg o'r gloch diflannodd y lleill fel mwg, ar draws y maes parcio ac i'r dre. Teimlai Pijin braidd yn anghyfforddus wedyn, yn sefyll yno'n gwylio, a'r wers wedi dod i ben. Efallai y byddai'n well iddo adael rŵan? Ond tybed a ddylai o ddeud diolch neu hwyl fawr neu rywbeth? Safodd yno, am ryw ddeng munud, yn gwylio'r dyn. Roedd o wedi creu darn o wal erbyn rŵan. Roedd hi'n edrych yn dda, yn solat. Allan o'r domen o gerrig roedd o wedi creu rhywbeth oedd yn gwneud synnwyr. Roedd yn berffaith, ac eto ddim yn berffaith. Doedd Pijin ddim isio gadael.

"Gei di helpu, os ti awydd," medda'r dyn rŵan. Mae o'n codi'i ben i edrych ar Pijin am eiliad. Does yna ddim arlliw o dric yn ei edrychiad.

Mae Pijin yn ystyried. Mae'n edrych ar y domen gerrig. Mae 'na un yn fama. Mae'r blaen a'r cefn yn wastad, ond ton ar hyd y gwaelod a bwlch yn y darn uchaf. Mae'n siâp syml, y math o siâp welodd o'r dyn yn ei ddewis. Mi ddylai o allu ffeindio rhai cerrig eraill i gyd-fynd â hi.

"Iawn," medda Pijin, fel petasai'n symud ei bethau yn ôl o'r sièd i'r tŷ. Mae o'n dechrau edrych trwy'r domen gerrig. Didol. Dewis. Gwneud synnwyr o bethau.

A dyna sut mae o'n dechrau, efo Elfyn, dechrau adeiladu pethau eto, rhoi'r darnau'n ôl yn eu lle.

39

Mae arna i angen dechra gneud pres i adal, felly dwi'n gofyn i Efa a fedrith hi gael gwaith i mi yn y Cartref. Tydi hi ddim yn gweld pam lai. Ond "Tydi o ddim yn waith braf, 'sti, Iola," meddai gan grychu ei thalcen.

"Dwi'n gwbod. Ond dwi isio job beth bynnag. Fedri di gael un i mi?"

"Falla. Maen nhw wastad yn chwilio am betha ifanc fatha chdi i neud y shiffts gwael," medda hi. "Wnan nhw ddim talu llawer. Pam ti isio hi beth bynnag?"

"I hel pres," medda fi. Dwi ddim yn deud pam. Mae hi'n edrych arna i am hir.

"'Dio ddim yn syniad drwg," medda hi'n ara deg.

Ar fy niwrnod cyntaf yn y Cartref mae Efa'n cerdded yno efo fi. Mae hi'n cerdded efo fi at y drws, fel roedd hi'n arfer gneud i'r capal, ac yna'n edrych ar y drws, gyda'r un ofn, ac yn gadael lonydd i mi fynd i mewn ar fy mhen fy hun. Mae ei chefn sydd wedi ei droi tuag ataf yn oer. Yn gwrthod.

Dwi'n canu'r gloch, ond does neb yn ymddangos. Dwi'n ei chanu eto, ond does neb yn ateb. Ai dyma sydd raid i ymwelwyr ei wneud? Sefyll yma ar y stepan yn yr oerfal yn aros i rywun eu gadael nhw mewn i weld eu mam neu eu modryb? Dwi'n canu'r gloch un waith eto ac yna'n trio troi bwlyn y drws.

Mae'n troi. Mae'r drws yn rhoi clec ac yn agor. Mae'r portsh yn fach. Mae yno flodau plastig a llyfr ymwelwyr. Ond tydw i ddim yn ymwelydd. Staff ydw i. Gweithiwr.

Dwi'n agor y drws mewnol trwm. Mae 'na ddyn ifanc efo tatŵs ar hyd ei freichiau yn hwfro'r carped glas. Mae o'n mynd i mewn i un o'r stafelloedd efo'i beiriant cwynfanus, heb hyd yn oed edrych arna i, fel 'sa arno fo ddim bwys pwy sy wedi cerddad i mewn oddi ar y stryd.

Dwi'n cerddad i mewn i'r cyntedd, ac yn sefyll yn y canol am eiliad. Mae drws un o'r ystafelloedd yn llydan agored, ac mae 'na hen ddyn yno, yn sefyll mewn dim ond ei drôns a'i grys a'i sana. Mae ei gefn yn grwm fel gwddw alarch. Mae o'n sefyll o flaen y ffenest, yn edrych allan, ar goll. Dwi'n ystyried cau'r drws fel na fydd pwy bynnag ddaw i mewn nesa yn gweld ei goesau noeth. Tydw i ddim yn cau'r drws. Dwi'n cymryd cam neu ddau arall i mewn i'r cyntedd.

Mae gwraig yn dod allan o'r ystafell drws nesaf, yn siarad ar ei ffôn symudol.

"Ia, ia. Felly 'nes i ddeud 'tho fo, dwi ddim isio. Dwi ddim isio dim byd i neud efo fo. Ia. Gen i ddigon ar y 'mhlat dyddia 'ma medda fi. Digon yn digwydd. Dallt be dwi'n feddwl? Rhwng fama a'r plant a Mam a'r cwbwl. Gen i ddigon." Mae hi'n gadael y sgwrs am funud i ddeud wrtha i, "Fydda i efo chdi mewn munud," ac yna, "Beth bynnag," medda hi wrth y ffôn eto, "rhaid mi fynd, gen i'r hogan 'ma yma, 'i diwrnod cynta hi. Iawn, ia, ffonia i di. Na. Na. Ia. Ta-ta, wela i di."

Mae hi'n rhoi'r ffôn yn ôl yn ei phoced.

"Siân," medda hi.

"Iola."

"Iawn ta. Gei di ddod i helpu fi ar y rownd toilets."

A dyna'r cwbl. 'Da ni'n mynd efo'n gilydd lawr y coridor, ac yn dechra yn y pen pella a gweithio'n ffordd i fyny. Mae hi anodd efo'r hen bobol, y busnas toilet. Mae'n rhaid codi rhai ohonyn nhw, a tydi rhai ddim isio cael eu dillad wedi'u tynnu i lawr, ac mae rhai isio i chdi aros yn y stafell, a rhai eraill isio i chdi adal, ond fedri di ddim, rhag ofn iddyn nhw syrthio. Mae o'n cymryd awr a hanner i neud pawb. Un ar ôl y llall. Gwisgo menyg, tynnu menyg, sychu, llnau, tynnu'r dillad i fyny, powlio nhw mewn, powlio nhw allan. Un ar ôl y llall. Un ar ôl y llall. Does 'na 'run o'r hen bobol yn siarad.

Ond mae Siân yn siarad, efo fi.

"Felly sgin ti gariad?" hola, a gollwng hen ddynas o'r enw Meri ar y pan.

Mae Meri yn disgyn i'r ochr, yn hanner crio, a rhaid i Siân a finna ei sythu hi eto.

"Wel?" medda Siân

"Nac oes."

"Neb efo diddordab?"

Dwi'n gallu meddwl am ddau sydd, mewn rhyw ffordd. Ond tydi o ddim yn iawn, y ffordd mae gan yr un o'r ddau yna ddiddordeb. Pijin na Dafydd.

Dwi'n dawel, ac mae Siân yn cael llond bol efo fo, y toiledu, mae'n hawdd deud, mae hi'n gneud i'r hen bobol ddiodda, yn eu symud nhw'n rhy sydyn a rhy wyllt, deud wrthyn nhw am frysio.

Roedd Efa wedi deud. Cadw olwg ar Siân medda hi. "Ddim hi ydi'r bòs, ond mae hi isio bod, ac mae ganddi hi lot o ddeud 'nglŷn â phwy sy'n cael gwaith a phwy sy'n cael y sac."

Ar ôl y toiledu, mae hi'n amser cinio, ac yna amser mwy o doiledu cyn amser te, ac yna mae angen bàth cyn swper ar rai pobol.

A felly mae hi. Mynd o un i'r llall. Dwi ddim yn cael gwbod be ydi enw neb. Weithia ddeudith Siân enw, ac mae hi fel 'sa hi'n gwbod pwy ydyn nhw, er dwn i ddim pam bod hi angen gwbod, tydi hi ddim isio sgwrs efo nhw.

Lle gwael ydi'r Cartref. Ti'n mynd adref wedi blino, ac yn teimlo bod 'na ochrau caled i bethau, fel bod pethau fod i dy frifo. Dwi isio rhoi'r gora iddi hi. Ond dwi'n cynilo. Dwi'n hel pres ac yn aros. Nes 'mod i'n ddigon hen i adael.

Dwi ddim yn cael sgwrs iawn efo 'run ohonyn nhw nes i

mi gael sgwrs efo Huw. Huw, y dyn oedd yn sefyll ar ei ben
ei hun o flaen y ffenast ar fy niwrnod cyntaf yma. Mae'n
bosib deud, hyd yn oed rŵan wrth edrych arno fo, ei fod
o'n arfer bod yn dal. Mae ei esgyrn yn fawr. Mae ei ddwylo,
pan dwi'n eu gosod ar y ganllaw yn y stafell 'molchi yn fawr
a thrwm hefyd. Ond tydi'r bysedd ddim yn gafael yn dda
bellach. Mae'n bosib deud o'r ffordd mae o'n edrych ei fod
o wedi bod yn y chwaral. Mae 'na lechi yn ei lygaid. Distaw
ydi o rhan fwya'r amser.

Dwi a Siân wedi mynd i mewn i'w wisgo fo. Mae'r stafell
yn dywyll. Does 'na neb wedi tynnu'r llenni eto. Mae Huw
methu codi ar ei ben ei hun, wneith ei goesa fo ddim swingio
dros erchwyn y gwely bellach, a heb y ffrâm, sydd wedi cael
ei gadael yn fwriadol ganddyn nhw'n rhy bell oddi wrtho
fo, all o ddim llusgo'i esgyrn trymion allan o'r gwely sengl
bach.

Tydi Siân ddim yn deud dim byd, dim ond mynd at y
ffenest ac agor y llenni. Mae Huw yn troi yn ei wely. Mae
yna sŵn anadlu blin yn yr ystafell.

"Reit ta," medda Siân, wrth neb yn benodol. "Huw!" Mae
hi bron yn gweiddi ei enw i'w ddeffro.

Mae'n trio troi ar y gwely.

Dwi'n teimlo drosto. Pwy fydda'n dymuno cael ei ddeffro
fel yna? Gan rywun arall â threfn toilets a brecwast.

Ond yna mae llygaid Huw, ei lygaid llwyd, yn agor. Mae
o'n edrych arna i.

"Wyres Leusa 'da chi ynde?" medda fo, cyn gliried â'r
dydd. Mae o'n edrych arna i eto. "Ia, wyres Leusa a Ned."

Leusa ydi Nain. Ond "Ned?" Dwi'n rhythu arno fo.

"C'mon Iola," medda Siân. "Well ni godi fo a'i wisgo fo."

Dwi bron â bod yn crynu wrth i mi afael ym mraich Huw
a'i helpu fel ei fod ar ei eistedd. Mae o'n drwm, ac mae'n

rhaid i mi fod yn ofalus efo fy nghefn, sy'n brifo'n amlach ac yn amlach, fel un Efa, ers pan dwi wedi dechra gweithio yma.

"Ned?" dwi'n holi.

"Dy daid."

Mae o'n ei ddeud mor syml. Mor syml. Mae'r enw'n suddo i mewn i mi. Ned. Ned fy nhaid, oedd â stori arall. Falla bod y dyn yma'n gwbod. Falla ei fod o'n gwbod. Mae'r hen lwgfa am stori go iawn wedi dod nôl. Am stori o gwbwl.

"Oeddach chi'n 'i nabod o? Ned?"

Distawrwydd hir. Falla 'mod i wedi'i golli fo. Falla fod yr Huw 'ma wedi mynd yn ôl i'r byd o freuddwydion maen nhw'n mynd iddo fo, sydd yn well na fa'ma dwi'n siŵr.

"Ffrindia gora." Mae o'n hanner gwenu eto. "Ia. Fo oedd 'n ffrind gora i." Ond wedyn mae Huw'n rhy brysur i siarad am ei fod yn trio sefyll ac yn trio delio â dwylo gwyllt a brysiog Siân sy'n tynnu ei ddillad amdano, fel 'tasa hi'n rhoi neges mewn bag yn hytrach na gofalu am hen ddyn oedd yn arfer bod yn ffrind gora i 'nhaid. Dim ond pan dwi a Siân yn sefyll un bob ochr iddo fo yn ei gynnal, neu yn ei orfodi ar ei draed, yn arwain neu'n perswadio ei ddwylo o amgylch bariau'r ffrâm, y mae Huw yn ailddechrau siarad.

"Doedd o ddim yn ddyn drwg 'sti," medda fo. Mae o'n edrych arna i. Mae ei lygaid yn gadarn.

Dwi'n brathu fy ngwefus. Mae Nain yn dal i daeru yn fy mhen. *Ddim yn ddyn drwg? Ddim yn ddyn drwg?* Fyddai gan yr Huw 'ma ddim gobaith yn ei herbyn hi.

"Na," medda Huw. Mae o'n gwenu, ac yn rhoi ei law dros fy un i ar y ffrâm. Mae ei law yn drom, ac yn syndod o solat. "Mi aeth o i Sbaen, Ned. Folantîar. Dewr oedd hynny." Mae Huw yn ysgwyd ei ben rŵan. "Cwffio'r ffasgwyr diawl 'na," medda fo. Yna mae o'n distewi, ac yn edrych arna i. "Doedd o ddim yn gwbod bod Leusa'n disgwyl." Mae o'n ysgwyd ei ben. "Dyn dewr oedd Ned."

Mae o'n ormod. Dwi'n camu i ffwrdd. Mae cynddaredd Nain yn gneud i mi symud yn rhy sydyn. Cael a chael i ddal yr hen ddyn ar ei draed mae Siân.

"Be uffar ti'n feddwl ti'n neud, yr hurtan!" medda hi.

"Sori, sori," medda finna. "Teimlo'n chwil am funud."

"Wel, tyd 'laen, helpa fi gael hwn ar y toilet. Ma gynnon ni bump arall i'w codi cyn amser panad."

Mae cynddaredd Nain yn cilio. Mae'r tri ohonon ni'n cerdded yn flêr efo'n gilydd ar draws y cyntedd. Tydi Huw ddim yn siarad eto. Mae o'n mynd i'w gragen. I rywle y tu ôl i'r plisg ar ei lygaid, lle mae Taid.

40

Mae Efa allan pan dwi'n cyrraedd adra o'r gwaith, felly
dwi'n gallu chwilota'n iawn trwy bapura Nain. Dwi isio
gwbod, isio gwbod be sydd wedi digwydd i ni, ein teulu ni
yn yr Allt, be sydd wedi bod yn digwydd i ni trwy'r adag, be
sydd o'i le.

Mae 'na dri llond bocs sgidia o stwff Nain. I gyd yn
llawn papurach. Dim ond darnau o bapur newydd sydd
yn y cyntaf. Darnau o farddoniaeth wael a llythyrau nath
hi lwyddo i'w cyhoeddi a chael pum punt amdanyn nhw,
a chystadlaethau roedd hi wedi bwriadu eu trio. Biliau a
datganiada banc sydd yn yr ail, roedd y rhan fwya o'r biliau
yn hwyr yn cael eu talu a'r rhan fwya o'r datganiadau yn
mesur ei dyled. Yn y trydydd bocs mae ei llythyrau hi, ac
o dan bentwr o gardia Dolig dwi'n cael hyd iddo fo, y llun.
Criw o ddynion, a merched. Rhyw steddfod, côr, neu barti
canu o leia, yn sefyll i gael tynnu'i llun cyn cystadlu. Mae
Nain yn y blaen, dwi'n nabod ei llygaid, ond mae Nain yn
ifanc yn y llun, ac mae ei gwynab yn agored, yn agored ac
yn newydd ac yn dlws, ac mae'n anodd credu ei bod hi'r
un person. Ac mae 'na wyneb wedi ei rwygo allan o'r llun,
a Taid ydi hwnnw. Dwi'n gwbod oherwydd 'mod i'n gallu
teimlo bysedd Nain yn symud yn wyllt wrth iddyn nhw
rwygo'r llun. Dwi'n gallu teimlo Nain yn ei gasáu, ac efallai
mwy na chasáu, rhywbeth gwaeth, mwy poenus. Dwi'n
gafael yn y llun a dwi'n gallu ei theimlo hi'n casáu. Yn fwy
na mae Efa'n ei chasáu hi rŵan hyd yn oed.

Dwi methu gweld yr wyneb, ond dwi'n gallu gweld y
'sgwydda, cryf, ac mae o'n dal, ac mae posib gweld chydig

o wallt du, felly pryd tywyll oedd Taid. Tydi o ddim wedi ei wisgo mor smart â'r lleill sy'n eu dillad dydd Sul.

Dyna'r cwbwl ohono fo dwi'n ei ddarganfod heblaw'r cardiau post, a'r llythyr hwn. Mae o wedi cael ei wasgu'n belen dynn. Dwi'n gallu teimlo bysedd Nain yn trio fy rhwystro rhag ei agor. Dwi'n gallu teimlo bysedd Nain a'i holl ddicter yn ei gadw wedi'i wasgu fel hyn, fel blaguryn marw.

Mae o'n deud llawer o eiriau, i gyd mewn Saesneg crand. Mae o'n deud 'I, Ned Thomas, have decided to give my life to fight an unjust enemy'. Ac yna, ar yr ymyl, yn Gymraeg ac yn flêr: 'Mae'n ddrwg gen i Leusa, mae'n ddrwg gen i os ydw i wedi marw yn Sbaen'.

Dyna gasineb oedd gan oedd Nain at y lle, Sbaen. Roedd Nain yn meddwl fod pob man yn well na fama, yn well na'r Allt, pob man heblaw Sbaen.

Hyn dwi'n feddwl: mae'n rhaid bod ganddo fo reswm da wedi'r cyfan. Mae'n rhaid bod gan Taid reswm am hyn i gyd.

Dwi'n cael trafferth darllen ei sgwennu sownd o. Dwi'n cael trafferth ei ddarllen, ond mae o'n deud "cariad" ar y gwaelod, ac mae'n rhaid ei fod o wedi'i charu hi, wedi caru Nain, ac mae'n rhaid bod ganddo fo reswm. Fatha Dad, mae'n rhaid bod ganddo fynta reswm dros fod yn sâl. Dwi'n gafael yn y llythyr a dwi'n ei ddarllen drosodd a throsodd. Drosodd a throsodd. Dwi'n edrych eto ar yr amlen. Barcelona mae o'n ei ddeud arni hi. *Barcelona*.

Dwi'n clywed Huw yn ei ddeud o. *Dewr oedd o. Cwffio'r ffasgwyr diawl 'na*. Dwi ddim yn gwbod am hanes, ond dwi yn gwbod bod Taid, hyd yn oed os oedd o ar yr ochr anghywir i Nain, wedi bod ar yr ochr iawn o rwbath. *Dyn da*. Mae Huw yn deud hynna eto efo hanner gwên.

Dwi rhwng Huw a Nain.

"Ma'r lle ma'n hanner marw," oedd Nain yn arfer 'i ddeud. Ond go iawn, Nain oedd felly. Dyna pam nath Dad fynd hefyd. Oherwydd nad oedd o'n gallu dioddef Nain yn ddim mwy na hanner person, a'r hanner hwnnw fel ffigys wedi sychu ac mor wag â chapel.

"Does 'na ddim byd i chdi yma, ti'n gwbod," oedd Nain yn 'i ddeud, a falla 'i bod hi'n iawn. Falla y dylwn inna adael hefyd. Falla, fel oedd Nain yn 'i ddeud, nad oes 'na ddim byd yma, dim byd ar ôl. Ond be os mai yr hyn sydd ar ôl ydi popeth?

"Be ti'n neud?" Dafydd sy'n sefyll yn y drws. Mae o'n gwenu.

"Cer allan," dwi'n 'i ddeud mewn llais tawel, tyn. "Cer allan."

Mae o'n sefyll, yn edrych arna i, yn crechwenu.

"Cer allan, Dafydd." Ac yna, "Neu 'na i ddeud wrth fy chwaer."

"Be ddeudi di wrthi hi, Iola? E?" Ac mae o'n chwerthin heb symud ei lygaid llonydd. "Beth bynnag dwi'n gwbod amdant ti, Iola. Dwi'n gwbod mai chdi wnaeth."

Dwi'n edrych i ffwrdd. "Cer allan!" Dwi ddim yn edrych arno fo.

"Chdi laddodd y dyn 'na 'nde?"

Mae o'n gwenu, ac yn cerddad tuag ata i. "Mam Pijin ddeudodd wrtha i."

Dwi bron yn ei ystyried, yr hyn mae Dafydd isio. Y fargen mae o'n ei chynnig. Mi wnawn nhw fi'n ddrwg, Dafydd a Pijin. Fel y gwnaeth Nain efo Taid. Mi wnaeth Nain neud i Taid swnio'n beth mor ddrwg a hyll. Yn berson mor hyll. A chyn bo hir mi fydda i fel Taid. Fydda i'n ddim ond yr hyn mae pobol yn ei benderfynu ei ddeud ydw i. Ac yna mae fy meddwl yn gneud yr hyn wnaeth o y diwrnod hwnnw efo Fo. Mae o'n chwilio am ffordd allan. Fel mwg mewn tŷ sy'n llosgi. Dwi'n rhuthro heibio Dafydd, gan hannar rhedag hannar syrthio i lawr y grisiau pren, gafael yn fy mhwrs a 'nghyflog oddi ar y bwrdd, ac allan.

41

Roedd Gwyn yn poeni am y celwydd a ddywedodd. Roedd o'n ei boeni yn hwyr y nos ac yn gynnar yn y bore wrth iddo orwedd yn ei wely trichwarter yn ei fflat newydd ar y cei.

Camweinyddiad cyfiawnder, meddyliodd, yn fawreddog braidd. Camweinyddiad cyfiawnder!

Ac roedd o, Gwyn, yn rhan ohono. Rhan fechan ond un dyngedfennol. Fo oedd yr un person a wyddai. Roedd hyn fel bod yng nghanol stori bapur newydd, neu blot nofel. Heblaw mai Gwyn oedd o. Dim ond Gwyn oedd o. Sut y gallai o fod yn dyngedfennol i ddim byd? Dychmygwch! Gwyn: y darn oedd yn dal y stori yn ei lle.

Gwingodd Gwyn o dan y pwysau, yn gorwedd yn ei wely, yn chwysu. Gwingodd a gwingodd. Ac yna, oherwydd fod hyn yn annioddefol, penderfynodd ddweud.

Yr un a ddewisiodd ddweud wrthi oedd Maggie. Maggie â'r gwallt brown o botel. Maggie a wyddai fwy am ryw nag y breuddwydiodd Gwyn amdano erioed. Maggie â'i brestiau mawr afreolus, a'i iaith fudr, a'r un yr oedd Gwyn wedi dechrau meddwl amdani, yn betrus, fel Ei Hogan.

"Ffwc!" meddai hi rŵan, gan orffwys ar un penelin yn ei wely, ei bronnau trymion yn chwyrn yn erbyn y stafell.

Ac wedyn mi ofynnodd y cwestiwn a fyddai'n ei blagio: "Be ffwc wyt ti'n mynd i neud am peth?"

Roedd yna orchymyn arswydus yn y cwestiwn. Caeodd o amgylch Gwyn â'i ddisgwyliadau. Llwyddodd Maggie â'r cwestiwn hwnnw i ddileu rhyddid ailgynnig Gwyn am blentyndod. Perodd y cwestiwn iddo fyta bar cyfan o siocled a gwnaeth iddo fod, ar unwaith, yn ufudd i Maggie.

Cafodd ei fartsio i lawr i swyddfa'r heddlu ganddi cyn gynted ag yr oedden nhw wedi gorffen brecwast da o ŵy a chig moch.

Brasgamodd Maggie trwy'r drws a cherdded yn syth at y cownter.

"Camweinyddiad Cyfiawnder," medda hi a'i gwynt yn ei dwrn. "Miscarriage-of-justice."

Roedd Gwyn yn welw, ac yn sefyll y tu ôl iddi hi. Ceisiodd droi'n ôl i fod yn *beige*. Ond roedd yr holl gig moch, yr holl ryw, yr holl Faggie wedi trwytho'i liwiau fel ei fod o mor amlwg â fan hufen iâ yn y gaeaf.

Cododd y plismon y tu ôl i'r ddesg un ael.

"Isio gneud datganiad?" gofynnodd.

"Ia! Ffwc. Oes," meddai Maggie.

"Maggie . . . " meddai Gwyn.

"Ydan, 'da ni isio neud ffwcin datganiad," meddai Maggie eto.

"Does dim angen rhegi, madam," meddai'r plismon.

"Wnes i ddim!" meddai Maggie a'i haeliau'n dringo.

"Maggie . . . " meddai Gwyn eto.

"Iawn ta," meddai'r plismon. "Cymrwch sêt, mi fydd 'na rywun efo chi reit handi."

Llusgwyd Gwyn gan Maggie i eistedd i lawr.

"Rŵan," meddai hi wrtho dan ei gwynt yn swta, "rhaid i ti neud siŵr dy fod ti'n cael y stori'n iawn."

"Maggie . . . " meddai Gwyn.

"Rhaid i ti neud yn siŵr bo nhw'n gwbod yn union sut digwyddodd o."

"Y broblem ydi, Maggie . . . "

"A bod yr hogyn yn ddiniwad. Mae o mor ddiniwad â

Iesu Grist, a'r hogan fach 'na, mae hi'n . . . mae hi'n . . ."

"Mae hi'n ei harddega rŵan," meddai Gwyn.

"Hwda," meddai Maggie â sodro beiro yn ei law. "Sgwenna i lawr be ti'n mynd i ddeud."

Eisteddodd Maggie ac edrych dros ysgwydd Gwyn wrth iddo sgwennu.

Wyth mlynedd yn ôl cafodd bachgen ei ganfod yn euog o drosedd . . .

Agorodd drws y swyddfa.

"Dowch trwadd," meddai plismones ifanc. Edrychodd ar y ddau ohonyn nhw. "Dim ond un ar y tro," meddai.

Edrychodd Maggie'n siomedig.

"Gewch chi wneud datganiad wedyn," meddai'r blismones wrthi.

"Ma'n iawn," meddai Maggie. "Sgen i ddim byd i ffycin ddeud beth bynnag."

Arweiniwyd Gwyn i'r ystafell gyfweld.

"Felly," meddai'r ddynes, "be yn union ydi hyn?"

"Dwi ddim yn siŵr a dweud y gwir," meddai Gwyn.

"Rhaid i chi fod fymryn yn fwy penodol," meddai'r ddynes gan chwerthin. Roedd hi'n ddel. Roedd ganddi wallt golau. Ac iwnifform.

"Am gwpwl o blant a . . ." stopiodd Gwyn.

Edrychodd y blismones arno. Edrychodd arno yn ddifrifol am hir.

Meddyliodd Gwyn amdano fo, Pijin, pan nad oedd o'n ddim mwy na hogyn. Y balchder ar ei wyneb yn y tribiwnlys, yn sefyll yno, yn y blwch gwydr, oedolion o'i amgylch, wrth iddo ddweud y geiriau. "Fi wnaeth. Fi laddodd o."

Oedd posib cymryd hynny oddi arno fo, a'i adael yn sefyll?

"Dim byd," meddai Gwyn. "Mae'n ddrwg gen i. Dim ond pethau plant. Dwi'n gwastraffu'ch amser chi."

Y tu allan, allai Maggie ddim ffwcin credu'r peth. Allai hi ddim ffwcin coelio'i chlustia. Aeth i lawr y stryd mewn ffwc o dymar drwg, a Gwyn, mi deimlodd o unwaith eto y rhyddhad diriaethol bron o gael gwared o Ddiawl o Ddynas arall, o leia am weddill y pnawn.

42

Mae Pijin yn mynd allan efo Elfyn bob diwrnod. Maen nhw'n mynd o gwmpas, yn adeiladu waliau i bobl. Mae Pijin yn dod yn well am wneud hyn, am ddewis y garreg iawn i'r lle iawn, am eu ffitio nhw wrth ei gilydd.

Ychydig maen nhw'n siarad, heblaw efo Nel, y ci defaid a'r llygaid gonest, sy'n eu gwylio trwy'r dydd, yn sniffian o amgylch y cerrig, ac yn dod i bwyso yn erbyn coesau Pijin, yn hel mwytha, ac isio cael ei chyffwrdd.

"'Na ti," meddai Pijin wrthi hi. "Da'r hogan."

Mae o wedi ailafael yn ei Gymraeg ryw ychydig, o leiaf pan mae o tu allan efo Elfyn, pan maen nhw'n codi waliau. Mae'n teimlo'n iawn yr adeg honno. Ond efo'i fam o hyd, neu efo rhywun arall, does 'na ddim geiriau, dim ond lle gwag yn ei geg. Lle sy'n llachar, yn rhy llachar, felly pan mae o'n trio mae'n cael ei geg yn wag, neu efallai nad gwag ydi hi, rhy lawn, fel pan fyddi di'n trio siarad efo llond dy geg o fara gwyn.

Maen nhw'n eistedd i gael cinio, Pijin ac Elfyn, yn pwyso'u cefnau yn erbyn y wal maen nhw wedi'i chodi, yn agor y brechdanau y daeth Elfyn â nhw, eu datod o'r papur llwyd. Brechdanau mawr, trwchus. Maen nhw'n blasu fel rhywbeth go iawn. Mae'r caws yn sawrus, yn sbeislyd ac yn dda. Mae hanner y brechdanau ar gyfer Pijin, a hanner ar gyfer Elfyn. Tydyn nhw ddim yn siarad wrth fyta.

Ond ar ôl byta, wrth yfed te du, chwerw o fflasg fawr Elfyn, fe fydd 'na sgwrs.

"Chei di'm gwell na'r mynyddoedd yma," meddai Elfyn heddiw, gan edrych heibio'r wal at y mynyddoedd.

"Na," mae Pijin yn cyd-weld.

"Does 'na'm gwell lle yn y byd." Mae Elfyn yn ei ddeud yn ddistaw am mai ffaith ydi hi.

Mae Pijin yn gwenu. Ac ar y funud hon mae'n wir. Maen nhw ar ei ben o, ar ben eu digon ar y domen hon yn yr Allt, ger y wal, a does 'na unman gwell, ddim unman gwell. Does yna unlle arall yn y byd.

Mae ei fam yn waeth ac yn waeth. Mae hi'n eistedd. Mae hi'n rhythu i nunlle ac mae hi'n yfed.

"Ti'n yfad Pijin?" hola Elfyn un diwrnod.

"Na," medda Pijin.

"Na finna 'machgen i. Na finna. Hen beth gwael 'di alcohol. Difetha bywyda a difetha pobol."

Mae Pijin yn eistedd yn ddistaw yn gwybod bod Elfyn yn iawn.

Edrycha Elfyn arno fo. Ac yna'n dawel, "Sut mae dy fam, Pijin? Ro'n i'n 'i nabod hi, flynyddoedd yn ôl 'sdi. Pan o'dd ei theulu hi'n cadw'r post."

Elfyn? Yn arfer nabod ei fam? Dyna fo eto, fel ei henw hi, Mari, fel petasai hi wedi bod yn rhywun go iawn. Mae'n wahoddiad tawel. Rhwng y geiriau mae Elfyn yn annog. *Mi fedri di siarad efo fi. Mi fedri di siarad efo fi, 'ngwas i.* Dyna sydd rhwng y geiriau.

"Mae Mam yn ok," meddai Pijin. Yn dal i godi waliau.

A dyna fo. Mae'r ennyd wedi mynd heibio. Gŵyr Elfyn yn well na'i wahodd eilwaith.

Felly dysgodd Pijin sut i adeiladu waliau. Eu hadeiladu yn y ffordd draddodiadol, gyda cherrig lleol, gwenithfaen a llechfaen. Prin bod Pijin yn siarad y dyddiau hyn. Ond mi oedd o'n iawn. Dyna roedden nhw'n ei ddeud. "Distaw, ond mae o'n iawn."

"Mae o'n gwneud gwaith iawn efo'r walio, ac mi fedrwch ymddiried yno fo, efo hynny o leia," oedd be roedden nhw'n ei ddeud.

A'r bobl oedd isio'r waliau, doedd dim bwys ganddyn nhw am y sibrydion.

O'i gwmpas ym mhobman, mae'r dre yn sibrwd. Ac mae Pijin yn dod i ddibynnu ar y sibrydion yn y dre. Maen nhw'n adrodd stori sydd ei hangen ar Pijin. Y stori am yr hyn wnaeth Pijin iddo Fo y noson honno yn yr Allt.

Falla ei fod o, Pijin, wedi cael cosb ysgafn, mewn ffordd. Dim ond dedfryd fer, cymharol fer, a 'chydig flynyddoedd ar barôl. Doedd yr hyn gollodd o, pan ildiodd o i'w storïau ei hun, ddim cymaint â hynny, dim ond ychydig eiriau, neu i fod yn fanwl gywir, llond cartref ohonyn nhw. A dim ond Elfyn sy'n gweld yr olion a adawyd gan y geiriau, cysgodion egwan o fod wedi bod yn rhan o rywbeth unwaith, dim ond Elfyn sy'n gallu cymell Pijin i ddod fymryn yn nes adra, i yngan ychydig eiriau o Gymraeg.

Mae'r hen ddyn yn cyfarch bob un ohonynt fel petai wedi ei wneud o aur, neu o lechen borffor.

Efo Elfyn, yn codi waliau, fis ar ôl mis, y bydd Pijin yn meddwl.

Mae gan adra, yr Allt, gof hir, ac mae'n gwybod stori'r hyn ddigwyddodd i Pijin, a'r hyn wnaeth o. Mae pobol yn sibrwd wrth iddo fynd heibio. Mi geith bobol sibrwd. 'Mond geiriau ydyn nhw. A tydi o'n malio dim. Dio'm bwys am eiriau bellach. Prin ei fod o'n siarad. A tydi o byth yn siarad ei iaith ei hun bellach. Mae honno'n rhan o amser gwahanol, hogyn gwahanol, un â 'sgwyddau brau fel plisgyn ŵy. Dim ond un stori sydd gan y Pijin hwn.

Roedd ei ladd O wedi rhoi Pijin yn ôl yng nghanol pob dim. Fe gyflawnodd yr hyn na allai yr un o'r geiriau. Roedd y ffaith ei fod wedi llwyddo yn ei ddal at ei gilydd, bron iawn.

Ond roedd meddwl am Iola yn ei wneud yn anesmwyth. Hyd yn oed rŵan, flynyddoedd wedyn, roedd yna deimlad annifyr, teimlad nad oedd pethau'n gorffwys yn iawn, ddim cweit yn barod i gael eu gadael i orffwys.

Roedd 'na ryw fath o hedd yr oedd o'n chwilio amdano. Roedd o isio popeth wedi'i setlo. Roedd o isio petha'n syml. Roedd 'na rywbeth hawdd i'w ddeall yn y drefn a greodd: trosedd, cosb, adferiad. Roedd hi'n cyfateb i'r drefn a greodd ar ei gyfer O: camdrin, dicter, dial. Ond Iola. Doedd hi ddim yn ffitio yn union i'r patrwm. Roedd hi'n sticio allan o'i fywyd mewn ffordd nad oedd yn gyfforddus iddo.

Roedd Iola'n torri ar draws ei feddyliau o hyd. Roedd yna rhyw fath o fwlch, rhyw ddolen goll nad oedd bosib ei hanwybyddu. Roedd hi'n gur pen. Allai o ddim ei gweld hi'n glir. Sut oedd hi'n edrych? Sut oedd hi'n swnio? Be oedd ganddi hi i'w ddeud drosti'i hun? Allai o ddim meddwl. Pan oedd o'n cofio'r adegau efo hi, roedd hi wastad yn gwrando, yn cymryd sylw, yn gwylio. Am be oedd hi'n feddwl, Iola? Am beth oedd hi wedi bod yn ei feddwl yr holl amser?

Roedd hi'n rhan o'r peth i gyd. Doedd dim posib osgoi hynny. Roedd hi'n rhan o'r peth i gyd, yn rhan o'r geiriau oedd wedi'u caethiwo yn ei ben ac a wrthodai ddod yn ôl yn iawn. Roedd hi yno yn ei ben. Ni allai amser ei chael hi allan o'r lle gwyn, oer hwnnw yn ei ben lle roedd y geiriau. Doedd fanno ddim yn lle da iddi hi fod. Byddai yn ei gwneud hi'n sâl.

Rhoddodd Elfyn hanner brechdan iddo fo.

"Diolch," meddai. Ac fe nodiodd Elfyn, fel petai hynny'r peth mwyaf naturiol yn y byd, Pijin yn deud hynna: "Diolch."

Gwelodd ddigon ohono fo efo'i fam. Roedd Iola mewn

helynt. Allai o ddim ei chael hi allan o'r lle hwnnw yn ei ben, ac mi fyddai hithau'n methu cael gwared â'r salwch 'na.

Pan roedd gormod yn cael ei ofyn o berson, dyna pryd roeddan nhw'n mynd i'r lle gwyn. Gallai hyd yn oed Pijin ei deimlo'n denu, y lle hwnnw. Bellach doedd ei fam byth yn dod allan ohono.

"Ti'm am fyta'r frechdan 'na?" gofynnai Elfyn. "Fyta i hi os ti ddim isio hi."

Mae Pijin yn edrych ar y frechdan. Mae'n cymryd brathiad ohoni. Mae hi'n sawrus, yn sbeislyd ac yn dda.

Byddai'n well iddo fo siarad â hi. Mae ganddi hi ddarn ar goll. Fel wal efo carreg wedi'i chamosod, neu heb ei gosod. Byddai'n well iddo gael gafael ar y darn iddi hi.

Treuliodd y pnawn yn sgwennu llythyr iddi hi yn ei ben. Roedd y llythyr yn gwneud synnwyr, ond llythyr Saesneg oedd o. Roedd o'n llythyr clên. *It's alright,* meddai. *It's alright.*

Mi fyddai hi'n derbyn y llythyr, ac mi fyddai hi'n iawn.

Mi orffennon nhw'r darn hwnnw o wal yn gynnar, felly mi aeth Pijin adra awr yn gynt nag arfer, gan gerdded yn ôl ar hyd y ffordd igam-ogam â'r ffens dyllog y gallai'r bustuch wthio trwyddi petaen nhw â digon o awydd.

Wnaethon nhw ddim gwthio heddiw. Roedd yr haul yn isel a'i olau'n taro ar y caeau, y drain, yr eithin ar y llechweddi. Roedd Pijin yn llawn o ofod y tu mewn iddo fo. Heddwch oedd ei enw fo, ond gair crand, tila oedd hwnnw am rhywbeth mor benodol a llonydd.

Mi fyddai'n siarad efo hi, ac yna mi fyddai pob dim yn iawn. O'r diwedd mi fyddai drosodd. Byddai Iola'n dod allan o'r lle 'na yn ei ben, ac fe fyddai ef yn cael y geiriau'n ôl, bob yn un. Ond mi roedd o'n mynd i'r cyfeiriad iawn. O'r diwedd roedd o'n mynd i'r cyfeiriad iawn. Rhywbeth ynglŷn ag Elfyn a'r waliau oedd yn gyfrifol.

Cerddodd i mewn i'r tŷ cam trwy'r drws ffrynt. Roedd

o wedi dechrau gwneud hynny'n ddiweddar. Defnyddio'r drws ffrynt. Roedd o'n teimlo'n dda.

Cerddodd heibio i'w fam yn yr ystafell fyw dywyll. Agorodd y llenni, aeth i'r gegin i roi'r tegell ymlaen, tynnodd fag te o'r potyn, ac un arall, i'w fam. Safodd, yn gwylio adar yn yr awyr eang tu allan, hyd nes bod y tegell wedi berwi. Tywalltodd y dŵr dros y bagiau, eu gadael i fwrw'u ffrwyth, ychwanegu llefrith i baned ei fam, tri siwgr iddo fo, un i'w fam. Cariodd y paneidiau trwodd, gosod un ei fam ar y bwrdd wrth ei hymyl, gafael mewn llyfr nodiadau, a dechrau sgwennu'r llythyr.

Iola, ysgrifennodd. *It's Pigeon. I hope you're alright.*

Arhosodd. Croesodd y frawddeg ddiwethaf allan. Eisteddodd â'r bensel yn ei law. Sut mae dechrau dadddweud stori? Allai o ddim cael gafael ar ei diwedd, neu ar ei dechrau i gychwyn y gwaith datod.

That man, He was a bastard, ysgrifennodd.

Caledodd yr ystafell o'i amgylch. Am ryw reswm edrychodd i fyny. Edrychodd ar ei fam. Roedd hi'n berffaith llonydd, yn syllu yn syth ymlaen. Edrychodd ar ei fam. Ac yna roedd o'n gwybod. Roedd o'n credu ei fod yn gwybod, yn ddistaw, rhywle y tu mewn. Wedi marw?

Ond doedd hi ddim. Doedd hi ddim y tro hwn. Roedd hi wedi llyncu pecyn o dabledi, ond pan ddaeth yr ambiwlans, yn sgerchian i fyny'r rhiw, fe wnaethon nhw ei deffro efo drip, ac yng nghefn yr ambiwlans, â Pijin yn mwytho ei llaw ac yn sibrwd *I love you I love you*, troellodd yn araf yn ôl yn fyw.

Fe'i cadwyd i mewn ganddyn nhw y noson honno, a daeth Pijin adra i'r tŷ ar ei ben ei hun. Dyma'r tro cyntaf erioed iddo fod yno ar ei ben ei hun. Cysgodd ar y soffa. Roedd y tŷ'n griddfan o'i amgylch, yn wag. Fel celwydd golau.

43

Mae'n bosib gweld, gweld y ffordd mae Pijin yn darganfod ei atebion. Dyna sut mae pethau efo fo. Deud ei straeon ei hun, a glynu atyn nhw, fel nad oes posib i bobol eraill ddarganfod be ydi'u straeon nhw, oherwydd eu bod yn ymddangos 'mond fel rhan o'i stori o. Dwi'n dal ati. Dal ati i weithio. Dwi'n dal ati i ffugio fy ffordd trwy'r dre. Maen nhw'n deud y galla i fynd i lefydd go iawn. "Wyt ti wedi meddwl am Brifysgol?" meddan nhw. Maen nhw'n sôn am lefydd ymhell i ffwrdd efo enwau hir, diarth lle y gallwn i fynd, taswn i isio. Maen nhw'n dangos prosbectws i mi. Maen nhw'n meddwl y byswn i'n gneud athrawes dda. Mae Efa'n frwdfrydig.

"'Sa ti'n gallu mynd yn dy flaen i rwla." Mae hi'n ei ailadrodd, fel mae pawb arall yn ei neud.

Mae'n gneud i mi deimlo'n sâl. Y syniad o adael Pijin.

"Ti 'di meddwl mynd o'ma?" dwi'n ofyn, yn eistedd reit ar ochr ei soffa newydd daclus, gan ofn gneud unrhyw beth o'i le.

"What d'you mean?"

"'Sa ti'n gallu gadal y tŷ 'ma, mynd rhwla arall, start ffresh?"

Mae o'n chwerthin, "I haven't even started here!" medda fo.

"Pijin." Dwi'n teimlo'n rhyw reidrwydd. "You've got *potential*." Mae'r geiria'n swnio'n anghywir yn fama. Tydi *potential* ddim yn hanner disgrifo'r hogyn bach efo'r llygaid gwyrdd, yr un a allai wneud unrhyw beth. Ond dwi'n dal ati.

"Ti'n glyfrach na fi. 'Sa ti'n gallu *gneud* petha go iawn."

Dwi'n stopio oherwydd ei fod o'n chwerthin. Mae o yn ei ddyblau'n chwerthin.

Pan mae o wedi gorffen, a'r tŷ wedi sythu, mae o'n edrych arna i, a'i wyneb yn troi'n oer eto.

"God, Iola. You really don't get it do you?" Mae 'na ddistawrwydd ac yna, "I need to fix things here. Can't be thinking about going anywhere else can I?"

Dwi'n meddwl am hyn. Yna dwi'n nodio. Mae o'n trwsio petha'n ara deg, trwsio ei dŷ, trwsio ei fam, trwsio ei iaith.

Dwi'n meddwl am stori'r Fôr-forwyn Fach, yr un y mae Pijin yn dal i'w chadw yn ei dŷ, yr un nad oes gen i galon i'w chymryd yn ôl. Dwi'n cofio Efa'n darllen y stori, cymaint hyllach a mwy poenus na fersiwn Disney, ond cymaint mwy real. Y modd y collodd y fôr-forwyn ei thafod pan mae hi'n troi ei chefn ar ei chartref yn y dŵr, ond sut, yn y diwedd, y darganfyddodd mai'r hyn yr oedd ei angen arni oedd dychwelyd adref, o dan y dŵr, darganfod ei llais eto. Pijin, mae o 'run peth. Yr unig beth mae'n rhaid iddo fo'i neud ydi rhoid ei dŷ mewn trefn, bob yn dipyn, ffeindio ei ffordd i le y gall ei alw'n gartref, a bydd y geiriau a'r geiriau sydd ynddo yn symud yn araf i flaen ei dafod.

Dwi'n prynu tocyn trên i fi'n hun. Mae o'n hawdd. Yr unig beth sydd rhaid ei wneud ydi mynd at y cownter, a gofyn. Dwi'n aros, ar y platfform cul, am y trên. Mae 'na bobol yn ffarwelio â'i gilydd. A phobol efo bagiau mawr, yn mynd i rywle pell. Yr unig beth sydd gen i ydi rhywfaint o bres, a does gen i neb i ffarwelio â nhw. O'r diwedd mae'r trên yn gwthio allan o'r twnnel fel slywen, ac yn powlio'n araf i mewn i'r orsaf.

Dwi'n mynd i weld Dad. Mi benderfynis neithiwr. Dwi isio'i nabod o. Dwi isio gwbod be ydi'i ystyr o yn ei stori'i hun, yn hytrach nag yn ein storïau ni. Dwi'n mynd i weld y dyn roddodd gywion ieir mewn pacedi plastig, luniodd gerfluniau o weiran.

Dwi'n eistedd ar y trên, yn gwylio'r caeau gwyrdd o wahanol siâp a maint yn mynd heibio, ac yna'r trefi, sy'n mynd yn fwy ac yn fwy ar y ffordd allan o Gymru. Does 'na neb yn eistedd wrth fy ochr i yr holl ffordd. Yng Nghaer, mae'n rhaid newid. Dwi'n gadael y trên ac yn rhythu ar yr holl sgriniau. Mae enwau cymaint o drefi arnyn nhw, amser cyrraedd, amser gadael. Lerpwl? Liverpool?

Rhaid 'mod i wedi'i ddeud yn uchel oherwydd, "It's that one, love." meddai'r giard.

Mae trên Lerpwl yn hyll. Darnau o wm cnoi ar y llawr, dim byrddau. Mae'r seti'n hen ac wedi rhwygo. Ond tydi o ond am hanner awr. Ar y cyfan mynd trwy dwneli a thrac rhwng adeiladau ydan ni rŵan. Mae'n llechweddi glas a llwyd ni'n teimlo'n bell i ffwrdd. Mae'n teimlo fel nad ydi o, falla, mor bwysig ag yr oeddwn i'n feddwl.

Tydw i ddim yn teimlo'n ofnus, yn gadael y trên. Mae gen i fap. Ar y map dwi'n gallu gweld lle mae tŷ Dad, y lle mae o'n aros rŵan, yn ôl Efa. Mi ges i'r cyfeiriad ganddi hi yn syth pan ofynnais amdano.

"Ro'n i'n meddwl y bydda ti isio mynd rhyw ddiwrnod," medda hi.

"Wyt ti wedi bod yna?"

"Unwaith neu ddwy," medda hi. Ro'n i'n amau ei fod yn fwy na hynny.

Roedd yna gymaint o gwestiyna i'w holi am Dad, ond wyddwn i ddim ble i ddechra, felly wnes i ddim gofyn dim byd iddi, a ddeudodd hi ddim byd, heblaw, "Bydd yn ofalus."

Yn Lerpwl mae'r adeilada'n dal ac yn ddiddiwedd. Wrth i mi gerdded ar hyd fy map does yna ddim ond stryd ar ôl stryd. Mae'r coed yn tyfu allan o'r tarmác yma, yn ei gracio, ac yn gwthio trwyddo o'r pridd oddi tano.

Hon ydi stryd Dad. Mae 'na lawer o dai bric bychan arni hi, pob un efo iard fechan o'i flaen.

Mae'r dyn sy'n agor y drws yn hen. Mae o'n wargrwm fel marc cwestiwn a'i wallt wedi britho. Mae ganddo locsen wen, croen wedi crychu a fy llygaid i. Mae o'n edrych arna i.

"Yes?" medda fo.

Dwi'n syllu arno fo, ac yn deud dim byd.

"What do you want?" Ac yna mae o'n edrych heibio fi i fyny'r stryd, fel taswn i'n neb.

Tydi o ddim yn gwbod pwy ydw i. Dwi'n edrych arno fo am hir. Yna, yn ddistaw, dwi'n ei ddeud o.

"Iola ydw i. Eich merch."

Mae hi'n eitha tywyll y tu mewn i dŷ Dad, ac mae 'na lawer o goed a metel ym mhob man, felly mae o'n dal i wneud hynny. Dwi'n ei ddilyn ar hyd y córidor i'r gegin. Mae o'n cerdded yn araf iawn. Mae 'na ogla rhwbath nad ydwi'n gallu ei adnabod yn y tŷ. Pan dwi'n gweld y blwch llwch, gyda'r *roll up* hir yno fo, dwi'n gwbod be ydi'r ogla.

Mae Dad yn gneud te. Mae ei ddwylo'n crynu.

Mae'n rhaid i bob sgwrs gyntaf ddechra yn rhwla.

"Doeddwn i ddim yn meddwl y byswn i'n dy weld ti eto," medda fo. "Efa'n deud bo chdi ddim isio gwbod." Mae o'n swnio fel 'sa fo ddim yn siarad Cymraeg yn aml, 'chydig yn stiff.

"Doeddwn i ddim," medda fi. Dwi'n gwenu.

"Ti'n dal," medda fo. Nodyn crynedig, ansicr ydi'i lais o.

"'Da chitha hefyd," medda fi. Does 'na'r un ohonon ni'n sôn am ein llygid. Yr un glas tywyll, tywyll. Fel gwaelod y môr.

"Mi ro'n i. Ddim gymint rŵan. Yn fy mhlyg am fod yr iechyd yn ddrwg." Ac mae o'n codi ei sgwyddau. Mae 'na ddistawrwydd. Cymaint o gwestiyna i'w gofyn, ond dwi'n methu meddwl am y geiria.

"Mae Efa'n deud dy fod ti'n gneud yn dda yn yr ysgol," medda fo.

Ai balchder sy'n ei lais? Ai hynny?

"Ddim yn ddrwg," meddwn inna. Mae corneli ei geg yn hanner codi am eiliad.

Mae o'n gosod mỳg mawr o de o fy mlaen. Llefrith, dim siwgwr. Mae o'n ei wneud o felly i mi heb ofyn. Felly dwi'n 'i licio fo. Llefrith, dim siwgwr, ond doedd o ddim i wbod, nag oedd?

Mae o'n dechra siarad. "Dwi'n s . . ." ond dwi'n torri ar ei draws.

"Nes i ladd rhywun."

Mae o'n stopio, ac mi rydan ni'n rhythu ar ein gilydd, fi a'r dyn 'ma sydd heb yr un esgus. 'Sgen i ddim esgus chwaith. Neu efallai bod gen i?

"Pryd?" Mae'r syndod yn torri trwy'r holl sothach, yr ymddiheuriad nad ydw i'n rhoi cyfle iddo fo'i gynnig oherwydd na alla i ei dderbyn.

"Pan o'n i'n fach. Llystad 'n ffrind i o'dd o. Roedd o'n gas."

Mae'n edrych arna i wedi dychryn. Y ffaith 'mod i yma o gwbwl. Y ffaith 'mod i'n cyffesu.

"Roedd o'n mynd i ladd fy ffrind, dwi'n meddwl. Felly 'nes i 'i ladd o, efo'i wn 'i hun." Mae'n swnio'n union fel ffilm.

"Ocê," medda fo, fel 'swn i newydd ddeud wrtho fo 'mod i wedi malu gwydryn. "Oes 'na rywun yn gwbod?"

"Un person, falla dau."

"Be maen nhw'n mynd i neud am y peth?" Mae o'n pwyso yn ôl yn ei gadair, yn ystyried.

"Dim byd, dwi ddim yn meddwl."

"Ydi Efa'n gwbod?"

"Nac ydi."

"Ti'n siŵr?"

"Nac ydw. Weithia dwi'n meddwl ei bod hi. Tydi hi ddim 'di bod 'run peth efo fi, ers iddo fo ddigwydd."

"Ocê," medda fo eto.

"Deud wrthi hi," medda fo.

Mae 'na ddistawrwydd hir. Ac yna mae o'n chwerthin, chwerthiniad isel.

"Mae'n dda dy weld ti, Iola," medda fo.

Mae'n dda ei weld o hefyd, er ei fod yn hen ac yn da i ddim. Mae'n dda nad oes ganddo fo esgusodion.

Pan dwi'n deud wrthi hi mae hi'n eistedd yn ei llofft o flaen y drych yn brwsio'i gwallt.

"Dwi'n gwbod," medda hi, heb dorri ar rythm y brwsio.

Dwi'n gwylio ei wyneb. Tydi o ddim yn newid. Dwi'n sefyll yna'n aros.

"Paid â deud wrth neb na 'nei?" medda hi wrtha i.

"Dwi 'di gneud yn barod," medda fi. "Rhyw fath. Dwi 'di deud wrth Cher. Mae mam Pijin yn gwbod, a Pijin."

Mae hi'n rhoi'r brws o'i llaw. "Mae hynna'n ormod o bobol, Iola."

"A Dafydd," medda fi'n ddistaw.

"Dafydd?" medda hi.

"Ia. Nath o ffindio allan. Nath o fygwth deud 'tha ti."

"Bygwth?"

Dwi'n nodio.

Mae hi'n edrych arna i, yn edrych yn syth arna i.

"Cythral bach annifyr ydi o'n de?" medda hi.

Dwi'n nodio.

"Welis i o efo rhyw hogan ifanc yn dre diwrnod o'r blaen," medda hi. "Trosti hi'n bob man." Mae hi'n edrych fel 'sa hi'n mynd i grio. Ond yn hytrach mae hi'n codi ar ei thraed ac yn dod ata i, ac yn rhoi ei breichiau o fy amgylch. Ei breichiau cynnes.

"Allan â fo," medda hi'n ddistaw. "Allan ar ei din!" Ac mae hi'n mynd at y chwaraewr recordiau sydd wedi bod yn sefyll yno am gymaint o flynyddoedd, yn aros i chwarae ein hoff gerddoriaeth eto. Mae hi'n gafael mewn disg ddu, ei gosod ar y bwrdd troi ac yn gosod y nodwydd arni. Mae walts araf, rhithiol fel hanner cof, ond yn felys hefyd, fel Suliau coll, yn llenwi'r stafell, a 'da ni'n dechrau dawnsio efo'n gilydd. Fy chwaer a finna. Rydan ni'n dawnsio'n araf, a dwi'n dal gafael ar yr amser prin hwn pan dwi'n teimlo'n onest, ac yn wir, ac yn ddiogel.

44

Pan mae o'n mynd i'w gweld hi, mae mam Pijin yn gorwedd mewn gwely oer. Mae'r gwely lle mae'r fôr-forwyn yn gorwedd wedi ei osod yng nghanol y stafell. Does 'na ddim i ddynodi pa un yw pa ben. Does dim pen na throed i'r gwely lle mae hi'n gorwedd. Mae'n ffwndro rhywun, mae'n oer; gwely, matras, cyfnas gotwm wen. Does dim gobennydd ar y gwely lle mae hi'n gorwedd. Mae o fel allor, a hithau'n aberth. Mae'r siambr hefyd yn hirsgwar. Does yna ddim byd ar y muriau, a dim dodrefn arall ar wahân i'r gwely lle mae hi'n gorwedd. Mae'r muriau wedi'u peintio'n wyrdd golau. Mae'r llawr hefyd yn wyrdd, leino, ychydig yn dywyllach. Dyna'r ystafell: llawr, muriau, drws ac yn ei chanol, y gwely, a'r fôr-forwyn, yn gorwedd.

Mae 'na farc ar y nenfwd. Mae rhywun wedi crafu mymryn o baent y nenfwd. Sut wnaethon nhw hynny? Mae'n nenfwd uchel, a does 'na ddim arfau yma. Ni chaniateir unrhyw beth allai ddifrodi, brifo, malu. Mae Pijin yn edrych ar y marc bychan ar y nenfwd ac yn meddwl. Ond mae'n methu meddwl. Mae'r byd yn llawn o hen ddirgelion, hyd yn oed mewn siambr wag. Efallai mai pos yw ei fam.

Mae'n ymddangos mai dyna farn y meddyg. Emanuel ydi'i enw. Mae ganddo fo groen tywyll fel croen coeden.

"Are you her son?" gofynna.

"Yes," medda Pijin.

"Are there any other relatives, anyone to contact?"

"No."

"Any friends?"

"No."

"No friends?"

"None that I want you to contact."

"Right." Mae o'n ochneidio.

"When can she leave?"

"Not yet." Mae'r meddyg yn troi at fam Pijin. "Are you hearing voices, Mari?"

"No."

"Good." Mae o'n rhoi tic yn erbyn rhywbeth ar ei siart. "She's responding well to the medication," medda fo.

"Pijin?" Mae ei fam yn edrych tuag ato ac yn gwenu gwên o lasddwr.

Mae'r meddyg yn rhoi naid fach pan mae hi'n dweud yr enw.

"She was calling to Pigeon in her sleep," medda fo. "It's your name?"

"Yes," meddai Pijin. "You know, the grey ugly birds that are everywhere." Mae Pijin yn hanner chwerthin ar ei ben ei hun. Yna'n peidio. "The ones that carry messages," meddai. "The ones that always find their way home."

Mae golwg ddiddeall ar y meddyg. Mae'n ysgrifennu ychydig o nodiadau ar ei glipfwrdd, ac yna'n gadael iddyn nhw fod ar eu pennau'u hunain. Mae Pijin isio rhedeg ar ei ôl, isio deud wrth y meddyg bod ei enw yn enw iawn, yn urddasol. Deud wrtho fo sut, mewn rhyfeloedd hen ffasiwn, bod pobol yn defnyddio colomennod i gario negeseuon rhyfel, ac yna, 'tasan nhw'n llwyddo i gael colomen neis a glân, nid fatha fo, nid un llwyd, lliw llechi, y byddai honno'n cael ei defnyddio fel negesydd heddwch. Mae Pijin isio esbonio bod ei enw hefyd yn air am iaith, yn fersiwn o iaith rhywun arall, stori rhywun arall wedi'i mabwysiadu a'i thyfu a'i gwneud yn un sy'n eiddo i chdi, nes ei bod hi'n well na'r gwreiddiol. Byddai Pijin, a gasglodd ei enw ei hun gyntaf, cyn unrhyw un o'r geiriau eraill a roddodd o dan ei wely fel bochdew yn creu nyth, yn licio deud y pethau hyn wrth y meddyg. Ond byddai'n jibio rhag deud wrtho fo am yr hyn na ddylai neb wybod, bod *pigeon* yn air am un sy'n cael ei gam-drin, ac am rywun gwirion, y goloman glai. A dyna fyddai pobol yn ei feddwl o Pijin petaen nhw byth yn dod i wybod ei fod o wedi cael ei gosbi am rywbeth na wnaeth.

Mae yna ystafell gyffredin fechan ar y ward, lle mae cleifion yn cael mynd i eistedd yn y cadeiriau tywyll, budr, a smocio os ydyn nhw isio, neu sgwrsio. Mae 'na ddyn sydd yno bron drwy'r amser. Rich. Mae ganddo wallt llwyd. Mae o wedi bod i mewn ers misoedd meddai o. Tydi Pijin ddim yn gofyn pam. Mae o'n ddigon tawel. Neis. Heblaw ei fod o weithiau'n edrych i un lle yn rhy hir, ac yna'n nodio ar y stafell wag, ac yn amneidio at rywun, fel petasai'n cyd-weld â'r hyn maen nhw newydd ei ddweud, efo'u dadl anweledig. Ond mae Rich yn gall, ac, os sylwith o fod un o'r staff yn ei wylio, bydd yn rhoi'r gorau i symud ei fraich, yn newid ei wyneb, yn esgus nad oes yna ddim byd yn y stafell, nad oes 'na neb yn aflonyddu arno.

Mae Pijin yn treulio cymaint o amser â phosib yn ymweld, o gwmpas y ward, neu yn y stafell gyffredin, fel bod y nyrsus, er ei fod yn eu hosgoi, yn darganfod tystiolaeth ohono ym mhobman, darnau papur wedi'u gwasgu'n beli, neu awyrennau papur. Ceisiodd y nyrsus gadw golwg arno, ond darganfod ei fod o'n tueddu i beidio bod lle roedden nhw'n disgwyl ei weld. Byddent yn edrych amdano yn yr ystafell gyffredin a dim ond yn gweld tomen o gylchgronau wedi disgyn ar y llawr, tri chylchgrawn yn agored ar y carped glas, fel petai rhywun wedi bod yn gorwedd ar ei hyd, yn darllen yr erthyglau, a byddai ogla baco yn yr aer, nid baco tywyll chwerw Rich, ond yr un melyn, melys roedd Pijin wedi'i ffafrio er pan oedd o'n un ar ddeg.

Mae ei fam yn gweld seiciatrydd, seicotherapydd, therapydd galwedigaethol. Mae ei fam yn gweld meddyg, sawl nyrs. Mae ei fam yn gweld cwnselydd dibyniaeth. Mae ei fam yn ymddwyn fel petai hi ddim yn gweld yr un ohonyn nhw. Mae hyn yn mynd ymlaen am wythnosau.

O'r diwedd mae'r meddyg yn gofyn i Pijin be mae o'n feddwl y dylen nhw wneud.

"Make her talk," meddai Pijin. "Make her talk to you."

Felly mae'r meddyg yn rhoi pythefnos arall i'r seicol-egydd, ac yn gofyn iddi hi ymgymryd â rhywfaint o gwnsela teuluol hefyd. Cwnsela teuluol ydi Pijin yn eistedd efo'i fam a'r cwnselydd, a'r cwnselydd yn holi cwestiynau sy'n cael eu hateb mor swta â phosib gan Pijin, a ddim o gwbl gan ei fam.

Ond y tro hwn, pan mae Pijin yn cyrraedd y stafell â'r waliau golau, y bwrdd coffi, y tair cadair gyfforddus, y blodau mewn potyn a'r cwnselydd gyda'i llyfr nodiadau, mae pethau'n wahanol. Mae ei fam, sydd wedi bod yma am sesiwn cyn iddo fo gyrraedd, wedi bod yn crio. Dagrau go iawn. Mae Pijin yn edrych ar yr olion dagrau ar ei hwyneb, ac yn teimlo rhyddhad. Mae'n rhaid bod rhyw argae wedi torri. Rhyw ddistawrwydd.

Mae'r cwnselydd yn edrych yn nerfus. Pam? Mae hi'n edrych ar y drws, ac yna'n nôl ar Pijin. Mae hi'n edrych ar y botwm argyfwng sydd i'r dde ohoni.

"Pijin," meddai'r cwnselydd, "mae dy fam wedi bod yn deud wrtha i be ddigwyddodd efo Adrian."

Mae Pijin yn eistedd, yn berffaith llonydd.

"Mi fydd rhaid i mi basio'r wybodaeth yn ei blaen, Pijin. Wyt ti'n deall?"

Mae Pijin yn nodio. Mae o'n mynd at ei fam, yn rhoi ei freichiau o'i hamgylch, ac yn nodio, yna mae'n gadael y stafell.

Mae'r blismones sy'n dod at y drws ffrynt yn ddel ac yn bryd golau. Mae Pijin yn agor y drws, ac yna'n trio'i gau eto yn ei hwyneb. Ond mae hi'n rhoi ei throed allan i'w gadw'n agored.

"Alla i gael gair?"

"What about?"

"I wanted to ask you some questions about what happened all those years ago."

Mae'n od ei bod hi wedi dod ar ei phen ei hun. Mae plismyn wastad yn dod mewn parau. Gall Pijin ddeall hynny. Mi oedd o a Iola wastad yn mynd i bobman mewn pâr, ers talwm pan oedd ganddyn nhw ddrwgweithredwyr i'w dal, tystiolaeth i'w gasglu, storïau i'w creu a'u chwalu.

"You mean the murder?" gofynna Pijin efo gwên lydan.

"Ia. Hynny." Mae ganddi hi wên sych.

"Ask away."

"Ga i ddod mewn, falla?"

Mae'n od ei bod hi'n gofyn hynny, a hithau ar ei phen ei hun.

"I'm a convicted murderer you know," meddai o gan wenu.

"I know," meddai hi. "Can I come in anyway?"

"No," meddai Pijin. Ti ddim yn gwadd pobol i mewn pan maen nhw'n dod i'r drws ffrynt.

"OK," meddai hi. Mae hi'n pwyntio at y fainc mae Pijin wedi'i gosod ar y darn bach o raean o flaen o tŷ. "Can we sit there?"

"Ok," meddai Pijin, a chamu allan o'r tŷ.

Maen nhw'n eistedd ar y fainc. Mae 'na olgyfa i lawr yr Allt o'r stryd, golygfa dros y dre a thros strydoedd eraill, gwag a llwyd fel plu. Yn ddiweddar mae Pijin wedi bod yn eistedd yma, yn edrych arni hi, y dre.

"Pijin," meddai hi, "dyna ti'n licio cael dy alw'n de?"

"That's my name," meddai o.

"OK," meddai hi. "Look, I know you confessed, and you were convicted, but am I right in thinking you didn't do it?"

"What makes you say that?"

"Two people've been to the station."

"Two?"

"I can't tell you who," ac mae'n ysgwyd ei phen.

"Gwyn?" meddai Pijin yn syth.

Mae o'n gallu deud oddi wrth ei hwyneb ei fod o'n iawn.

"And that woman. The counsellor?"

Iawn unwaith eto.

"The thing is," meddai'r blismones, "there's no evidence that your Mam's right," ac yna mae hi'n edrych arno fo, edrych yn syth i mewn i'w lygaid, "unless you can give me some."

Mae Pijin yn edrych arni hi. Mae o'n meddwl am y dystiolaeth guddiodd o. Y celwyddau ddywedodd o ac Iola. Mae o'n edrych arni hi.

Mae hi'n deud, "My boss doesn't believe it anyway, Pijin. He thinks it's a waste of time me coming here. But if you can just tell me something perhaps we could get your conviction overturned." Mae hi'n edrych arno efo'i llygaid clên, didwyll. Fatha mam. Fatha mam go iawn.

Ac yna mae 'na dri o blant yn rhedeg ar hyd y ffordd arian, dwy hogan a hogyn, yn rhedeg, yn dal i redeg yn eu hamseroedd chwarae hanner gwyllt, treisgar a'u chwerthin yn swigod disglair a pheryglus yn yr awyr wen wrth iddyn nhw neidio dros y wal ym mhen draw'r stryd, ac yn eu blaenau i'r tir agored tu hwnt i'r wal. Mae eu hiaith yn clecian o'u hôl rhwng yr eithin a'r grug, y gwartheg bygythiol, a'r defaid dwl.

Mae Pijin yn meddwl am ystyr olaf ei enw, pan edrychodd yn y geiriadur Saesneg. *Pigeon: a case in point, a matter*, fel mater Iola, y Fo, mam Pijin a Pijin, fel mater y stori hon, yn fa'ma.

"No," meddai Pijin a chodi oddi ar y fainc. "You're wrong," meddai o.

Aeth yn ddyddiau cyn y gallai wynebu clirio. Yn gyntaf agorodd y ffenestri. Gadael awyr iach i mewn. Ei adael i mewn i chwythu i ffwrdd unrhyw gysgod a adawyd gan ei fam. Roedd yr awel a wthiai trwy'r ffenest agored yn aflonyddu'r tomenni papur, y llwch, y galar a orweddai ym mhobman yn y tŷ. Gadawodd iddo. Gadawodd iddo ddod i mewn. Gafaelodd mewn bag bin a phob yn un dechreuodd godi'r pethau oedd yn eiddo i'w fam a'u gwthio i mewn i ddüwch y bag. Blychau llwch, caniau cwrw, ffrogiau, hangers, nodwydd, edau, hen emwaith ffug, teits, dillad isa, hancesi poced. Arbedodd o ddim arni, y fam hon oedd wedi'i adael. Gallai hi adael go iawn rŵan neu ddychwelyd wedi'i hadnewyddu. Yn achlysurol, wrth i ran arall ohoni gael lluch, byddai cytgan fach yn canu yn ei ben, rhigwm neu gân werin, rhyw alaw roedd hi wedi'i dysgu mewn darn o'i stori hi oedd wedi torri'n rhydd. Wyddai o ddim lle roedd hi wedi dysgu'r caneuon hynny, wnaeth o 'rioed gyfarfod nain na thaid, modryb, dewyrth, dim. Doedd ganddyn nhw ddim teulu. Ond yn yr alawon hyn gallai gael rhyw ymdeimlad o hynny. Cyswllt â rhywbeth. I mewn i'r bag du, ac i ffwrdd a nhw.

Ar ôl llenwi'r bagiau a'u cario at y biniau ym mhen draw'r stryd, dechreuodd y glanhau. Roedd Pijin yn drylwyr. Roedd rhaid i bob gronyn ohoni gael ei sgubo, ei fopio, ei sgwrio i ffwrdd. Roedd rhaid gwneud yn siŵr nad oedd yna unlle iddi guddio. Dim un gornel dywyll heb ei chyffwrdd lle y gallai ddal ati i eistedd yn siglo, ym mwnian wrthi hi ei hun ac yn ei anwybyddu o, anwybyddu ei mab, Pijin.

Dechreuodd y tŷ sythu. Bron nad oedd posib ei weld. O dan gyfarwyddyd Pijin dechreuodd y brics sefyll yn sythach, cywirodd y to ei ongl, aeth pethau'n ôl yn sgwâr. Pan oedd popeth wedi'i wneud aeth Pijin ei hun i gael cawod, sgrwbio a sgrwbio ei groen gwyn hyd nes ei fod mor lân ei fod yn gwichian. Camodd allan o'r gawod, wedi diosg ei hen groen. Sychodd Pijin, y peth newydd, ei hun yn y golau hir a lifai i mewn trwy ei ffenestri glân.

Pan welodd Pijin hi'n sefyll wrth ei ddrws, a sach fechan ar ei chefn, aeth iâs trwyddo. Roedd yn deimlad nad oedd posib ei ddisgrifio, rhywbeth oer, a rhywbeth poeth yr un adeg. Colled a diolchgarwch a dicter ac eisiau.

Roedd o'i heisiau hi. Roedd o eisiau ei gwallt golau a'i chroen tenau, bregus. Roedd o eisiau ei hysgwyddau main, ei hanner gwên. Ei heuogrwydd. Yn fwy na dim dyna oedd o'i isio. Fe redai trwyddo fo, ar adegau, y syniad yna, mai hi oedd o trwy'r adeg, yn sefyll y tu ôl i'r gwn, yn dal y gwn. Ond roedd o'n ei wthio'n ôl. Doedd a wnelo hyn ddim â hi wedi'r cwbl. Doedd bosib fod ganddo ddim i'w wneud â hi. Doedd hi'n ddim ond ysbryd, ond yn ysbryd yr oedd o'i heisiau, un yr oedd o'n amneidio arni i ddod 'nôl ac yn ôl ato fo. Roedd o'i heisiau hi, Iola'r ysbryd, fel 'da ni bob tro isio'r rhith cyn iddo ddiflannu.

Roedd hi wedi dod ar ôl i'w fam ei adael yno ar ei ben ei hun. Er iddo fod ar ei ben ei hun am hir, roedd y tŷ'n teimlo'n wag pan oedd ei fam yn yr ysbyty.

Daeth Iola i'r tŷ distaw, gwag. Safodd yno, yn y drws, yn crio.

"Dwi'n sori, Pijin. O God, Pijin, dwi'n sori."

"What for?"

Edrychodd hi arno fo. Peidiodd y dagrau â chronni yn ei llygaid coch. Rhoddodd sniff fach wlyb.

"Am dy fam. Am hyn."

"*She's* not sorry. It's what she wanted isn't it? Mam? To get out of here? Don't bloody cry about it." Cerddodd trwodd i'r stafell fyw.

"Ti ddim yn drist?" Eisteddodd ar ei soffa.

Meddyliodd Pijin am y peth. Ai dyna oedd o'n cael ei alw? Y newyn gwag oer 'ma am fam nad oedd wedi bodoli ers blynyddoedd.

"No." Allai o ddim bod yn hynny. Roedd trist yn air rhy llywaeth.

Newyn. Dyna oedd hyn. Newyn.

"She'll not come back," meddai o. "There's no point in crying, Iola. She'll not bloody come back."

Dysgodd hynny'n gynnar iawn. Doedd 'na ddim pwrpas siarad efo'i fam os nad oedd hi'n ymateb. Ddim yn ateb efo gair nac edrychiad nac ystym. Roedd yn well aros ble roedd o gyda'r newyn. Dal y newyn yn ei le efo dy ddistawrwydd dy hun. Ddaeth ei fam erioed adref go iawn ar ôl iddo Fo symud i mewn.

Edrychodd Iola arno fo.

"Nei *di* ddod adra, Pijin?" gofynnodd.

Edrychodd arni hi. Mae'n deall y cwestiwn yn berffaith. Ddaw o adra? Wneith o?

"Tyd i dop yr Allt efo fi, Iola." Ei ddweud yn sydyn. Roedd rhaid cael y geiriau allan cyn iddyn nhw sychu ar ei dafod.

Edrychodd Iola, yn ei ffedog nyrs, arno fo'n syn. Ond nodiodd.

Roedd hi'n wlyb dan draed ar y llechwedd ar ôl yr holl law. Fe gerddon nhw hyd odre'r cae gan gadw draw o'r gwartheg. Gyr o fustuch nerfus, newydd eu gollwng allan, yn fywiog ac yn eu dilyn o bell. Anwybyddodd Iola nhw, ac am unwaith dilynodd Pijin hi, gan ddynwared ei chamau breision. Roedd hi wedi mynd yn dal yn ddiweddar, Iola. Bron mor dal â fo. A dyma fo'n ei deimlo eto. Y teimlad ei bod hi'n ei oddiweddyd, yn ei basio. Y teimlad y byddai hi, un diwrnod, yn ei adael. Yn ei adael i hyn.

Ar ben yr Allt maen nhw'n edrych allan drosti. Eu tref nhw. Ei strydoedd araf. Ei thai ansefydlog. Y gerddi aflonydd lle mae'r cathod yn llusgo ar draws y ffensus, yn dal eu prae bach gwanwynol, y simneiau'n ymwthio, ambell un yn mygu, hyd yn oed ar ddiwrnod cynnes. O dan y cymylau trymion roedd y dre'n mwmial wrthi'i hun. Yn mwmial wrthi'i hun am ladd a chwarae a chelwydd. Allai'r cymylau hyd yn oed ddim boddi'i mwmial, allai'r cymylau hyd yn oed ddim mygu bywyd y dref glebrus hon ar y llechwedd.

Estynnodd Pijin am law Iola. Ac fe afaelodd hi yn ei law o. Roedd ei llaw fechan yn oer braf. Eisteddodd y ddau felly yn edrych i lawr ar eu tre. Rhoddodd ei fraich o'i hamgylch. Roedd ogla braf ar ei gwallt. Cusanodd ei gwallt.

Symudodd hi ddim nes ei fod o'n barod, yn barod i gerdded yn ôl i lawr yr ochr serth, heibio'r gwartheg yn sefyll wrth y gwrych yn disgwyl y glaw, yn ôl ar hyd y llwybr troellog, i'r cartref yr oedd o'n ei greu.

Ond aeth o ddim adref, ddim eto. Yn gyntaf arweiniodd Iola i'r chwarel, tuag at yr hyn a guddiwyd yno ers cymaint o amser.

45

Dwi'n cerdded y tu ôl i Pijin. Ar hyd y ffordd sy'n arwain i fyny at y tomenni llechi mae tai bach llwyd a gwyn yn ymddangos o'r niwl, o'r bryniau moel, fel dannedd cam. Mae hi'n bwrw glaw mân. Mae'r tarmác yn sgleinio fel rhuban du o'n blaenau a'r cerrig beddi llechfaen yn pefrio'n wlyb o'r fynwent wrth i ni gerdded heibio. Faint o'r dynion yna gafodd eu claddu yn gyntaf gan y chwareli, ym mherfedd y mynydd tyllog? Mae'n amhosib peidio meddwl amdanyn nhw wrth edrych ar y tomenni llechi sy'n fflachio, yn sgleinio'n wlyb yn yr heulwen wan. Meddwl am y dynion, y dynion oedd yma pan oedd Nain yn ifanc. Dynion tebyg i'r dyn wnaeth ei gadael hi.

Mae Pijin yn troi ar ben y ffordd, yng nghanol yr holl ddim byd a chymylau. Dwi'n ei ddilyn. Mae'n mynd trwy'r giât i'r chwarel. Mae hi'n cau y tu ôl iddo gyda chlec. Yn ôl ei arfer mae'n anwybyddu'r arwyddion perygl melyn a'r weiren bigog, yn dringo o dan y ffens, ac yn mynd tuag ato, y bwlch rhwng y tomenni lle roeddan ni'n arfer taflu cerrig i bwll yr hen chwarel sy'n is i lawr. Yn ôl fy arfer dwi'n ei ddilyn.

Rydan ni yng nghanol y chwarel wag, a'r holl harddwch marw. Mae Pijin wedi aros, mae o'n sefyll, fel petai'n gwrando. Yn hollol lonydd. Yn aros.

"Pam fama?" dwi'n holi. Dwi'n trio gwenu. Ond gwên ansicr ydi hi. Nerfus.

"Why not?"

"Cyn i ti ddeud dim byd. Mae 'na rwbath dwi isio'i ddeud."

"Don't Iola. Don't." Mae ei eiriau Saesneg yn noeth ac yn dda i ddim.

"I wanted to say sorry." Mae fy ngeiriau Saesneg i mor bitw ac mor eang.

"What for? It wasn't your fault He died."

"Na?"

"No."

"Whose fault was it then?"

"His."

"Mae *O* wedi marw."

"Yep."

Rydan ni'n ddistaw am 'chydig.

"Ti'n meindio ei fod *O* wedi marw?"

"Why would I mind?" Mae Pijin yn rhoi chwerthiniad sych.

"Y gwn nath."

Dwi'n clywed fy hun yn ei ddeud o, a dwi ddim yn gwybod pam y gwnes i.

46

Doedd Pijin heb ystyried y peth o'r blaen. Efallai ei bod hi'n iawn. Bosib mai'r gwn oedd o. Y gwn bach 'na roeddan nhw wedi'i ddangos iddo fo eto, yn y stafell wen, gofyn iddo fo ai dyna'r math o wn ddefnyddiodd o. Ddaethon nhw byth o hyd iddo fo, yr un go iawn.

"Ia," atebodd.

"Dangos i ni sut i'w saethu fo."

"Yn fama?"

"Ia."

"Be 'da chi isio i mi saethu?"

"Y wal 'na."

"Y wal?"

Nodiodd y bobl.

"Ocê," meddai o.

Agorodd y glicied ddiogelwch. Clic. Ei ddal yn ei ddwylo, ei ddwy law, roedd o'n gwybod sut y gallai daflu rhywun i'r llawr. Gallai eu teimlo yn ei wylio yn y stafell fach 'ma na allai ddianc ohoni, lle mai'r unig beth oeddat ti oedd yr hyn roeddat ti wedi'i wneud. Pwyntiodd y gwn at y wal. Roedd o fel anifail yn ei ddwylo gwyn. Roedd ei ddwylo'n crynu. Dyna oedd yr anifail, y ci, yn chwyrnu. Roedd yn chwyrnu yn ei ddwylo a'r cyfan allai o ei neud oedd sefyll tra bod y ci yn gwneud rhywbeth. Brathodd y ci y wal, y bocs, y twll colomen hwn.

Ond roedd o'n methu brathu. Doedd ganddo ddim dannedd. Roeddan nhw wedi tynnu'r bwledi.

Mae'n cerdded oddi wrth Iola, i fyny i'r chwarel, ac yn gwneud arwydd arni i'w ddilyn. Mae hi'n gwneud, yn ufudd, fel pan oedden nhw'n blant.

Mae Pijin yn mynd ar i fyny, at dwnnel sydd wedi ei dorri trwy'r mynydd i'r chwarel. Mae 'na gledrau bychain ar lawr y twnnel, ar gyfer cario llechi o un rhan o'r chwarel i'r llall a mynd a nhw i lawr ac ymhell i ffwrdd i wneud llechi to perffaith, glân, sy'n gwarchod pawb arall oddi wrth y glaw hwn. Mae Pijin yn dilyn cledrau'r twnnel i'r tywyllwch. Mae mymryn o olau yn y pen draw yn sgleinio'n wyrdd, ac mae o'n mynd tuag ato, a Iola y tu ôl iddo fo, fel roedd hi'n arfer bod, bob tro. Yn y pen draw mae'r twnnel yn agor fel lili, yn agor i wyrddni, rhedyn a mwsog a heulwen caeth. Awstralia mae pobl yn ei alw, y twll chwarel yma, y byd coll hwn. Mae Awstralia'n ddu, ac yn llechen las, ac yn gloywi'n wyrdd â rhedyn. Yn Awstralia mae llif araf a chyson o law yn disgyn trwy'r mynydd, trwy'r grug a'r eithin a'r pridd a'r garreg a'r llechfaen a'r creigiau, yn diferu ar y llechi tywyll.

Mae Pijin yn penlinio ar y llawr wrth ochr hollt ym mur llechi'r chwarel, siafft gul, heb ei chwythu'n llwyr. Mae'n rhoi ei fraich yn yr hollt. Yn ymbalfalu. Yn chwilio am rywbeth yno.

"Be . . ." dechreua Iola ofyn, ac yna mae hi'n gweld y pecyn papur llwyd mae o'n ei dynnu o'r creigiau, hen bapur a hen dâp gludiog sy'n troi'n friwsion o amgylch caledwch beth bynnag sydd y tu mewn. Mae Iola'n rhythu arno fo. Mae hi'n rhythu arno fo. Mae Pijin yn pasio'r parsel iddi hi.

"It's yours," medda fo. "Open it."

"Pijin. Na."

"Well *I* will then," ac mae o'n cymryd y parsel yn ôl oddi arni. Mae o'n dechra pigo a rhwygo'r tâp. Mae o'n codi'n rhwydd, bron yn disgyn yn ddarnau, fel y gall celwydd, gan adael yr hyn sydd oddi tano'n ddu, yn llawn crawn ac yn oer.

Y gwn.

Mae Pijin yn ei gwylio hi yn edrych arno fo. Mae hi'n aros, yn aros i rhyw deimladau fynd heibio.

"Mae o'n llai nag o'n i'n ei gofio," medda hi.

Mae o'n rhoi'r gwn iddi hi.

"Mae o'n oerach nag oeddwn i'n ei gofio," medda hi'n ddistaw wrth afael yno fo â'i dwy law.

47

Yr unig beth yn fy mhen wrth i mi afael yn y gwn yw ofn. Yw gwynder, a phwysau. Dwi'n sefyll yn gafael yno fo, yn edrych ar Pijin ac yna hyn:

Mae 'na ola yn y tŷ cam. Dwi ddim isio'i weld O felly dwi'n mynd heibio'r tŷ ac i lawr yr ardd tuag at y sièd, a dyna pryd mae'r twrw yn gneud synnwyr. Dyna pryd dwi'n gwbod. Dwi'n gwbod be ydyn nhw. Dwi ddim yn wirion. Dwi'n gallu ei glywed O, yn gweiddi. A dwi'n gallu clywed sŵn taro. Ond yn fwy na dim dwi'n gallu clywed Pijin. A falla mai hynny ydi o. Falla mai hynny ydi o, sŵn crio fatha plentyn, Pijin, yr un dwi'n ei garu, yn ei garu, yn crio fel 'sa fo'n blentyn bach, sy'n gwneud i mi wbod bod rhaid i mi fynd ar ei draws O fel ei fod O'n stopio. Mi wna i o ddigwydd fy hun.

Dwi mor ddistaw, a dwi'n symud mor ofalus, mae o fel 'taswn i'n rhywun arall. Nid Iola. Dwi'n rhywun gwell. Rhywun sy'n gwbod yn union be i'w neud. Mae hi'n gryf ac yn ofalus ac mae hi'n symud at y tŷ, yn gwthio'r drws yn agored, yn clywed ei floeddio Fo, sŵn Pijin yn crio, ac yna distawrwydd. Mae'r stafell a be dwi'n weld yn dechra gneud llun.

Dyna Pijin yn sefyll yn y stafell, a dyna Fo yn dal Pijin ar y llawr, ac yna dwi'n ei weld o. Mae Pijin yn ei ddal o yn erbyn ei ben O.

Yn y tŷ cam, mae O yn fy ngweld. Mae O yn symud. Ac mae O wedi'i daro allan o law Pijin ac mae o wedi mynd i'r awyr, ac yna ar draws y stafell nes ei fod reit wrth fy nhroed. Mae o fel rhywbeth sydd ddim yn wir, yn fanna, wrth fy nhroed. A does dim bwys ganddo Fo *'mod i yma, 'mod i yn y stori anghywir, does dim bwys ganddo* Fo; *mae O'n gafael yn Pijin gerfydd ei wddw fel deryn. Fel Nain yn troi corn gwddw deryn.*

Dwi'n gwbod be dwi fod i neud. Rhywbeth mawr. A dwi'n symud mor berffaith. Mor berffaith. Dwi'n gafael ynddo ar y llawr, ac yn ei godi. Dwi'n ei godi. A dwi'n sefyll efo fo yn fy llaw. Mae o fatha rhwbath sydd ddim yn wir yn fy llaw. Mae O'n fy anwybyddu. Yn canolbwyntio ar yr hyn mae O'n ei ladd. Mae O'n gafael yn Pijin gerfydd ei wddw, ac mae Pijin yn newid lliw. A dwi'n dal y peth. Mae o'n drwm. Tydi o ddim fatha rhwbath go iawn. Dwi'n aros nes bod Pijin yn edrych arna i. Nes ei fod o'n fy ngweld i, yn gweld sut dwi'n rhan o'r peth y tro yma, go iawn yn rhan ohono fo. Ac yna mae ei ddal tra mae o'n saethu fel dal anifail sy'n rhy gryf, dal ci ac yntau'n brathu rhywun yn galed.

Hynna oedd o, hynna oedd o. Doeddwn i ddim yn meddwl y bysa fo'n digwydd. Nid mewn ffordd go iawn. A dwi ar y llawr, a dwi wedi brifo, oherwydd ei fod o a'i dwrw yn gryfach na fi. Dwi ar y llawr. A Fo yn gorwedd ar ben Pijin.

Ac yna mae Pijin wedi ei wthio Fo *i ffwrdd. Mae gwynab Pijin yn wyn. Mae gwynab Pijin yn wyn fel asgwrn a tydi o ddim yn siarad. Dwi'n clywed sŵn ei fam yn canu. Mae hi'n dal i siglo. Mae hi'n dal i ganu. Dwi a Pijin yn rhythu arno* Fo *am byth.*

"Cer adra, Iola," *medda Pijin ar ôl amser gwag. Tydi Pijin dal ddim yn edrych arna i, mae o'n dal i rythu arno* Fo *ar lawr.* "Cer adra, Iola," *medda fo, gan gymryd y gwn o fy llaw. Cer adra. Paid â deud wrth neb. Paid â deud wrth Efa hyd yn oed. Actia fel 'sa hyn ddim byd i neud efo chdi. Cer adra, Iola. Adra.*

Felly dwi'n ei ddilyn o eto, Pijin, yn dilyn be mae o'n ei ddeud. Cer adra, cer adra, dros y ffens, ar hyd y llwybr wrth yr afon. Cer adra a phaid â deud dim byd, paid â deud dim byd byth.

A hyd yn oed rŵan tydi o ddim yn gwneud synnwyr, dim synnwyr fod Pijin yn cymryd y bai. Heblaw, efallai, ei fod o'n dymuno mai fo wnaeth. Yn dymuno hynny. Pan drois i ac edrych yn ôl ar y tŷ, dwi'n cofio rŵan sut roedd Pijin yn sefyll yn edrych i lawr arno *Fo* yn gorwedd a'r holl waed du yn dod allan o'i ben. Ac efallai bod Pijin yn gwenu, Pijin, efallai ei fod o, cyn iddo fo gau'r llenni a diffodd y tŷ.

Mae Pijin yn ddistaw ac yn amyneddgar tra dwi'n sefyll yma, yn ei ddal o fel 'tasa fo'n mynd i ffrwydro.

"Ddim fi pia fo," medda fi o'r diwedd, a'i estyn iddo fo.

"Na," medda fo, "ddim chdi pia fo."

Mae Pijin yn dal y gwn eto rŵan. Does 'na ddim bywyd yno fo. Peth marw.

"Be fedra i neud am hyn i gyd?" Dwi'n gofyn fy nghwestiwn gwirion, yn fa'ma yn y chwarel wag, ac yn sefyll, yn dda i ddim, yn aros am yr atab. Atab Pijin. Atab Pijin ei hun. Tydi o ddim yn dod. Mae o'n gwenu rhyw fymryn, a'i lygaid yn dal yr un llygaid â rhai'r hogyn 'na, yr hogyn 'na oedd â'r holl syniada a'r straeon 'na nath ddechra hyn i gyd, straeon fydd yn mynd ymlaen ac ymlaen cyn belled a'n bod ni efo'n gilydd, fi a Pijin, cyn belled nad ydi o byth yn fo neu fi, ond yn hytrach y ddau ohonon ni, efo'n gilydd.

"Sut fedra i ennill yn ôl be ti wedi'i golli?" dwi'n holi eto.

Mae o'n dal i wenu, ychydig bach. Yn ystyried. Mae'n bosib teimlo rhywbeth yn tyfu.

"Geiria," medda fo.

Mae o'n edrych ar y llawr, yn chwilio amdanyn nhw. Mae o'n codi ei 'sgwyddau rhyw fymryn.

"Dim ond geiria."

ALYS CONRAN

Mae Alys Conran yn sgrifennu ffuglen, cerddi, ysgrifau creadigol a chyfieithiadau llenyddol. Cafodd ei gwaith lwyddiant yn The Bristol Short Story Prize ac yn The Manchester Fiction Prize. Gwelir ei gwaith mewn cylchgronau megis *The Manchester Review*, *Stand Magazine* a *The New Welsh Reader* ynghyd â chasgliadau gan *The Bristol Review of Books*, Parthian Books a Honno Press. Wedi astudio yng Nghaeredin a Barcelona, gorffennodd ei MA mewn Ysgrifennu Creadigol ym Manceinion, cyn dod adref i ogledd Cymru i ddatblygu projectau yno er cynyddu cyfle i ysgrifennu creadigol a darllen. Ar hyn o bryd y mae'n darlithio ym Mangor am Ysgrifennu Creadigol ac wedi derbyn ysgoloriaeth gan yr Arts and Humanities Research Council i ysgrifennu ei hail nofel, am ganlyniad cyfnod y Raj ar fywyd Prydeinig cyfredol.

SIAN NORTHEY

Mae Sian Northey yn awdur profiadol mewn sawl maes.
Ei chyfrol ddiweddaraf yw *Rhyd y Gro* (Gomer, 2016) ac yn yr
un flwyddyn derbyniodd un o Ysgoloriaethau Llenyddiaeth
Cymru i ysgrifennu cyfrol ar gyfer yr arddegau. Dewiswyd ei
nofel *Yn y Tŷ Hwn* (Gomer, 2011) ar gyfer Cwpwrdd Llyfrau,
Cyfnewidfa Lên Cymru a gosodwyd ei chyfrol gyntaf o gerddi,
Trwy Ddyddiau Gwydr (Carreg Gwalch, 2013) ar restr fer
Llyfr y Flwyddyn. Ysgrifennodd sawl nofel i blant ac mae'n
rhan o dîm sgriptio *Pobol y Cwm*. Ym maes cyfieithu mae ei
diddordebau a'i phrofiad yr un mor eang, gan amrywio o
lyfrau ffeithiol a hunangofiannau i farddoniaeth.

Pigeon, Alys Conran

Y mae *Pigeon* gan Alys Conran (Parthian, 2016) ar gael
yn Saesneg. ISBN 978-1-910901-23-6